石英回眸齐鲁

石英 著

山东文艺出版社

图书在版编目（CIP）数据

石英回眸齐鲁 / 石英著. —济南：山东文艺出版社，2022.3

ISBN 978-7-5329-6467-3

Ⅰ.①石… Ⅱ.①石… Ⅲ.①中国文学—当代文学—作品综合集 Ⅳ.①I217.2

中国版本图书馆CIP数据核字（2021）第220911号

石英回眸齐鲁
SHIYING HUIMOU QILU

石 英 著

主管单位	山东出版传媒股份有限公司
出版发行	山东文艺出版社
社　　址	山东省济南市英雄山路189号
邮　　编	250002
网　　址	www.sdwypress.com

读者服务	0531-82098776（总编室）
	0531-82098775（市场营销部）
电子邮箱	sdwy@sdpress.com.cn

印　　刷	肥城新华印刷有限公司
开　　本	890毫米×1240毫米　1/32
印　　张	8.5
字　　数	210千
版　　次	2022年3月第1版
印　　次	2022年3月第1次印刷
书　　号	ISBN 978-7-5329-6467-3
定　　价	59.00元

版权专有，侵权必究。如有图书质量问题，请与出版社联系调换。

目 录
CONTENTS

散文

海市蜃楼	002
雨线串古今	008
孔址纭思	013
孔林漫步	019
琅玡台漫笔	022
巨树巨著共长生	025
趵突泉,还是趵突泉	028
历下寻珍随感	031
诗盈太白楼	038
落笔黄河入海处	041
泰山的肩膀	045
成山头遐思	048
海峡之路	050

过曹州，思纷纷 ··· 054

名花开在纯朴的土地上 ································· 057

蓬莱阁小记 ··· 060

登州水城抒怀 ·· 063

渤海"长剑" ·· 066

大桥，在唐赛儿故乡 ·································· 070

梁山好去处 ··· 072

自知十芴非沈园 ······································· 075

诸葛亮"事必躬亲"辩 ································ 077

古青州二记 ··· 080

状元卷引发的思考 ···································· 082

履循戚继光的足迹 ···································· 084

柳泉随想 ·· 087

两颗文星的命运 ······································· 091

二谒蒲家庄 ··· 095

悲壮的余绪 ··· 099

心灵的火花（三题）································· 102

鲁西行吟（三章）···································· 105

景阳冈、狮子楼及其他 ······························ 108

旧时的庄园 ··· 110

"闯关东"非自近代始 ································ 116

他从这里起步	119
难忘胶东保卫战	121
想起当年"爬山头"	125
一个夜晚跨越了一个时代	128
童年的眼睛看抗战	133
反法西斯战争的胜利拯救了我	136
史地遗痕	139
忆解放区新华书店	151
我亲历的"夜不闭户"年月	154
村边苇席上的课堂	158
记忆中的"救总"二三事	162
遥远,又那么亲近	166
我所感受到的许司令	169
幻影差遣	173
乡村洋人琐忆	176
长岛之缘	178
黄河口三足鼎立	182
莱阳梨乡感怀	185
感受莱山	189
海峡之路	193
胶东招虎山纪胜	197

诗歌（含古体诗词）

都是南下老乡（组诗） ················· 200
古体诗词六首 ····················· 227

序言评论

生命与艺术的春天永驻 ················· 230
历史责任催生"大题材"情结 ·············· 235
多思的散文 ······················ 239
质朴，却不断追求 ··················· 242
山情水韵，游记中的美文 ················ 245
不仅通晓　更在味道 ·················· 248
《凝望绿色》序 ···················· 252
文峰韵致，莱湾水声 ·················· 255
诗心华彩　真实人生 ·················· 259
独特的发见与升华 ··················· 262

散文

海市蜃楼

海市蜃楼是一种难得一见的云空奇观。它是由于密度不同的大气层对于光线的折射作用，把远处景物反映在天空或地面而形成的幻景，在沿海或沙漠地带有时能看到。

这是词典里和其他资料中对海市蜃楼的简明表述。"有时"是多大的概率，很难统计，反正是很少，甚至是"偶而"。其实说"偶而"也不完全精确，同样也表达不出它的概率究竟有多少。但有一点可以明确回答，仅就"文革"之后这么多年，我记得从正式媒体（报纸、电视）发布的真实讯息，在渤海岸边（包括长山列岛）人们看到的海市就有三四次。其中有一次我记得是游人们在蓬莱阁上突然看到了奇观出现："啊，来了，真的来了！"事前全无预报，谁也未有预见。纯属一次普通的旅游，却见识了难得的奇观！

尽管如此，"海市"这个概念，对我来说从来就不陌生。原因是我的家乡是一个秦置古县，《史记》有载：秦始皇东巡时即从此经过，自我记事起便听到不少有关"海市"的传说。我的叔伯二舅岳润，是对我影响最深的长者（亦可谓挚友），他年轻时曾经看见过一次"海市"，当然后来好多年再没见过。他还说，蓬莱（明清时与我县同属登州府）是观海市的最佳场所，而我们县也不差，因为两个县才相距六十里（三十公里），距我县东北四十里就是长山列岛，基本上都属于同一海域。不过，在我十岁之前，"海市"在我头脑中还只限于传说和冥想的状态。

然而，我不急，老天却慷慨赐予——竟在一年之中，将不速之客海市蜃楼先后两次映在我面前！那是1946（或1947）年，我在自家门前不远的农田里干活，此时大秋的主要庄稼（玉米、高粱和豆类）已收获完毕，我正在地里收拾秸秆，以备秋耕，好种冬小麦。蓦地，在西地邻干活的三胖哥喊我的名字："快看！看北面天上！"

我循声看去，北边天上的云层水气中出现了一大幅活动的场景：是我从未见过但从图片上曾领略过的城市街道：行人、汽车、楼房等等，相当清晰，只是没有声音。这一切仿佛都是倒卷在半天之上，但看上去很稳，一点也不叫人担心会掉下来。不用谁告诉我，我一下子就断定：它就是我神往已久的海市，只是它比我想象的持续时间要长，约莫二十来分钟后才消逝于我的视线中。而它消失的同时，云层水汽也荡然无存，蓝天又恢复了本色。

也就是二十多天后，我在门前农田井台边欣赏我和母亲、姐姐一起种的白菜、萝卜、蔓青、芥菜等秋蔬。我之所以说是"欣赏"，是因为这是我一年中最感惬意的一段时间。大秋作物收完后，晚些收获的耐寒蔬菜便成为我们悉心侍弄愉悦身心的爱物。真的，只有亲手培育一天天看着它们成熟的劳动者，才能从心底感受到这些蔬菜散发出来的清爽好闻的气息。那是毫无人为加工绝对天成的大自然的杰作，任何形容词都显得笨拙，还不如干脆说声："那味道好极了！"尤其是当我在井台边戽水浇灌这些菜蔬，潺潺清流下散发出菜香，就是劳动者嗅觉与听觉上的最佳享受。当我干活累了，仰卧在井台边铺就的麦草捆上，仰望天空，当然就是名副其实的"欣赏"。也就是这回，我第二次在北面的天空看到了海市蜃楼。

只不过，这一次远不如上一次图像清晰，时间也短得多。而且，看上去像是街道，但比较冷清，少了些动感，大致是静态。因此，连我这个十一二岁的孩子也可判定：两次看到的图像多半不是一个地方。

西地邻三胖哥本来也在里边干活，可是因为他有点饿了，回家吃了些东西，不到半小时，却错过了目睹这一次海市盛景。他回来后，我告诉他"又来了。"他问："啥来了？"我朝北边天上一努嘴："海市。"他显然很遗憾,摇着头自言自语:"没想到吃了一块地瓜丢了一桩好运!"我了解他的好胜脾气,便安慰他:"这回挺模糊,而且一会儿就没了。"他听了露出一丝笑容,说:"兄弟,模糊的也很宝贵,好多人一辈子也碰不上。"

不过也真有点奇怪:尽管在短时间中,我竟有幸两回看到别人一生难得一见的稀罕物,但不知为何并没有觉得自己是什么幸运儿,甚至还有这样一股拧劲儿:对愈是被鼓噪得撑破天的事儿,愈是不愿兴奋得睡不着觉,甚至尽量淡化自己的心情。这种脾性少年时如此,年纪大了之后更是如此。直到现在我也没做出结论:这种脾性到底是好还是不好。

但事后我还是向岳润二舅作了一五一十的"汇报"。因为这两次海市降临时,都赶上他去县城里赶集。县城东河的大集是每隔一天逢单日,二舅喜欢自己推着胶轮小车进城卖些农产品,回来捎带买些日用品,同时也是为了眼观六路活动身板。他说我第一次在田中看到海市时,他正在县城西关文具店给独生女买文具,听人嚷叫"海市"来了,待他付完钱出来,美景已经"走"了。不过他并不觉得遗憾,因为县城里有许多店铺房屋遮挡,还有的是二层小楼,即使在大街上,也还是可能看不到;而且二舅生性豁达,他挤眼一笑说:"反正我年轻的时候就见识过了,不就是一个反光镜嘛。"他一直将海市说成是云气里的"反光镜",虽是有点随口的通俗解释,但即使从科学上讲,也不能说是毫无道理。我一向对这位走南闯北、见多识广的长辈挺服气的。当我请教他最近这两次海市反映的是什么所在时,他的回答是:"我也不是老天爷的军师,不敢断定。不过我猜想大半是大连和旅顺。因为这两个地方离咱们从海路说才几百里地,一个在北海岸,一个在南海岸,互相对照,很合情理。天津也是大城市,但离得远些,又偏西,可能性小;烟台嘛,跟咱们都在海的一边,我觉得可能性也小。"我听着,觉得他分析得挺在理,在脑子里也就认定是大连、旅顺了。

至此,海市蜃楼的话题暂告一段落。后来我离乡参军,做的是保密性严格高强度的机要密码电报工作,哪里还有多余的心思去想海市之类。

不过，有关海市蜃楼的"插曲"还是有的。说起来大约是1975年前后吧，我难得回故乡一趟探母，先坐火车再经潍坊换乘长途汽车沿老烟潍公路东北行。那个年代路况车况都差，清晨自潍坊上车，傍晚才能到达我县县城，旅伴们无聊，一路说些闲话解闷。中午行抵莱州停车吃午饭时，大伙望着西北海面有一片绛色的云气，有人就叫起来说"是海市吧？"众人说"不是"，其实开始说的人也情知不是，无非调侃说笑而已。却不料有一位自称是"海市家门口，八仙出发地"的中年男士大发议论起来："我在仙境所在地长到二十五岁，是最有资格在海市话题上发言的，但二十五年间一次也没有见到过什么海市，说见到过海市的人全是胡扯。因为其实'海市蜃楼'本来就是人们的一种想象，一种凡间谁也见不到的传说而已，所谓'海市'云云不过是反映了人们某种希望但无法实现的心造的幻影。我早就想就此事投书报刊，以辨伪求真，让所谓的'海市蜃楼'见鬼去吧！"此君说这段话开头时还有些文绉绉的，说着说着，竟有些冲动，冒出了粗口。

这段我所经历的有关海市的插曲又已过去了四十年之久，至少我一直没有见到过何报何刊上有过此君的新奇高见。其实"海市"嘛，就是一种难得一见却并不费解的自然现象，并不特别深奥，也无十分重大的科学价值，没听说哪位科学家就此课题去博取诺贝尔奖。

然而，如果说"海市蜃楼"曾经引发我甚或至今未泯的相关思考还是有的，那就是——当时的环境是：大秋庄稼俱已收刈，田野上四顾空旷，目无遮拦，那个年代，绝无天气预报，云彩的变化全靠自己去发现，也大都没有预兆，所以，可以这么说，海市基本上只是赐予在空旷农田的劳作者。换句话说，如果在家里，纵然出现了海市蜃楼也无缘相见；即使有人通报再匆匆赶将出来，也有一步来迟之憾。如上所述：三胖哥只是回家吃了点东西，便与第二次海市蜃楼擦肩而过；二舅皆因进城赶集，也失去了与奇观幸会的机会。还有即使是田间劳作者，如果在盛夏时节，大田庄稼还在旺长，一般身高的人可能被青纱帐遮挡，也很难一览无余地看到海市蜃楼全景。至于我在旅途汽车上碰到的那位生活在海市最佳看点，却二十五年也没见到过海市，于是就断定海市蜃楼乃子虚乌有的先生，都是因为哪些原因使他与之无缘，就不好说了。

再者，不能不说还有"运气"的问题。说到运气，在我小时候，是乡里间很流行的说法，其来源也许非止一二，但有一点几乎是可以肯定的：就是在那个科学不昌明的时代，人们的命运往往自身较难以把握，通常的一些解释也不能服人，因此便借助"运气"之类进行诠释，这在某种意义上，对行为方也是一种心理安慰。但在时代发展的某个阶段，所谓"运气"之类便被简单地归之于"迷信"。其实，在我看来，所谓"运气"之类的解释被认同，与事物发展中的偶然性有关。笔者少年参军后做机要工作，接触过一个词儿叫"排列组合"，即说的是事物在其运行中，某些成分就"排列"了"组合"了，而有些就未尽如此。还有有人绝对否定"命运""运气"之说，认为那都是些非常陈旧的观念，是与新的科学认知完全对立的。对此，我不敢苟同，因为相当多持有"运气"之类见解的人，并不都是顽固守旧的冬烘之辈，也有不少深具科学头脑的青年才俊。以球场竞技为例，有时极有实力，赛前被公认看好胜券在握的一方，却出乎意料地败北，有时甚至还连遭败绩，除了心理上或其他原因，还能听到权威的专业评论者常说的一句话："也有运气的成分。"这就说明是有科学头脑的识者亦并不完全否定"运气"这类因素在事物发展和日常行为中的作用。能否有缘看到海市蜃楼者当然也不可能例外。试想，如果一个不经常在空旷的田野上的活动者，能够看到本来就轻易不现身的奇观的概率自然就少上加少。谁也不可能在海市出现的季节每天每时都在田野里眼巴巴地等它出现，这样其"偶然性"就很可能大摇大摆地悄然溜走，可谓差之毫厘失之一赏。

如此说来，好像我在一生中曾经看到两次海市应该算是幸运儿了？不能这样看，其一，得赏海市蜃楼这样的幸运，在人的一生的荣辱得失中可谓微不足道，不能将一个偶得之幸任意放大而沾沾自喜；其二，人在一时或某一点上的"运气"并不代表所有方面或终生命运之幸。故此，我永远希望自己如当年看过海市之后那样：保持一种正常的心态，一种比较平淡的心态。

看来，这海市蜃楼中也蕴含不少的哲学呢。

雨线串古今

——齐国故都临淄漫步

就在这片庄稼郁郁青青、树木葱茏的土地上,曾经矗立着一座总面积为六十余平方千米的大城——赫赫有名的齐国都城临淄吗?

那还有错!出土文物告诉我说,请看故址:这里是管仲的墓葬;那里是晏婴的府邸;犁地时犁出了战国年间的铁犁铧;挖菜窖时又挖出了陶俑娃娃……就连这里的一位普通老农,说不定也可称作是考古的行家。还不待你细问,他便绽开满脸自豪的笑容,指点东西,说说拉拉,要是在夜间,自然是一次饶有兴味的乡村夜话。那山羊胡子下面,火星一闪一闪,旱烟袋吧嗒吧嗒,使走访者乐不思眠。

第二天,我按照书上和乡人口头的指引,走遍了"全城"。在昔日的菜市场我自然不可能买到萝卜和蔓青,却在冶铁工场的原址捡到半截生了厚厚锈斑的铁戟。我仔细端详着这两千多年前的兵器,思绪飘得十分渺远;目光射向远方,似要穿透那岁月的迷雾……

这时,云天里落下细雨,参观者心里却很高兴。因为,齐鲁大地今年雨水奇缺,玉米叶旱得都拧成为暗灰色的尖尖锥儿。这一来,雨珠渗落在玉米芯里,眼看着那渴望滋润的庄稼都轻舒枝叶,我的心也随着舒展开了。

雨,啊——雨!我蓦地想起古书上所载临淄城内人多市繁"挥汗如雨"之说。那么,今日这雨里可有两千多年前祖先的汗滴?也许会有的。我不相信以往的水汽就能随着岁月的流逝而完全消失,它既然是不断升腾、降落,就定会不断凝聚,形成古今融合的雨。这雨线串起了记忆的心叶，一下子缩短了时间上的距离，便使古城临淄显得不那么遥远，而更易于理解和揣摩了。

汗珠拌和着夯土

我们在一个地方止步。这里刚刚搭起了棚子，遮盖着的是一段城墙的剖面。整个剖面显现出一层层坚实的夯土，每层大概二三寸厚，十分清晰，十分均匀。我不胜惊讶了：一越数千年，还似昨日夯的，简直使人难以相信这是夯土。可不是夯土又是什么，难道在春秋战国时代还有水泥不成？

可就是这道夯土的城垣，当时起了巨大的作用。临淄城西临淄水，据险可守，城墙较低；而东面常受到强敌东夷来袭，所以城高益坚。为保住一个备受威胁的政权，当时的设计者可谓费尽了心机。

当然，这强烈的"捍卫"的意识，当时恐怕大多存在于奴隶主、封建主和他们臣僚心中；那些挥汗如雨、饥肠辘辘的夯工们，首先痛切感到的恐怕是眼前沉重的负荷。我从这坚固、密实而匀称的夯土层上，听到了齐声的"杭育"联结了一个协作的群体；我看到的是，飞洒的汗珠拌和着创造之力。夯土没有汗珠拌和，就像今日的水泥缺了水，是无法融合起来的，更不能保存到今天。

热情好客的主人给我们送来了伞，我这时才意识到，每个人的衣服都被细雨悄悄地淋透了，所幸的是这段城墙因有棚子遮护而没有被淋透。看到先民的劳动成果受到了珍视，谁能不感到高兴呢！

地下水道的奇妙

一个数十万人口的大城市，地下水是怎样排出去的？这疑惑在相当长时间内一直被人推测，却无实物确证。而今再也不需猜疑，一段地下水道的被发现，真相已然大白。

这地下水道完全是以巨石砌成，砌得相当工巧。看来是经过了周密测算，足可供全城排水通过。而且为防外敌从流水孔隙钻袭进城，孔与孔之间都是相互错开的。流水可以畅通，而人却只能碰壁。

今日的参观者都在赞叹不已！但我却想，当时的工匠们怕是没心思自我欣赏。因为奴隶主们对他们所建造的任何一项沾点保密性质的工程，最后大都以残杀施工的奴隶为代价，这些地下水道的建造者们是否能够幸免？也许，当他们的手砌完最后一方石条时，所余的一息呼吸连同他们的名字便被埋葬掉。但不论留没留下名字，而今这令人赞叹的地下水道，凝聚着创造者们的勤劳与智慧已升华为整个民族的骄傲！

两种对立的兴旺

向导同志指点说，这里是冶铁的工场，那边是制骨的作坊。在一片平地上，我眼前仿佛升腾着熊熊的炉火，铸铁工的脸上泛着紫铜色的光泽。风箱拉动了，牵出了条条火龙。真的，毫不夸饰地说，当年临淄城巧匠们多虫的大手，已把生产技术推到当时世界的先进水平。

假如生在当时，任何一个人的耳畔日夜都会听到叮咚的锤声。那时的生产状况可谓繁荣兴盛，但就在这同时，切勿忽略了另一个偏僻角落的锤声叮咚。据载：当时由于统治者的无端镇压，许多无辜的市民都惨遭刖刑（即把脚砍掉），从而造成临淄的制鞋生意日渐凋零，而造假脚的作坊却大发其财，日夜赶制都供不应求——这令人心颤的锤声叮咚啊！

冶铁、制骨等行业的生产技术空前发展，造假脚的生意也很兴隆，这两种对立的兴旺意味着什么？它们是水火不相容的畸形市况。可不可以这么说，做假脚的工匠在为冶铁、制骨等行业的工匠们准备假脚？同时也为自己准备这悲剧性的装饰——假如他们一时不慎或遭到诬陷，这种命运是不会因为自己是做假脚的巧匠就能幸免的。因此，当今天的参观者从当日百业工场遗址走过时，心情是极为复杂的：一半是自豪，一半是沉重。

桓公台与四王家

稍具历史知识的中学生也知道公子小白——后来赫赫有名的齐桓公。今日的桓公台据说就是当年齐桓公王宫所在地。如今却不见任何雕梁画栋、巨阙玉阶的痕迹，只见少许磨平的石块上附着青苔。

我们只能凭各自有限的知识来揣摩这里当日的荣华景象，真实存在着的只有一个不会说话的土丘，在沉思历史，见证着兴衰。

而值得庆幸的是，这位五霸之首的墓葬仍旧安然存在，这也算是一处难得的历史遗迹。离今日的胶济线不远，有一个四座小山样的"四王冢"，其中有一座就是齐桓公的长眠之所。当然，至今究竟哪一座是他的墓冢还有争议，反正他占一个还是靠得住的。

关于这"四王冢"，也流传着一些有趣的故事。本来，小山一般的坟丘可谓高矣，但后世的帝王们还嫌它太小，气象不够威严，未能从根本上镇住骚动的臣民。据说若干年来也曾不断添土加高。然而，后世的盗墓者们却总怨它太大太高，磨短了铁镐还挖不到地宫深处。这般"地鼠"们做活必须在一夜之间完成，即使挖到半途也只能在天亮前逃之夭夭，以致传说这王冢有"神灵保佑"云云。

而纯朴的农民却从来不管它或高或矮，他们只喜地面上有这么大小均等的并排着的四座山包，夏秋登临能够一览丰收的景象。他们也没有多想山底下是否埋着珍宝，因为他们所关心的宝物是悬在庄稼上，农人的珠宝只能靠四时辛勤挥汗，既不能像帝王们的掠夺他人所获，也不能像盗墓者的一时暴发！

当然，当整片大地属于人民所有之后，这"四王冢"也成为地地道道的珍宝了。1961年国务院就将这齐国故都遗址颁布为国家级重点文物保护单位。

昨天—今天

雨丝还在纷纷下落。

你站在这块土地上，不可能不触发怀古的思绪，但绝不必摇首，也无须默哀。沧海桑田，时代变迁，自是正常规律，百般寻觅，也难以追回。不论是毁于雷火，还是殁于兵灾，即使是正常发展，新旧取代是客观规律,这原本不值得感到奇怪。而况今日的临淄大地,也并非一片空白。历史毕竟是在曲折地前进,新的已经无可比拟地胜过旧的。不错,你在这一片田野上,还可以看到两千年前就是农人帮手的耕牛,但更有纵横交错的柏油马路和奔驰如飞的汽车。不错,两千多年前这里的冶铁、制骨和其他技术都已达到当时的先进水平,而今天坐落在这里的胜利石油化工总厂,是20世纪60年代开始国家建起的一个有炼油厂、化肥厂、橡胶厂、催化剂厂等许多单位的大型石油化工联合企业。最本质的区别在于,这一切不属于两千多年前姜姓和田姓的君主,而是属于社会主义中国的人民。一个为高大城垣所围绕的古都从地面上消失了,而今却矗立起一个现代化的、楼塔林立的化工之都。从前的小作坊窗户的灯火熄灭了,如今灿若星河的灯光却将整个城市变成了不夜城。这是新世纪之光,人民的世纪之光!

雨线串连着过去和现在。不,雨云距离地面,也不过有几百米几千米的距离吧,却仿佛走过了两三千年的路程。它的起点告诉我们,这里曾经创造出了什么样的辉煌,而它的落点又在轻声说:我们正在创造出和能够创造出什么样的灿烂!

孔址纭思

每当我参观古代帝王陵墓、殿宇以及官宦宅邸遗址时,往往会产生一种复杂矛盾的心情:一方面为它建造的辉煌、工艺的精湛和陈设的珍奇而由衷地赞叹,同时也为可想而知的巨额财富的消耗而深感痛惜,更为那些帝王显贵们的惊人豪奢而愤慨。痛惜,也许已无实际意义,然而愤慨却是无法抑制的。

我在参观孔庙和孔府时就有过上述这样复杂的心情。

只差两层砖

还在兖州去曲阜的公共汽车上,就听当地老乡介绍说:"孔庙比北京故宫只矮两层砖。"我想他主要指的是孔庙的正殿大成殿而言吧。走近了,举目望去,果然气势巍峨,金碧辉煌,远眺恍如故宫。

进了孔庙,虽然没有得到"只差两层砖"的准确数据,但其规模之宏大,占地之广阔,格局之严谨,款式之讲究,确实仅次于北京的明清故宫。那三殿、一阁、一坛、三祠、两庑、两堂、两斋、十七亭、五十四门坊,共计四百六十多间建筑物,占地达三百二十七点五亩。要知道,孔子死后第二年,鲁哀公决定改建孔子故宅时,仅为庙屋三间,两千多年间历经大修改建,才形成如今这样堂皇而威严的建筑群。

我觉得,从某种意义上说,还是要给那些下诏修庙的封建帝王们记上一功。由于他们兴师动众,严命厉令,才使这组严整有致的殿堂渐见规模;也才使历代的能工巧匠们得以施展他们的聪明才智、创造精神。以致最后在沂蒙之侧、泗水岸边完成了一座古代艺术之宫。还因为这些封建帝王们授予孔子后裔以世袭的特权,并加以特殊的保护,才使这罕见的建筑群基本上没有被破坏，给我们祖国留下了一宗值得骄傲的宝贵财富，不论当时他们的主观动机如何，客观效果却是明摆着的。

但是，修建也好，保护措施也罢，付出的代价不仅是高昂的，甚至是惨重的。历史上的十五次大修和三十一次中修，民脂民膏的消耗可想而知，直接丧生于这些重不堪言的劳役中的民工亦不计其数！何况，那些下诏扩建改建的皇帝老官们，绝没有为后世留下什么艺术宝库的真正兴趣。他们的用心在于借孔庙大成殿镶嵌琉璃瓦的屋角，镇着激荡于穷山苦水间的怒云，再造"至圣先师"的金身目的也在于加固他们自己的宝座。最有意思的是，他们愈是感到自己的皇权不稳或是需要加强思想钳制时，便更加专注于我们孔老夫子的出生地大张旗鼓修建扩建（这点也许是夫子本人生前没有完全料到的）。你看，第一次下诏修孔庙的东汉桓帝王朝，恰恰是个腐朽透顶、百孔千疮的封建政权，当时民怨沸腾，犹如布满了干柴，有一触即燃之势，在他之后不久就爆发席卷大地的黄巾起义。可恰恰就是这个府库匮乏、捉襟见肘的政权，偏偏要在孔子故宅这里大兴土木，这不是十分耐人寻味的吗？还有，清朝入关后的第三个皇帝，那个以阴狠残暴大兴"文字狱"著称的雍正，更是郑重其事地"发帑金令大臣等督工监修"。他可能是两千年间最后的也是最隆重的大修"总监工"了，究竟为了什么不也是很清楚的吗？

当我仰望着这金碧辉煌、"只比故宫矮两层砖"的正殿，我心里不禁发出一声赞叹！而当我想到当日修建者的真正目的以及由此付出的惨重代价，我又不能不感到一点黯然了。

入内宅

看惯了现代化的新式楼房，再入孔府内宅观赏昔日眷属们居住的楼阁，自然是别有一番格局和风致。果然是雕梁画栋，华屋锦窗。不难想象，孔子的最近两代嫡孙已是民国年间人，设若他们拆掉旧日暖阁，另造新式洋楼，是极容易不过的，但他们还是保持了传统，基本上未做改建，从而也为我们研究古代楼房建筑，提供了一个完整的标本。

这所内宅深院，终日暖阳临牖、雅树飘香，设想当日必是静谧安宁、气氛谐和的。但当我看了一些确凿无误的资料，又冲洗着内心的惬意，颇感有些不平静了。

如果说雕楼的华丽所耗巨资还给后世留下了可供观赏的标本，那么这里当日极其奢侈的用度是决不应给以赞叹的。在孔府，一次宴会所用的餐具就有四百多件，摆席四百六十四桌，上菜一百九十六道，耗银可称上万。这样的惊人耗费，不来自直接和间接榨取民脂民膏还有什么别的途径？当我想象当日大宴之时觥筹交错的情景，醉后狂笑的声浪，心里原本的雅静的印象不由地也变了味了。

的确，这里并不总是充溢着温文尔雅的气氛。当我听到讲解者说起丫头收为妾生下贵公子后便遭戕害时，我竟产生了这样一种奇怪的想法：恨不得这颇有艺术价值的建筑原本就是只供观瞻而从没住过人的，因为人对人的欺辱和暗算不能不使这华美的建筑蒙上了污尘。

这内宅，表面的"雅静"实际上也付出过沉重的代价，甚至成了肃杀的代名词。请看门上的"衍圣公"手谕就可以想见当时发生过什么事。

……谕内宅门管事李振桐知悉：圣府内门事关重要，无论何人不得擅自入内。如有违犯，轻则经旬察处，重则定予严惩不贷。切切此谕。

光绪三十二年十一月　日

门两旁竖着的皇帝钦赐镗、虎尾棍和金顶玉棍，好厉害！上面似乎还沾着风干的血渍。据介绍，当日确也发生过诬良为邪的令人发指的事件，这些钦赐家伙当然也派上过用场。

总之，在内宅深处，我的观感同样是复杂的：这里是静雅与肃杀的杂糅，华美与邪恶的共融。这里映入眼帘的并不都是具有欣赏价值的历史遗产，譬如那禁门外的陈设就并不美，只余下一点认识价值而已。

尽管有这样双重的印象双重的感情，却不可能也不必要刻意只保留一种而摈弃另一种，因为这是个客观存在，也许只有这样辩证地看才是全面地认识了它。

第二碑林

陪同我参观的同志兴致勃勃地告诉我："孔庙这里有我国的第二大碑林。"

我相当仔细地看过了，而且不厌其烦地记了数儿，约两千多块吧。陪同的同志说：是两千一百多块。这是名副其实的古代书画雕刻艺术的宝库。印象最深的是：十三座御碑亭中矗立着的唐、宋、金、元、明、清历代皇帝竖的巨碑；大成门内东西两庑陈列的汉碑，以及西庑内陈列的一百多块"汉画像石刻"和圣迹殿内的一百二十块"圣迹图"等等，无疑都是碑刻和石刻中的稀世珍品。

不仅如此，这里还是研摩我国书画艺术的圣地。除了汉字的篆、隶、楷、草外，还有少见的八思巴文碑和满文碑。古朴凝重、雄奇遒劲、挺秀峭拔、清丽苍劲，各种风格兼备。刻石中可以看到晋代名画家顾恺之、唐代名画家吴道子和宋代大书法家米芾的作品，使我们再一次领略到伟大祖国先人们非凡的艺术成就，获得了不可多得的艺术享受。

但当我择要浏览了一些碑文之后，同样也产生了复杂的思绪。孔老夫子对我国古代思想、文化和教育方面的贡献是不容抹煞的，碑文石刻中对他的高度评价也是可以理解的，应该有点历史观点嘛。但也有些颂词及于整个孔门家族，多有溢美甚而诌谀之语，仿佛都是天生的圣脉，当然的灵种，这就看着有点不舒服了。这里无意追寻孔子后裔是否个个杰出，当然肯定也不是全都没有作为。譬如我们熟知的孔伋（子思）就是孔老夫子的孙子，他是孔孟学派的代表人物之一。清初著名剧作家孔尚任（著有《桃花扇》《小忽雷》等）就是孔子的六十四代孙，也是值得称道的人物。但这些恐怕主要应归之于他们各自的勤奋和成就,与天生的"圣脉"并没有必然的因果关系。如果都是"天生"和"当然",那么孔子之后两千多年的后裔中,必然也有无所作为、平庸无奇及其他种种情况者,那都要怪罪孔老夫子吗?显然是不可以的。

至于说到碑文的撰写者,文字中有些是溢美甚至诌谀之词,是时代的局限。他们或者是对已逝者的颂扬,或者是对当世人的巴结,当然都自有一定的想法。问题是我们今天的阅览者,在称赞这些碑刻和书法的艺术价值的同时,却不应对碑文也不加分析地一股劲地陶醉起来。时代发展到今天,看问题要辨证一点,对于问题要想得多一点、深一点。

当代砸碑者的"矛盾"

当我在碑林流连,注意到许多珍贵的石碑是断裂的,有的还断成了几段,我不禁感到一种锥心的刺痛。幸而,文物管理方面的巧匠们不知用什么方法把这些以吨计的碑石又粘连起来,但也减弱了完整的美感,甚至其中有的字迹已经残缺。

这些默默无语、老老实实站在那里的带字的石头,究竟怎么就得罪了谁,竟无端地给它们这样残酷的惩罚呢?

还用问,1966年夏秋卷起的那场政治风暴自然不会饶过这里。一些受"林彪江青反革命集团"指挥和影响的暴徒对这座古代艺术宝库进行了凶残的破坏与洗劫,他们说这些"四旧"之物亵渎了革命的纯洁性。于是斧斫锤砸,乒乒乓乓,这些碑碣以及其他无价的文物便大倒其霉了。从那时起,一直到1974年的"批孔"运动,碑碣等珍贵文物仿佛一下子变得半文不值,不,岂止不值,简直是罪孽深重了。

要说这些碑文包含什么思想毒素,你要"声讨"一番,"清算"一番,则也罢了,却野蛮地捣毁它,毫不手软地砸烂它,又是为何?

砸来砸去,好像唯有他们最"革命",最没有封建主义思想了。可是细察他们的所作所为,不对了,林彪、"四人帮"搞的现代法西斯的那一套,实在是连历代最残暴的封建统治者都自叹弗如。如果说,封建皇帝大修孔庙,虽有挂羊头卖狗肉的目的在,却也为后世留下了一座艺术殿堂;而林彪、"四人帮"的挂羊头卖狗肉,则完全成了在最最革命词句掩盖下的一场打、砸、抢运动。

矛盾吗?不,法西斯的骗术而已!

总之我在"三孔"(孔庙、孔府、孔林)参观的一天,心情是复杂的。这种复杂的思绪一直持续了好长时间。然而,我终于理出头绪来了。我为时间在齐鲁大地留下了中华民族杰出的创造成果,留下了历时两千多年各个朝代的人民智慧的结晶而庆幸。对于每个尊重创造性劳动的人来说,没有比看到前人智慧火花的闪烁更为振奋的了。因为,它能够鼓起后来者的豪气,启迪他们开拓新路的信心。建造成这座灿烂的艺术殿堂的,固然有各个时期的能工巧匠,同时也包括每一个普通的民工和被征赋税者。试想,大修的资金从何而来?民脂民膏也。当日被榨取者也许是滴着斑斑血泪,也许被逼得家破人亡,他们实在无奈才付出赖以活命的钱粮来支持这镶金的顶盖。我们今天欣赏这建筑艺术时,不能不首先想到他们。

这座辉煌的殿堂反射出强烈的霞光,仿佛在宣告:一个伟大的民族过去曾经做出过什么,今后将更能做出什么。

至此,我的纷纭的思绪便被厘清了。

孔林漫步

"林子大了什么鸟都有。"

这本是一句带有讽喻意味的俗语,但借用过来形容我眼前的美好感受却是再恰当不过了。

当我清晨起来,在这座古色古香、典型的中式四合院宾馆的紫薇树下,仰望瑞声纷传的苍穹,视线集中到为首的一只拢足舒翼的黄鹤上……接着,是一只翠鸟掠过;接着,又是几只喳喳噪叫的喜鹊;最后,是一群竞飞冠军的雨燕横空剪过……

自从来到城市生活,三十多年来,我从未见过这么多种类的鸟。"这是从孔林那边飞来的!"一位见多识广的熟客向旅伴们介绍。

孔林,是我在高小课本上就已结识过的名词:"在曲阜城北三里,古柏参天,气象森然。"六年前第一次来曲阜,因时间匆促,"三孔"我只看了孔庙和孔府,未得亲去孔林观赏,想不到那里还栖居着这么多值得珍爱的鸟类,就凭这一点……

翠鸟为我引路,今天终于走进了篆体大书"至圣林"的门廊。眼前仿佛出现了骡马拉着的古式轿车,铃铛声不绝于耳,车轮辘辘地颠簸在烟尘纷起的土路上。我忽然联想到两千多年前孔老夫子周游列国坎坷行进的情景。真的,就连那坐在车辕上的掌鞭老伯也仿佛是春秋时代的驭手。可是,当我凑近车篷,对着那两方窗户眼里闪露出的头脸辨认,才使我不禁失笑,乘客们分明是来自北京、上海这类大城市的衣饰时髦、面皮娇嫩的女郎,而看不出半丝风霜之苦。

林,无边的树海,这纵横数百亩的绿色间蓬勃的生命力啊!

丛林的罅隙中闪露出大大小小的坟丘，每座坟前都立着一块或高或矮、或华或朴的石碑，上刻六十六代孙……七十一代孙……五十八代孙……等字样。但较为引人注目的，是位列显眼部位的孔子七十六代孙孔令贻和六十二代孙孔尚任的石碑。前者是民国年间才去世的"衍圣公"，后者是我国清代著名的戏剧家——《桃花扇》的作者。再往前绕行，才得见"大成至圣先师"孔老夫子的墓冢，它的旁边是孔子的儿子孔鲤之墓，前面是他的孙子孔伋、儒学重要继承人子思的安息地。这种安葬格局，完全合于中国旧时"携子抱孙"的讲究。

这些石碑几乎都是砸断后又重新"粘合"上的。不用问，当然是"文革"中来自北京、以谭厚兰为首的远征打砸队的"战绩"。我真"佩服"他们的破坏"才能"和膂力，厚近尺许的石碑经他们"再创造"，便齐斩斩地断了。这种"才能"，只能是与疯狂和残暴联系在一起的，起作用的当是见了不顺眼的东西就搐动的神经线。

据说，这里的墓冢，凡是有点影响力、死者身份较高的，统统都被乘乱"发掘"过了。孔老夫子之墓冢在这座林子中是头号尊贵的，却没有挖出半点东西。或许是年代久远被水土剥蚀而湮没？也或许是因为他老先生当日并不富裕，陪葬从简？反正是令那些掘墓者大失所望。倒是他距今近些的后代们的墓葬中被挖出了不少珍饰和文物来，那些先抢为快的掘墓者很是发了一笔笔横财。令人痛惜的是，他们为了遮人耳目，在收购处脱手时，往往把一件本是完整的艺术品肢解，只把"值钱的"金银部分秤戥论价，而把另外"不值钱"的部分慷慨地扔掉。怎能够想象，如此幽静的园林，也曾有过锤砸锨砍、噪声动地的时日！好在，今日的林中空地，又长出了柔长的秀草，已完全看不出当日心颤魂惊的痕迹！

坦白地说，我对欣赏这些坟冢亡灵并不过于醉心，也并不一概反对发掘沉睡于地下的珍宝文物，但我同时却坚持认为应当尊重历史，对于能够说明我们非凡历史的一切有价值的东西只能立足于保护，即使有必要使其重见天日，也只能是为了拭去污尘，悦今人眼目而使历史增辉。

又一辆轿车颠簸着从我身前开过，我向路边一闪，让它扬长而过，因为我从布帘的缝隙间听到了年轻人满足的爽朗笑声。我应为这青春的笑声让路，古树也应为它让路。我想，要是这林中通道再拓宽些才好呢。

我转悠完了，向外走去。一条小河横在面前。这是昔日鲁国都城的护城河，流水虽不甚激，却从未稍歇，逐波前进。我不禁想起孔老夫子的感喟来——子在川上曰：逝者如斯夫，不舍昼夜！过去的一切，毕竟已成为过去，从某种意义上说，只有今日的一切更美好，才使过去遗留下来的东西变得更有价值。

当我走出孔林，黄鹤、翠鸟、喜鹊和雨燕又从当空掠过，飞回园林。不论是珍禽，还是寻常的鸟类，都是现实中活跃的生命。我觉得，这上千年的古老园林，因为有了它们的栖居，才使人觉得有了生气，不显得过于幽寂。

于是，我的注意力从林中移开，爱恋地看着那后续飞来鸣声脆亮的祥鸟……

琅玡台漫笔

还是小时候在山东故乡时,就听说诸城县有个琅玡台十分出名。本县与诸城相距不过几百里,却也可望而不可即。离乡后几十年间尽管走南闯北,却偏偏就是无缘去那里。前不久去鲁中公干,得以专程去谒见琅玡台,始知此处早已划归胶南市!

真是日月轮回,沧海桑田,竟生出几许紧追不上之感。

其实那个景点半丝没动,只是行政区划变动频繁而已。我去琅玡台前曾先参观了诸城(也已改为市)博物馆,在该市山水风物游览图上仍将琅玡台画于其上,以表"曾属"。更有趣的是,原来出过刘墉(刘罗锅)及其父刘统勋的那个村庄,本属诸城,现已划给毗邻的高密市,但博物馆历代名人展中,仍将刘罗锅列在此地,还附有他的画像及书法。而曾出过中共一大代表、中国工运早期领导人之一的王尽美的村庄,原一直属于莒县,现划给诸城市,诸城即专修纪念馆以纪念这位英年早逝的革命先驱。我在参观时还想:不知莒县那边对王尽美同志的出生地有何说法?

转念又一想,其实这是一个好现象:说明我们各地对历史人物的珍重、对自然景观和人文景观的重视,均以某个名人或某个胜地出在本地而无比自豪!

在看过琅玡台图画而未亲临之前,更使我产生出望梅生津的渴念。画面上的琅玡台呈现出水天相接烟波迷离的意境。不知怎的,竟使我联想起曹孟德"东临碣石"时的诗句:"水何澹澹,山岛耸峙"。非同地,情境共融。

及至黄海之滨的琅玡台，嗬，天地竟如此广阔，岂是那尺幅绢画所能表达？黄海的水色较之东海、南海似乎多了几分柔和，但更蕴含浓郁的诗意；它比渤海显得更加开阔，但同时也最先感受到暖阳的亲切。已近小暑天气，海风习习，柔润有如暮春。几只海鸟在我头上盘来旋去，仿佛在争说它们寄居的黄海的变迁和远古的故事。最近看报纸，始知黄海近一万年乃至三四万年前，迭有戏剧性的演变，或为内湖，或为草原，成海不过万年，而且当时长江也是流入黄海的。想来公元前219年秦始皇东巡多流连于黄海之滨，也许不是偶然的。那年秦始皇率臣属百官亲眷人等，登琅玡台，刻石以记事。石碑上的留言为小篆，据说是丞相李斯手笔。

关中、黄海，相距何止千里，始皇这趟出行固然无比威仪，但也极不轻松，最终付出了沉重的代价！

恰逢当地一鹤发老者在岸边散步，热情地向我们讲解："秦始皇还去过胶东，蓬莱、成山头，所谓'天尽头'，都到了，主要是为了寻找长生不老药。"

我并未将老者之说作为严谨的学术观点对待，但说明他对那段故事并不陌生。此际东南海上，山岛隐现，似有仙气缭绕。由此引发我的联想，于是请教老者：

"你们这里没有关于徐福的传说吗？"

"也有一些，但因为没有充足的根据，我们这里没有参加进去。"

我默然颔首，心想有关方士徐福率领童男童女乘舟远渡东瀛未归的故事，自我孩提时本乡就非常熟悉。关于徐福东渡的起航地至今仍有各种版本。前时有江苏赣榆和山东龙口，最近好像又有河北盐山，并都有相关的宣传活动，当然均自有所持的理由。这本不足怪，如上所述以本乡本土多出名人胜地为豪，为此而努力加以考证，对经济发展和文化建设的裨益是显而易见的。但我总有一种也许是天真的希望：最终能有一个完全确定的说法为好。

使我感到欣慰的是：眼前这琅玡台是一个真实的存在——秦始皇来此凭吊过大海，这有司马迁《史记》和李斯碑记为证。有一是一，有二是二，秦皇嬴政和他的臣属登临此台，此点是不需争论不休的。

一个真实的琅玡台，最有价值的正是承载的史实。

巨树巨著共长生

——浮来山归来有感

刘勰是一棵树。

他的文艺理论巨著《文心雕龙》也是一株盘根错节、枝繁叶茂的巨树。我至今仍感到奇异的是：尽管在刘勰之前，也有一些阐述文艺创作规律、探索艺术创作奥秘、研究表达技巧的文章，但像《文心雕龙》如此系统、如此繁浩、如此全面、如此精到的文艺理论著作，破天荒之功仍应归于这位刘公。

我之所以将他和他的《文心雕龙》比之为树，并非臆想妄言，因为在刘公的故乡山东莒县，确实有这样一株3000多年的银杏树。这株号称"天下银杏第一树"的奇株就在莒县城西浮来山的定林寺院内。这座寺院始建于距今1500多年前的南北朝，据记载就是南朝萧梁通事舍人刘勰所创建。刘勰出生于此，后南去为官，居于京口（今镇江），晚年为僧，后北归遁迹于浮来山定林寺，故世称此处为"刘勰故居"。

古老的银杏树当然是先于刘勰所有，他出生时银杏已是巨树。银杏固然是比较长寿的，但并非所有的银杏都能长生数千年之久。既是遐寿罕见，想必有非同寻常的灵性。刘勰稍稍长成，此树早有一千数百岁矣！想必不可能不对他有所启悟。自然界万物与人，尤其是自然界的非凡之物与具特殊灵性之人，常能产生灵犀相通的感应。大地之母既能哺育成如此非凡巨树，那么人的心灵之域就不能生发出惊世巨著吗？

我想，刘勰和树朝夕与共，耳濡目染，心领神会，产生了非同凡响的灵感是必然的。

所以说，刘勰和他的《文心雕龙》也是巨树。甚至还可以干脆地说：刘勰就是那棵古银杏树，古银杏树就是刘勰，尽管树龄较人龄老得多，但彼此的生命已经融而为一，就不能仅仅以生理年龄来机械地计算了。

我又不禁联想到远在蜀地的乐山大佛，诗人有云：山就是佛，佛就是山。这银杏树与刘勰之间的关系虽然略同，但又有本质的异处：银杏树是鲜活的生命体，而且虽历经三千多年风雨雷电，地震兵灾，至今还是生机盎然，果实累累，文管所老所长告诉我："今年因为天旱，白果（银杏）结得少了，往年更多。"如此累累，还说是少，那多的时候又是何种情景？

当年刘公选择此地建造定林寺，肯定也是得此古树的福荫。此树居于前院正中，树冠恰好覆盖了全院，成为天然的凉篷。看来寺也好，人也好，文章也好，都是以巨树为本。寺门南侧有一巨石，上有刘勰手书"象山石"三字，以形容寺内银杏树之雄伟。以现在的时髦话说，这充分表现了刘公的古银杏树情结。

但说来也奇，前院的3000余岁银杏树和后院据说是唐代所植的银杏树，都是雌株，按植物生长规律，需附近雌雄兼有才能结果。可老所长断言："一里地之内绝对没有发现雄树。"那就是在更远更远的地方了。真的，奇树的生长规律也不同一般。

这棵高24.7米、树干周长15.7米的巨树，周围有许多历代官绅、文人墨客留下的碑记和诗赋，这里仅录其中一首曰"大树龙盘会鲁侯，烟云如盖笼浮丘，形分瓣瓣莲花座，质比层层螺髻头，史载皇王已凡代，人经仙释几多流，看来今古皆成幻，独子长生伴客游。"据传说，春秋时代莒国国君、鲁国国君和避难于莒国的齐公子小白（后来的齐桓公）都曾先后会于这棵银杏树下。如今君侯贵胄"皆成幻"，但当年见证他们会面的大树却在。仍然那么青葱，那么繁茂，那么潇洒，那么精神抖擞，看来人寿比起树寿，非常之人的寿龄比起非常之树的寿龄，确实是望尘莫及的。

不过，且慢绝对地说，那创建定林寺的刘勰呢，人虽早殁，但传说尚在。提到这寺,看到这树,就没法与刘勰的名字分开。其原因是不是刘勰有一部《文心雕龙》,而那般君侯们却无?

巨树与巨著,共同点是不朽的生命力。物质遗产和人文精神,相映相偕于浮来山麓,蔚成中华一大奇观。

趵突泉，还是趵突泉

我国的许多城市都有富于诗意的美称。济南，人们习惯于称之为泉城，作为一个在那里生活过七年的人，我觉得这称号是名副其实的。

我还觉得，在济南的众多名泉中，趵突泉堪称济南的眼睛，那汩汩涌起的水花，就是这眼睛的熠熠神采。

20世纪50年代上半叶，我在济南工作。当时公务虽然极其繁忙，但稍有余暇，我就喜欢跑到趵突泉，去看那跳跃不止的水花。在这之前，我从没有看到过这么高的水柱，总有那么三四尺吧。那时年岁小，不懂科学道理，看得入神时，我就猜想这泉水底下或许有个什么精灵。但这个精灵并不坏，是个好心眼的，要不它怎能把这么多的人吸引到这里，看得那样心旷神怡。有的小孩儿家，小手使劲扒在栏杆上，两条腿在下面情不自禁地蹬着，他们不也是在急切地探索其中的奥秘吗？

更使我感到惊叹不已的还是那泉流出口的胜景。那水，清得使人觉得舌头发甜，循着石渠夺路涌出，梳拢着渠里的秀草。这草，青得出奇，长得罕见，比奇俊的马尾还要顺溜。它们依着流水的节奏，轻柔地颤动，好像被抚弄得痒丝丝，有知觉似的。不舍得清流远去，想留住，又留不住，好在清流源源不断，继而又接受后来的泉水的梳拢。

那时我在想：这么好的水，都跑到哪里去了呢？要是浪费了该多么可惜。有人告诉我说：这些水都涌进了一条河流，这条河就叫小清河，它极富舟楫之利，顺流而下，可以直接进入渤海。小清河，顾名思义，当然是极清极清的啦。从趵突泉里流出来的水，不清才怪呢。

从此，我对趵突泉的感情又加深了一层。它不仅是济南一个城市的眼睛，而且神采所及，还映亮了整个齐鲁大地。

离开济南后，有二十年没再见过趵突泉。一九七六年春天，我回老家在济南转车，在济南要待多半天。当时的政治氛围还很压抑，市面上也很萧条，我哪儿也不想去，只想去看看久别的趵突泉，它到底变得怎样了呢？这天非常暖和，但一进公园，便觉得气氛是那样冷清，游人出奇的少，只是偶尔听到柳树上鸟雀的一两声噪叫，才能使人唤起对过去的回忆。我急步奔向泉池，水面似很呆滞，水花虽还在"跳"，但也是无精打采，筋疲力尽，水柱自然是比过去低多了。那一次，我是怀着怅惘而又愤懑的心情离开泉城的。我第一次强烈地意识到：自然胜景给人的愉悦也不是无条件的。如果人类对它不予体贴，反而恣意损害，它也是要闹情绪的。

此后又过了六年。去年夏天我去济南，本来指望趵突泉像我们的社会新局面一样活泼，如我们人的情绪一样高涨，然而，泉池却是完全干涸了。更确切地说，地皮还是相当湿润的，但没有水，更蹿不起水花来。这情况真是使人发急，我们希望的，绝不是地皮湿湿而已，而是要涌出激荡的泉流，跳起昂扬的水花，生出鲜绿的秀草，去充实水流不足的河道，把百轮千帆推向喧腾的大海。可是，它没有，只是地皮发潮而已，这真使那仍在矗立着的"第一泉"的石碑感到难堪，没有水还能称得起名泉吗？

为什么会是这样？我问了当地的朋友。说法不一，不过有一点是一致的：泉的"渴症"不是自今日始，仍与"十年动乱"以来的胡弄蛮干有关。政府正在大力改善地下水源的情况，促使名泉恢复水花奇观。

我怀着企盼和坚定的信心离开了这座仍是名副其实的泉城，因为我觉得，趵突泉是不应干涸的，泉城理应具有更加明亮的眼睛。

一道喜讯传来，今年春天，有同志自济南出差回来告诉我：趵突泉又有水了！我急忙问："水花呢？"他说："又跳起来了！"

盼之过切，就变成坚定的信念。趵突泉果然不负远方的热望，它终于重新焕发出与我们这个时代相称的风采。但沉静下来，又觉得毕竟没有亲临目睹：它如今到底是一副怎样的姿容，还不能准确地想象出来。

也是事有凑巧，不久前，我因事去了渤海岸边、小清河入海口那里一趟，只见上游来水甚丰，汇入大海，仿佛使浪涛又添了几分威势。我想，这水流中一定有它的发源地趵突泉中的一份吧？我到底还是在数百里外的海口同它会面了。这时，我印证了那位传信人的话必是真的——趵突泉有水了，那簇悦人的水花又展现出青春的笑颜。

我这样断定，根据还不只是那一道口信，更根植于一种信念：积存于地层深处的水，富有活力的生命之泉，会永远不展现清波的光影？当然是不会的。

只要天上有雨，胸有激情，泉流就不会干！

趵突泉还是趵突泉！

历下寻珍随感

最近,我有幸应邀来济南历下区采风,收获颇丰。济南是我青年时代工作过七八年的城市,我是非常熟悉的。时隔多年重回济南,一方面为济南市和历下区近年来的巨大发展变化而惊喜,另一方面也因自己故地重游有一种别样的亲切与深深的感慨。

历下区是济南的老城区,也是历史遗存和风景名胜的荟萃之地。过去的记忆和现今的印象,无疑是有许多东西要写的。但我又想,对人所共知的景点和遗址如数家珍般地平铺直叙,肯定没有当地专家和知情人了解得那么详尽,所以,就我个人而言,不如结合我与济南(历下区)过往的有关经历和今天的所见交叉对照来写,或许会有更多的特点,也是个体的独特的见证,说明济南历下区在历史进程和时代发展中的丰厚积淀及其重大影响。

我与珍珠泉的缘分

珍珠泉,是济南的名泉之一。1952年9月,我与她有过相偕共处几日的缘分。那是山东省召开团代会期间,就安排在珍珠泉礼堂。大会的主要事项有二:一是团省委领导换届,二是表彰四十三名山东省模范团员。主要是工业战线的英模,如郝建秀等,也有农业、部队、机关、教育、商业方面的代表人物。我也是这四十三位受表彰者之一,当时我名叫石恒基,一年前被授予济南市模范团员的称号。作为山东省模范团员,还被授予模范机要工作者的称号。

珍珠泉就在礼堂前的大院里,会议中休息时间,此处就是吸引代表们争相观赏的名泉。当时年仅十多岁的我,也许少见多怪之故,在泉边瞅着瞅着就十分着迷。只见无数粒珍珠般滴溜溜向上升起,似乎有一条无形的线被神秘地弹动，有规则或无规则地上升和下沉，但当这珠泡到达水面后，你越是目不转睛地盯着她，她越是羞涩似的倏然隐去。我承认我很缺乏这方面的科学知识，经常会向别人提出一些可笑的问题。我记得曾问过来自青岛纺织战线的张姓女劳模。她虽然只比我大两岁，我却觉得人家比我懂事得多，成熟得多。

"这水珠能看到人们在看它吧？"我问。

"看到？"她摇头笑了笑，"也许……它能感觉到吧。"事后，我意识到了我的幼稚。张同志的那个"也许"，我想是大姐对小弟的一种善意安慰吧！

这次团代会结束时有个插曲值得一叙。就在最后领导宴请代表时，我因为太高兴了，多喝了一些酒（我小时候一闻酒香就有点馋），勉强回到单位，竟昏昏沉沉睡了一天一夜，醒来后译出两天前收到的一份电报，直惊出一身冷汗。尽管不曾误事，但离应办的时间已很迫近。将电报送至首长后，我深刻自我反省，不该乘兴喝过了头，此应作为毕生之教训。自此以后，我真的滴酒不沾，直至现在。半个多世纪过去，竟不再有喝酒的欲望，此一情节我曾记入以前写的《我的饮酒史》一文中。

最近，我再次与珍珠泉重会。尽管四周环境已有较大变化，但宝泉魅力依然。她仍然无声地、尽职尽责地供游客观赏，但不知她是否能够认出我这个早已不再年轻的老友？

珍珠泉，在济南诸名泉中给我的记忆最深，原因是她与我生命历程有着难以磨灭的关系。她的水波，照见了我不同时期的面影，水波上的面影也许转瞬即逝，记忆的刻痕却与生命同在。再见，珍珠泉！

初中课本与大明湖

20世纪40年代末至50年代前半期，我在济南工作时去过大明湖三次，其中第二次印象最深。那是省府机要科的同行接待我们军区机要处的几位同志，乘坐的是画舫，因是夏日，一路几乎全在荷叶中穿行，盛开的荷花即使我们这些年轻人灵活的眼睛也应接不暇。"文革"后我又去过四次,大抵是20世纪70年代末一次,90年代和2000年后各一次,最近又一次重游。

然而,我不想平庸地罗列这几次游览的印象,倒是我上初中时语文课本中有关大明湖的篇章使我不能不提,因为这对于济南,对于历下区和大明湖本身,都是实实在在的良好影响,对我本人而言,也是生命历程中知识积累的重要篇章。

我的初中是在故乡胶东解放区上的。由于处在战争环境中,断断续续上了不到两年,却也给发了正规的初中毕业证书。我就是带着这个学历参加人民解放军的。

说起来连我自己都难以置信,战争时期的课本,编书人的视野仍然非常开阔,知识含量应该相当深。就拿初中一二年级的语文来说,分别载有《大明湖》和《白妞说书》两篇。《大明湖》是综合性的,《白妞说书》显然是选自《老残游记》而略有删节。在《大明湖》中,所列景点我记得有历下亭、铁公祠、北极阁等。其中有关名联如"海右此亭古,济南名士多""四面荷花三面柳,一城山色半城湖"文章里都有。而且前者"为湖南道州书法家何绍基手书"也已注出,只是诗的出处没有说明。我庆幸当年在老家还未来到省城时即将这些知识储存于大脑中。对于铁公祠尊奉的铁铉,课本中花费的文字更多,至今我大致还记得:"铁铉是一位不畏强暴、力抗敌军的可歌可泣的志士,后来因寡不敌众被俘,至死不屈,表现出惊天地、泣鬼神的浩然正气。"按说在当时的解放区,往往都从人民革命的观点出发,对于"忠君"的将相人等,常常要批判几句的。但我清楚地记得,对于铁铉这个人物,一句批判的话也没有。我想可能是当时为了鼓舞解放区人民同仇敌忾打倒蒋介石,需要一种英勇奋战、誓死不屈的精神吧!而在我今天看来,当时解放区的中学课本的定位是对的。其实,像铁公所秉持的精神,正是文天祥等古代志士仁人所倡导的人间正气,也是为最大多数人民群众所钦佩的崇高气节。从某种意义上说，铁铉的气节与行为在很大程度上已突破了狭隘的忠君思想，而是升华为跨越时空的正义化身并为后世所称道。况且，他的对手——后来的永乐皇帝朱棣（姑且不全面评价其功过），至少在对待不那么顺从他的人则极尽屠戮为能事。譬如攻破南京后对大学问家方孝孺灭其十族，可谓超绝的凶残，将封建统治者的阴狠本性推向了极致，可见铁铉式的结局并非他独有的遭遇。

对啦，当时在读课本时，可能出于"偏爱本乡土"的心理，我认为铁公就是山东人。参军后阅览书报杂志，方知他是河南邓州人。最近这次来泉城采风，才知道铁公死时年仅三十六岁。细想也不为怪，岳飞岳武穆殉难时不也才三十九岁嘛。曾有许多仁人志士都是英年早逝，令人嗟叹！

当时课本上的《白妞说书》我也是非常喜爱的，而且我从课文的注释中已知作者刘鹗的基本情况："刘鹗，字铁云，近代小说家，江苏丹徒人。"当时能够将这样的章节选入初中课本，足见我山东解放区的文教人士并不只是从简单的政治概念出发，也很有文学艺术眼光。少年我就酷爱这样的作品，不能说对日后走上文学之路没有深刻的影响。至今想来，我不能不深深感激大明湖，感激当时课本的编选者。

正因为如此，时隔几十年后，此番再来大明湖，我对铁公祠和当年白妞说书的原址特别关注。今昔是不能割裂的，历史是一面宝镜，了解过去，对今天的一切便倍觉珍贵。我觉得我的使命是双重的：将过去拉过来，将今天展开去，使今天与昨日更合宜地对接。

数十年泉城老街爱心不泯

我对济南老城街道素来有一种爱恋般的情结。早在20世纪50年代初，每逢星期天或放假日便经常去老城街道漫步，但我很少去逛商场。1954年国家宪法公布前，按照机要部门"二人以上通行制"的规定，均与本科处同事一起出行；1954年后则是一个人去，然后在小饭馆吃过午饭，再去新市场的天庆戏院或大观园里的大众剧场看一场京剧。

在老街道漫步，主要是品味它的古风雅韵，尽情实现幼时对"济南府"的心仪之情。文学，离不开历史，离不开浓浓的人文感受。我自幼酷爱文学，参军后做机要工作暂时搁置，但艺术的丝弦未断，体味、感受无疑也是一种衔接和积淀。

我那时常常流连的是芙蓉街、贡院后街、按察司街、布政司街以及剪子巷等，我意在就古名而品古意。也许当时有的老街今已易名，但我还是冲着它的老名去的。有的街道似乎今昔有些不同，如当时没有"贡院墙根街"这个印象，反而"贡院后街"留在我脑子里的印象很清晰；还有，我记忆里有一个叫"抱厦街"，不知是否记错了。漫步老街，同样是一种知识的增进与积累，如对布政司和按察司这类官街，小时候在老家看大戏，碰到这类问题都囫囵吞枣，莫知其详，而在泉城"逛街"时请教明公并查阅资料，始知它们的职务和品级，并对"藩司"与"臬司"的别称也有了答案。

当时我最难忘的情景是芙蓉街上的芙蓉树。沿街非止一二，粉色的穗须状的芙蓉花充满着蓬勃的生机。我小时候在老家偶尔也见过，但没有这里的如此盎然勃发。芙蓉本是荷花的另一别称，而芙蓉花在山东似乎已是一种乔木花树的俗称。只是20世纪50年代自济南别后，在其他地方还真无缘再见到，不知为何。至于剪子巷，我去过的次数要算是最多的了。那时这里绝不是只卖剪刀，还有别的多种杂货和零碎奇巧东西。1953年我买的第一只手表，就是在这里的一家表店里买的二手旧表。后来总是走得不准，不是太慢就是太快，过一段时间就要来修理，但就是治标治不了本。掌柜的从来都不推不烦，面带微笑，彼此都发不起火来。

但此番来历下区采风，始知我当时去过的地方只能说是老济南一部分而已。最典型的如曲水亭街，过去我不仅没有到过，竟连听说也未有过，可见年轻时还是孤陋寡闻。当我置身于曲水亭街，我真的感觉到那种浓浓的人情味是从水波里弹出来的，是从河畔石缝里渗出来的，是从河街两侧或大门或小窗走出来透出来的,也是从安详沉静的本地人的脸上真切地表现出来的。当然时间又过了数十年,我觉得曲水亭街越发地体现出泉城深厚的人文底蕴。就连小店门前的旧照片,卖当地传统小食品的窗口,许多细节都显得那么自然而不造作,淡定中又富有人情味。离此街不远处的王府池子,那种普通市民们的怡然自乐、舒展平和的心态,都在泳者的表情和动作中表现出来。这处明朝德王府的旧址,也是此次我来历下区才知道的。

看,有多少本是"旧识"对我而言却是新知,可见历下区本身就是一部厚厚的大书,还有多少未曾览尽,纵是再给我几次机会街市漫步,也还是走不遍的啊!

最后,单说辛稼轩纪念祠

位于大明湖南岸遐园以西的辛稼轩纪念祠,我先后来过两次。1961年初建时,报刊上多有报道,印象颇深,稼轩纪念祠建于此实在是顺理成章。这位伟大词人和抗金英雄本就是山东历城人,受齐鲁文化熏陶极深,无论是做人还是作品无不正气浩然,义薄云天。明湖美景配以英雄志士,自然是相得益彰。

尽管我自幼即熟知辛弃疾的传奇经历,但每次瞻仰稼轩祠又有新的感受。尤其是这一次,得知稼轩纪念祠的原址是清末为李鸿章歌功颂德的"李公祠",更觉当日改建为稼轩祠之举极有识见。对于这位清朝晚期的李"中堂"大人,虽不必一提起来就痛骂"卖国贼",但也不必"包容"到极尽,将他美化成"力挽狂澜"的护国大功臣。甚至有的文章还要亲上加亲锦上添花,将一位与李大人沾亲的、如今再度红火的当年才女作家弄错了辈分,也太过于爱屋及乌了吧?所以,假使李中堂地下有知,礼请稼轩先贤明湖憩息,以抚后世,也算有点起码的心胸吧?

我以为前来参观稼轩祠,更多的是感动与敬仰,而此次却突然想到了一个问题,也算是有点新的思考。从前一提起南宋,便自然想到如辛弃疾这样的有志之士,在当局耽于偏安的大局面下,志不可伸,只有激愤之下的忧郁，似乎总是笼罩着一种末世江河日下的悲凉。但现在我却想：对照清朝晚期，南宋尽管在北方强敌的高压和逼迫下，总体处于屡弱之势，但与清朝晚期统治者颟顸腐弱造成的无可救药的局面，还是有区别的。南宋时期，势虽促而气不弱。统治者苟且享乐，而将帅文臣诗词杰才中，多有铮铮风骨力主抗侮济世之士，如陆游、辛弃疾就是其中的光辉代表。纵是蒙元骁骑南下势不可当的危局之下，还有文天祥、陆秀夫、张世杰等这样成仁取义、浩气不泯的人物光耀天地。而晚清时期虽也有变法维新之举，救亡图存之声，但总有浩气不足、世风式微之感。在很大程度上，证明了封建社会发展到衰落阶段，腐朽落后之势难收。幸而有孙中山领导的辛亥革命结束了帝制，更重要的是正如毛泽东所言：十月革命一声炮响，给中国送来了马克思列宁主义。新文化运动、中国共产党的诞生，方有可能从根本上改变中国积贫积弱、饱受欺凌的可悲局面，使中国走上真正的富强之路。

　　人间正道，天地正气，推动着历史的发展。无论历史的发展几多曲折，几多逆流，但正义与邪恶，清凛与污浊，总归是泾渭分明的。这就是我从辛稼轩纪念祠走出来时，想的这个也许是人所共知的问题。此刻，我心中不禁涌出辛弃疾《沁园春》中句："吾庐小，在龙蛇影外，风雨声中。"似见他走出宅院，伫立于大明湖畔，听风声雨声，以当代清气，尽涤千年积郁，不亦畅乎！

诗盈太白楼

在古运河北岸，古城济宁的市中心，有一座仪态庄重的两层高楼，这便是我国唐代大诗人李白的旧居——太白楼。

李白于开元二十四年（公元736年）由湖北安陆移家济宁，寓居于复姓贺兰者的一家酒楼，至乾元二年（公元759年）携女离去，在济宁生活达二十三年之久。他的儿子伯禽出生在这里，女儿平阳在这里长成，夫人许氏在这里去世。他本人在这期间虽不时外出远游，其心仍萦系这座楼。"楼东一株桃，枝叶拂青烟。此树我所种，别来向三年。桃今与楼齐，我行尚未旋。"他身在金陵，仍遥念居住在东鲁的一双子女，诗情深挚，柔肠百转，至今读之，仍令人心折。从中也可看出李白与此楼有着何等亲密的关系。

李白长住济宁，绝非偶然，这与他的亲属多有在鲁西南一带任职，他对此地感情较深有关，但更重要的是他在祖国名山大川、良畴美域中进行了选择，热爱任城（济宁）盛世之气象，极赞此地物阜民勤。有他所撰写的《任城县令厅壁记》为证：

"故万商往来，四海绵历。……耒耜就役，农无游手之夫，杼轴和鸣，机罕嚬哦之女……行者让于道路，任者并于轻重，扶老携幼，尊尊亲亲，千载百年，再复鲁道……"行文中不难看出李白的社会思想和对文明的向往，可称为我国散文中的佳篇力作。

遗迹表明，李白在此居住期间，常去东面不远处的浣笔泉浣笔，凝目河水流荡，送走千舟万楫，一帆侧处，爽风万缕。他激情迸发，难以自抑，挥毫大书"壮观"二字，为济宁留下了力重千钧的书法真迹。

太白楼的两层楼外，均有游廊。楼壁上，有许多诗词石刻，计四十余块，多为后世文人墨客对李白一生的评价和对这位"诗仙"作品的抒怀。其中有两副，是以李白的诗句组合而成，较有意趣。一副是近代金石学者罗振玉所写，另一幅是武陵人王以慜书写的：

罗的对联为：

把酒临风看带郭千家何处青山留谢朓

登高望远指布帆一片当年春永别汪伦

王的对联为：

青山骑白龙我欲因之梦吴越

长风送秋雁对此可以酣高楼

楼东北面的一块空地上，前后并立着两列碑刻，为元、明、清三代遗物。楼前，两石碑夹道，皆为清高宗乾隆皇帝"御制"。乾隆五下江南，五次都曾驻济宁，每次都登楼赋诗、刻石铭记。现观之，似无惊人之笔。这位皇帝是从来不吝笔墨的，但有时却不及一无名文人之作更有新意。

而我对这里最感兴趣的还是李白生活和创作的遗迹。一个历史名人的屐痕履踪，一丝一缕，一字一物，无不被后世人视为珍品，这本是可以理解的正常现象。它说明了人们对于为中华民族的发展做出贡献的人物的钦仰，也说明后继者对于祖国历史和文化的高度珍视。此情此意，贯通古今。它往往超出了当时人们的预想，甚至并非创作者本人所追求的目的。但虔心不负建功人，不管他们当时是否想到后世会纪念他们，是否会享受殊荣，时代的风雨都会荡涤尘埃，还会匡正当时可能有的偏见，把他们置于应有的恰当地位。也许有个别的会被湮没，但一般说来，人心是秤，历史公正不阿。

我注意到，就连在楼下空地上刈草的工友们，也是那么专心一意，精于劳作，好像这不是一般的干活挣钱，而是在从事一桩庄严的工作。人们常说，真正值得敬爱的人物的精神感召力长存不衰，还真是不谬。

站在太白楼的游廊上,透过岁月的纱幕,我看到了许多已成过去却宛在眼前的情景——

　　一千二百多年前,"诗仙"和"诗圣"经常晤面的所在,就离此不远。那单父台,不就是李白、杜甫、高适一起登临赋诗的高台吗?那曲阜的石门山,还遗有两位大诗人当日依依惜别的余绪。此际初秋风透凉意,我们可意会先贤挥手隐去的情景,落日泗红了浮云,秋虫唧唧更显山谷幽深……

　　更近处,我依稀看到李白正在浣笔泉边弯腰浣笔,墨汁和着泉水涓涓流去,那边拂来的清风却还透着墨香……

　　哦,南面传来了钟声,是那么清奇,那么悦耳。这是从济宁另一名胜声远楼上送来的。此楼建于宋代,比李白生活的年代要晚,但也给太白楼增加了声韵风采。这钟声是属于古代的,又是属于今天的。是的,先人创造的一切有价值的精神物质财富都润泽着今天。

　　难怪在李白居住过的太白楼上,今天还盈注着泱泱诗情。

落笔黄河入海处

好沉的一抔土

在这里，老皇历是不灵了。

原本我以为，黄河口的土是粗糙的、贫瘠的。因为在我幼小时候，大人就告诉我：那是个盐碱沙荒、十年九不收的地方。

但当我来到黄河入海处实地，亲自领略了它的气势和壮美后，我便意外地发现：这里不仅地阔，而且土肥。土攥在手里，酥细得像润了油，却又不腻且匀和；凑近鼻沟下一闻，别有一种清香。以我年轻时在老家从事农桑的经验判断，这样的土质，任凭种蔬菜还是种庄稼都是很理想的。

果然，在后首那块干松的地段，好一片秋禾！风过时，高粱擎起硕大的锣鼓槌相互撞击，没有敲出多大的声响，却惊起一对翠蓝色的珍鸟从深处腾起，在半空里飞旋两遭，没有树枝可依，又飘落在旁边的一片谷地，立在穗上颤颤悠悠，像一双新婚伉俪面对面荡着秋千。那千支万条谷穗似的金笔，在漫野里尽情地描绘秋熟的图景。

再往前，更接近河口的一片土地，许是刚冲积成不久，还没有被好好利用。如此潮润的沃土，瞅着都会口舌生津，谅也不会长时被闲置的。

我是个庄户底儿，颇有些"爱土成性"，走着走着，禁不住又珍惜地捧起一抔土来，觉得好沉重，真的——比一般的土要有分量。"你的手感不一样吧？"我们的老向导、四十年的治黄专家王总工程师看出来了，接着他以充满诗意的幽默口吻向我解释："这土确实有点特殊，黄河口虽说在山东，这里的泥沙却不全姓鲁，它们有的姓甘，有的姓秦，有的姓晋，有的姓豫，大都是外来户。你手里攥着九个省区呢，怎能不重？"

我始而以为他是在开玩笑,再一琢磨,或许还真有道理。但究竟是科学的依据,还是哲理上的深远含义?科学上的道理,土质的某种特殊性,还有待请教;引我深思的倒是他所说的"攥着九个省区"这句话,确实是够有分量的,其中不但有地理意义上的广阔,更有历史的重负。大河不舍昼夜滔滔奔流,融雪纳雨,诸种成分,掺和着劳动人民千年万载艰辛的汗珠。经过漫长历史的淘滤,轻浮的、劣质的分子被冲出河口,混杂于海水中;能够落下来的便执着地痴恋于河口,不肯随波逐流。这些部分多是精华,它们当然最凝重。

这土,攥在手里是无声的,但我却觉得它凝结着我们这个民族苦难和奋起的回声。太遥远的且不说,近几十年来,就有当年"蒋总裁"悍然轰炸黄河大堤的号令;黄泛区百姓流离失所啼饥号寒的哭泣;老奶奶担心还乡团黉夜袭击而不时被惊断的睡梦;更有1947年6月30日刘邓大军强渡黄河的雄浑声浪……

我更深深地感悟到:我手里攥着的不是一抔普通的土,一时竟不舍得扔弃它——它值得我珍惜并作为一种精神的动力。这时我不仅觉得它的分量沉重,而且攥得五味杂陈!

但不论是何种滋味,过去的毕竟已成为过去。现在,我闻到的是风赠秋熟的醇香;眼前,是驰向海口的两栖机动勘测船。王总兴致勃勃地向我透露:三年内就将结束这里"有水无航,有油无厂,有口无港"的局面。"到那时,你再来看!"

他的语气是那么坚定,那么充满信心;不须怀疑,他过去四十年间的治黄成绩就是金质"信用卡"。

至此,我可以愉快地松开手了。土,被攥成紧紧的一团,我随手把它揉碎,轻松地撒开去,土星儿均匀地铺在地面上,幻觉中,我的眼前仿佛展开的是一幅新兴远景图……

"篱笆墙"内外

王总工程师挤了挤一双小月牙形的眼睛:"我们黄河口也筑起篱笆墙啦!"篱笆在哪儿?拦挡的又是什么?这里该不会有鸡鸭,更不会有野猪和獾吧?

他带着我,乘坐一辆号称"巡洋舰"的蓝色面包车,在平整漫长的堤面上慢行。堤长无尽头,至少我的视线是看不到它的尽头的。我知道,这坚固难摧的堤坝,是他亲率筑堤大军在没膝深的浅海中,苦战数月,从风嘴浪喉中一口一口抢出来的。

"这就是您所说的篱笆墙?"我已习惯于不单从字面上来理解他话语的含义。王总的机智和风趣,反映出他对生活的无比乐观,对事业充满信心,他总是这样举重若轻,以似乎平淡的语气来表达一桩艰辛的事业。

但这次我猜得不准,他摇摇头,笑指浑黄的浅海:"篱笆在那儿!"

却原来,在堤坝外面,巨齿般的石柱深插海底,它们略向前倾,面对气势汹汹的排浪进攻,好像万把利刃齐举,同抖着灰黄色鬃毛的"水兽"展开一场殊死搏斗。在阵阵轰鸣声响中,海浪终于溃不成军,发出无可奈何的嘶叫,败下阵去。在领教了人力加科学的神威后,海浪退回到警戒线以外,和旋转的海风窃窃私语,做着再次觊觎油田的准备⋯⋯

然而,数据计算的精确和施工的优质将会一再挫败侵扰者的企图。堤坝分割开两个完全不同的世界:外边是蛮横成性的浑汤海浪,里面是积蓄热能、创造光明的油田。几年的奋战,有名的和众多的无名健儿把海水赶出了油田,向大自然源源不绝地汲取财富。可以说是将水浓缩为血,将血转化为力。

"篱笆墙"护卫着油田的和平安详。一架架抽油机不慌不忙、有板有眼地长动不息,朝着一个方向,默默地为祖国汲取原油。

我知道,有人管它叫"磕头机",十多年前在大庆,我就结识了这些家伙。其实,它们从来都是有骨气的,三十年前当别人封锁我们,说我们是

"贫油国"时,它们就没有向那班不怀好意的预言家们屈过膝;今后,它也决不会向任何敌对者们俯首磕头。

这天也巧了,仅在千米之外,油港正在开工剪彩;近处一个炼油厂已开始打桩兴建。抽油机在祝贺双喜临门似的频频点头。既然使用机器的人有感情,难道它们就没有感情吗?

咦,王总怎么不言语了呢?瞧,这时他正坐在堤边上,手上拈一支香烟却没有抽,眯着眼凝视着黄河入海口方向。我知道,近年来,他在治黄课题上又有了新的突破,扭转了过去只治中下游的成规,不是一味娇惯黄汤,让河床高过人头,而是把目光转向入海口,以给黄水"吃泻药"的突破性措施,采取疏沙、截支、理干等方法,使黄水归于正流,保证了夏秋每秒六千立方米洪峰的顺利通过。

这时他可能又在想什么,我没去打扰他。但我却暗自注意到,他以往习惯于锁着的眉心舒展开来,好像那个"愁"字已被畅流永远地带走了。

永远,但愿是"永远",这里的建设者们和"篱笆墙"一样,总是那么自信,使人感到那么有力量。分手时他们对我说:"我们赖也赖在这里了;您回去若是有空,就给我们写点儿,告诉外地人,特别是城里人,别再用老观念来想黄河口了。"

他们那么实在,我当然得守信用,文章写完才点题,那就叫《落笔黄河入海处》吧!

泰山的肩膀

这次登泰山,有一个新发现:泰山道上的挑山工大大减少了!

前几年,就我读到的,以泰山挑山工为题材的诗文,不下一二十篇。文采高低不一,但多为赞美泰山挑山工之负重攀登如履平地,坚忍不拔,以利众人。文章读得多了,无形中就在心里把泰山和挑山工联系在一起,好像不写挑山工就不成其为泰山了。

而今,当我进入现代化的候车室,跨进"车斗",搭乘索道缆车欲上南天门时,原来的那种印象便开始有了改变:古老的东岳已不再那么令人生畏,它想方设法借助现代化手段送人、运货,不再坚持原先的倔强脾气,因此,它肩上的负担已在大大减轻!

坐在缆车的车厢里是舒适的。缆车不徐不疾,不颠不晕,只是到了支架附近,才有点悬空之感。往来两个"车斗"同步运行,游客乘车逆向而过时,还可以相互打打招呼。颇感惬意之余,人们怎会想到身子下面竟是一二百米深的绝谷幽壑呢?

一般的和风细雨是无碍的,唯怕雷雨天气,但管理部门自有严密安排,不会让旅人去冒险的;若是无雷电无大风的雨天,也许还乐得享受一番别具一格、不可多得的高山清爽之气哩。

坐在"车斗"里向上滑行时,顿觉泰山长上了翅膀,真的要飞上"南天",飞上"玉皇"宫阙。泰山已不再是亿万斯年端坐不动,冷眼凝对,它年轻了许多,精神抖擞地跃动起来!

缆车既能送客,当然也可以运货。一"斗"的东西,能顶得上多少副挑夫的担儿呢。我没有细问具体数据,但也可大体估摸出来,所以挑山工也就必然大大减少了。

此其一。

当缆车运行时我俯首下望，绕山披谷，是一条宽大的黄色带子，这是正在修筑中的盘山公路，从山脚下直达中天门。以前虽也有，但现在是更高质量高规格的公路。因为正在施工，客运还未开始，但不时也有汽车通过，是运送物料的车辆。我记得以前在山上施工，都要靠挑山工把砖头和砂子甚至水泥用担儿挑上去，真算得是"杯水车薪"，难济大用；而今，汽车又省去了挑担，一车的载量能顶多少副担儿，当是不难想见的。

此其二。

有这两个原因，便足可造成挑山工这个行业渐渐萧条了。哦，别忙，上来了一位——是一个挑啤酒的小伙子！我的一位同伴赶紧举起照相机，抢了一个镜头。看他那急切的神情，分明是担心再过一段时间，挑山工的身影完全绝迹，要寻求这样一个形象是难得的了。其实按事物的常规来说，还不至于这么绝对，个别的挑山担儿还会延续下去的。正如自行车以至汽车和飞机盛行起来以后，不会没有步行走路的一样，只是越来越少是可以肯定的。

甚而言之，假如有那么一天，从运输角度说"挑山"实无必要，那么负重登山还可成为一种运动，就是列为一种运动项目也未为不可。我听一位"泰山通"说，曾有这样出类拔萃的挑山工，从凌晨到日暮，能够往返三趟上下，真是了不起；有的在雨天里还照常奔波，流水淌下台阶，据说还更能减少脚板的阻力呢。如果以后有这样的运动项目，这样出色的挑山工必定是其中的佼佼者。

然而，作为"挑山"的盛况毕竟已成为过去。

现在，在吟哦玩味那些抒写挑山工的佳篇美文的同时，是不是也可以呼唤一下描写泰山新姿的篇章？因为挑山工古铜色的臂膀和有力的脚板固然是美的；而盘山公路的开凿、索道缆车飞虹架空同样也是美的；拿脚板丈量、负重登高是坚韧不拔无畏精神的体现，而深谷撑架、两山相握的工程何尝不渗透着创造者的心血与伟力！

我在寻觅挑山工踪影的同时，更为泰山的新姿而欢呼！我是在呼唤一种进步，一种腾越，一种不安于现状，一种适应时代脉搏的追求。我在永远赞颂不畏艰难的精神的同时，也决不站在一旁玩味苦役与挣扎。

假如我明天搭乘盘山公路上的公共汽车驶向中天门时，回顾站在"孔子登临处"的孔老夫子望高而兴叹，我一定会向他老人家热情招手，而他也定会乐意乘一次索道或缆车一试。

成山头遐思

我终于来到了向往已久的人称"天尽头"的成山头。

这是一个极富诗意的名称。传说两千多年前秦始皇嬴政巡行到此,天苍苍,海茫茫,只能望洋兴叹,空留一腔无奈,满眼神秘的迷惘,折转归去。

而今我们登上这突入大海中的岬角,也产生出一种凌空翘起的幻觉,仿佛脚下是一台巨大的摄像机,被起重机的长臂连人举在半空。俯视,浪吻岛礁;远眺,金波迷离。难道真是天到此处垂落云帐,地到此处收拢座席?再往外,天无一尺棚盖,地无一寸土石了吗?

说来也怪,置身在这个狭小的山角上,还真能给人这样一种感觉呢。难怪我这年已半百之人,还童心骤现,卧在斜坡向海的大石头上,叫同伴照了一张相,作为心灵的留影。

然而,所谓"天尽""地极",都是出自人们的想象,造成一种虚幻的美而已。事实上,天,是无尽的;海虽有涯,却也是万里汪洋。

还是我小时候,在胶东故乡,就听常跑外的长者说过:"成山头外海常打船。"打船,就是海难事故,遇险沉没。说明在这个举世闻名的海角之外,海流特急,风浪大,多漩涡;也说明它并不是虚无缥缈的"天尽头",而是天外有天,近海连着远洋,是一个不容无视的真实存在。

历史的印迹也是如此:将近一百年前,有些老先生还沉醉于"中央大国"做着美梦时,东洋强盗们就在这龙须岛的滩头强行登陆了,从腹背进攻当时清政府的北洋海军基地威海卫——刘公岛,造成北洋水师全军覆没、水师提督丁汝昌在海军公所东厢房自杀殉国的历史悲剧。尽管在这场战争中，我国也涌现出邓世昌、林永升这些悲壮可歌的英烈，但就整体较量来说，毕竟是失败了。所以说，这又是一个教训："天尽头"那边并不是一片空白，浪高流急也阻遏不住朝谋夕窥虎视眈眈的敌人。

但同样的，"天尽头"那边的惊涛骇浪也不能阻止我们有志男儿的乘风远航。就在我们登上成山头的时刻，龙须岛渔业公司的远洋船队即将出发，附近石岛各渔业公司的远洋船队也先后启航。他们不远千万里，远至对马海峡以至阿拉斯加和西非海岸，去捕获在我黄渤海已濒于绝迹的黄鱼、带鱼和名贵的金鲷。

我们新一代的健儿将目光投向天外天、海外海，迎风踏浪，追求着友谊、互利和长远的发展。

当我离开成山头尽头，踏着山石的阶梯慢步回返时，我的思绪仍未平静。对于一个诗人和画家来说，成山头具有绝妙的诗境与画意；对于一个旅游者来说，"天尽头"也可以唤起任何人的美好想象和悠远情思，谁都会感到不虚此行。然而，作为一个真实存在，却切不可为迷蒙的雾气遮住了眼睛，也不可一味做着"天尽头"虚幻的梦。可以一时陶醉于美妙的风光，不可长久沉醉于严峻的现实。

把眼光放得远些，更远些！

海峡之路

一头是辽东半岛,一头是山东半岛,中隔一道渤海海峡,打开地图可以看出它们相距不远。大连至烟台——90里;龙口至大连——130里。南岸是我的故乡,北岸又何尝不是?在不算很久远的行政区划变迁中,它们之间就有越海管辖的情况:"金、复、海、盖,辽阳在外"的民谚就是证明嘛。

它们既然离得如此之近,中间可有路相通?还在我童年时,就面对着一本破旧的中国各省地图,神往地看着,看着,眼前幻化出一种童稚的想象:一个巨人用一根金扁担,一头挑着一个半岛,就像过一条乡间大河,脚踏着错落其间的一块块大石头(这一块块石头就是长山列岛的大小岛屿),一步步到达对岸……

稍稍长大,便从这本地图的文字说明中知道:我的想象与真实的地质构造不期而合。海峡之间的长山列岛本是长白山的余脉,走向南,连结胶东丘陵。我这才恍然大悟:原来辽东半岛和山东半岛共的是一条脊梁骨。

但毕竟随着地壳陷落、变动,列岛已成为散断的链条,水面上早已不连接,硬把它说成路是不确切的。从古到今,只靠舟楫相通。

舟楫也并非那么轻松易行。我从小就听大人说:在旅顺不远的老铁山有一处险恶的漩流,经常在那里"打船"。我刚记事时就有一条从大连开航的火轮在那附近失事,船上乘客二百多人全都丧生。其中就有我们村的一家五口人。那时听到大人们议论"打船"的凄惨情状,使我想象中的海路成为畏途。

我家亲人中也有这种艰危的亲身体验。日本投降前后,许多经营火轮的商家都不敢开航，他们把自己的船收拢到天津、青岛等敌占区港口。这样，两个半岛之间的交通工具只有帆船。我那六十岁的老父亲为了生计几乎每年都要往返一次龙口——旅顺。我到家乡小港去送他时，眼见那还未启碇的小帆船像跷跷板似的前后颠簸，连这无生命的东西面对着茫茫海天好像也有些打怵。老父凝望着起伏的海浪慨然长叹："嗨，一上这风船，大命也就算交给老天了！"

那时的海路不仅受制于老天，还不时遭到人形恶鬼的袭扰。当时，国民党的军舰仰仗着美帝国主义的支持，耀武扬威地在海峡间游弋，遇到过往的帆船就劫，见到旅客的财物就抢，然后连船带人强拖到青岛、天津，年轻的船员被当作炮灰发到前线，年老人被弃置街头甚至抛进海中。这当儿的海峡之路出现了一个荒寂冷落的时期，敌舰上探照灯半明半闭的眼睛，鬼祟地搜寻着昏暗的浪花。两个半岛之间的亲人们相互得到一点音讯，简直比干旱的春季盼望一滴雨星更难。

然而，海峡路上绝不仅仅是窝囊的记录；相反地，那片片波光中多有英雄业绩的辉映。单说抗战胜利后华东我军渡海开赴东北，海路和帆船就立下过汗马功劳。时间是那样紧迫，条件是那样艰难。从某种意义上说，争取了时间也就是夺得了胜利。我清楚地记得，当时我作为一个小学生宣传队员，随同大人们到家乡港口为渡海大军送过菜。亲眼见到我军指战员整装待发，信心十足，准备一旦所乘的帆船与敌舰遭遇，就用手中简陋的武器惩罚敢于阻我前进的武装到牙齿的敌人。一位师首长的讲话至今仍萦绕在我的耳际："敌人的目的只有一个：想吃掉我们，抢夺我们的胜利果实；我们也只有一条路：吃掉他们！你死我活，没有犹豫的余地，也绝不能抱半点幻想！"如今，几十年过去，海路上的片片波影仍映印着人民英雄的胜利捷报；涛声呼啸，恍似当年指挥员的豪迈讲话重放的录音。

也许这条路是英雄们蹚过的，今日的海峡，是一条比较平坦的路，是一条随着时代前进而不断拓新的路。

这么多年，也再没听说"打"过客轮。难道说老铁山附近那股险恶的漩流消失了吗？肯定没有。然而，新中国成立后船运公司一切为了旅客生命财产安全的高度责任感提高了航行的保险系数，驾船的也掌握了能够化险为夷的高超的航海技艺。老铁山的漩流如有感应，也只能是无可奈何地望船哀叹而已。

开国初期老一代的陈旧客轮已逐步退役，那被海水侵蚀过的船底记录着它们的非凡的行程；那船帮上雾气化成的水渍仿佛是不忍离开海峡之路洒下的泪滴，但它们最终还是把满腔深情倾注到新下水的客货轮身上。船年轻了，浪花也显得年轻了。

它还是一条串亲戚的路，一条赶集的路，一条充满劳动人民人情味的路。

不是吗？海南海北的居民之间许多都有着亲缘关系。近者如父女、母子，远者如三姑二姨，每年都想往来探亲叙旧。有公职在身的，利用国庆或春节放假也能实现交流感情的夙愿。"赶集"之说也非虚妄，有的傍晚乘船由海北出发，拂晓到达海南，选购些心爱的土特产品，再乘夜船返回海北；海南边的人同样只消拿出一天两夜的时间，就可以到海北置办他们中意的日用品。特别是那些大闺女小媳妇相互爱传话儿："人家大连那边的衣裳好看，又时兴，穿着又合体！""敢情，比北京天津的不次！"……

不仅是人们之间能够相互串亲，海南海北的城市和村镇也会串亲。我小时候在故乡有幸看见过两次海市蜃楼，一次时间很短，稍现即逝，有一次持续的时间还真算可以，足使你看个够。一座叫我开眼的、从未见识过的"大地方"出现在北望的天空中，车水马龙，人影绰绰，够忙活的哩。在海北闯了半辈子的叔伯舅舅欢跃地告诉我："大连，那是大连，没错！"瞧，大连也到海南边串亲来了。当时我还有点不大相信，后来学到点科学知识，觉得也是完全可能的。

奇怪的是，海峡之间应有一条实体的路的想象，从我童年几乎一直延续到现在。不过不再是那么幼稚地幻想一个巨人挑担过海，而是利用长山岛链之利搭一座海上长桥，又省工料又别致。早在1977年我站在旅顺白玉山上，凝望烟波浩渺的海南，就产生过这种遐想。而1980年登上蓬莱阁，北望海鸟起飞的岛群，想象中的长桥的图形，更加清晰地在眼前闪现！

我们总希冀着有一条条通衢大路，开辟在海峡之间，巉岩之壁，交通闭塞之区，艰危重重之域，这样世界就联系得更紧密了。

人与人之间的心灵，我也希冀着有更通畅的路，彼此加强了解，利于沟通，消除隔膜和不必要的猜忌，就像海浪洗刷着长山岛半月湾五光十色的沙石，就像岛上的山泉悄悄滋润着山桃的根须。这是美的交流，生机的促进。

我今晨又一次乘国产新客轮横渡渤海海峡，自觉比以往乘船更快也更稳。客轮当然也可以算作一条活动的路，但我总还有些不满足。我希望这路是坚固常在的，像一条看得见摸得着的永不消逝的长虹——在海峡上！

过曹州，思纷纷

我走在鲁西南曹州的大地上。

曹州大地，自古以来就以民风剽悍、风尚质朴而著称；百里平川，也是兵家寸土必争的战场。战国时期有著名的孙膑战胜庞涓的桂陵之战，唐代末年王仙芝、黄巢也在这片土地上挥戈起义；北宋末年，人们熟知的水浒英雄宋江、晁盖和阮氏三雄等也是在这里土生土长。我自小就听说，曹州府是个出兵的地方，想必投身戎马是此地的传统。"七七"事变时的抗日名将赵登禹就是从这里开始他驰骋沙场的征战生涯。所以说曹州大地与"兵"和"战"联系在一起，当属名不虚传。但曹州除了勇武强悍之外，也不乏秀美和雅致。菏泽牡丹就是与洛阳牡丹齐名的国色天香；深得汉高祖刘邦厚爱而为吕后妒害的戚夫人，就是出生于曹州定陶的妍雅兼具的女子……如此说来，曹州的山野河泽，粗犷与灵秀兼备，金戈与花锄并举，黄土涵名姝之秀，豪放与清曲交鸣。具有丰富多彩而绝非单一性格，耐人探寻而绝非一眼望尽的神貌。

从济宁乘车去菏泽，北侧还偶见山脊和丘陵地带，至嘉祥县境便截然不同，西向基本上是一马平川了。我想，曹州的地形地貌并不复杂，缘何自古以来却成为征战频仍，兵家多争之地？这多半与它所处的地理位置有关。曹州位于鲁、苏、豫、皖接合部，从此西向中原，南进江淮，北扼河朔，古时自不必说，人民解放战争的两个著名战役——羊山集和沙土集战役都是在这里打的。那是1947年6月30日，刘邓大军渡过黄河后，紧接着就组织了鲁西南战役，攻克羊山集告捷。随后陈粟大军又挥师出击，在沙土集等地连连得手，直指陇海路。这次我从羊山集村前经过，果然是个大庄子,附近地形也有些不大一般,使人想见当年杀声震天、硝烟弥漫的情景。我童年时代在故乡胶东很留心报纸,至今还记得我军生俘敌整编师师长宋瑞珂的详细报道,不觉时光已闪过四十二年,岁月何其匆匆!

曹州往昔并不是富庶之地,至今沿途农村,也绝少看见胶东半岛沿海那样的农家小楼,屋内也没有那么多的电器和时新的摆设,甚至陋门敝牖也非少见,但比起当年,总的说来生活质量也在逐步改善。尤其使我感动的是,这里的民风以质朴真诚见长。有一次我们一行人在一小村前歇脚,公路边有一饭铺已关门,正到处寻找买吃食之地,一位老大娘见此情景便说:"这工夫没卖的了,同志们要饿急了,我家去拿些吃的,好的没有,地瓜管吃。"说着就折回家去,真的端来一小箩筐白薯。我们虽没有吃,却觉得老人心诚得出奇。我凝视着她那在晚风中飘拂的稀疏白发,不知怎么,竟想到了去世三年仍时现梦中的母亲。

曹州地区也有从另一方面出了名的"事故"。这几年有不少报告文学对贩卖人口颇为关注,那些被拐骗的妇女大都来自四川、贵州等西南省份,很多被卖到鲁西南。那些"纪实文学"对女人被标价拍卖、不啻牲口的描写也很淋漓尽致,探索其中原因大概不外是这里"愚昧野蛮",特别是近年来棉花丰产有了几许余钱,而此地的姑娘又看不起本土宁愿远嫁城里人云云。这确实是一个值得大声疾呼且令人激愤的社会现象,但我想仅仅就事论事脚痛医脚还远远不够,恐怕还要联系到这些年精神文明建设、社会教育以及法制问题等方面的纰漏加以考察,从治本入手。我看了那些报告文学,掩卷之后总在想,那么多的成年女子,头脑为什么那么简单,几句并不高明的巧言骗术即不远千里随生人像黏虫蛾般纷至沓来,而且一波又一波从不接受教训,问题背后深层的原因恐怕不那么简单,就以那个上海某大学女研究生被河南的农村女骗子诱至鲁西南卖掉这件事来说,就有许多发人深思之处吧。

也巧,二番赴曹州归来,绕道过泰山东麓狼虎谷,知是当年黄巢兵败最后覆灭之处，不禁沉思良久。黄巢起事于曹州，征伐十年，转战十二省区，一度攻入长安，却被叛将朱温击败，尾随千里，一蹶不振，最后又加上黄巢的亲信护卫、外甥林言逆变，割下乃舅首级献于朱温，于是前功尽弃。黄巢的失败原因当然很多，但一个叛将，一个由亲信转化为杀手的外甥是他最后致命的直接原因。看来胜时易聚，败则易变；起事时虽有险阻亦易排除，失事时稍受波折便难收拾。得失成败之局，固然各有各的原因，但总有一些普遍规律可寻，推及人生之道，也有某些值得汲取的经验教训。

　　立于泰山之巅，遥望西南，云雾缭绕之下，一派黄涛汹涌，如龙蛇舞动，那是黄河吗？黄河以近，黄绿间杂，生机盎然，那是曾引动我纷纷思绪的曹州大地吗？

名花开在纯朴的土地上

几年前,我去洛阳因牡丹迟开未能一睹胜景怏怏而归;而今,我在菏泽却亲瞻了牡丹尊颜。

那时,我看尚未盛开的牡丹是在洛阳王城公园;今日,我看曹州牡丹是在一眼望不到边的田地里。

在这里,牡丹成了一种名贵的"庄稼"。

是的,我小时候,无论是从书本上看到还是从大人嘴里听到,对牡丹的评价都是雍容华贵、不同凡流,用现在的话说,便是"高档次"的花品。那时,我们家乡也有牡丹,但只是三株两簇,茕茕孑立,尽管也有爱好者偶来观赏,看它顾影自怜,也无甚意趣。哪里比得眼前的场面,真可谓彩云舒卷不忍去,香风不请也自来。谁说年至半百世面见得多,难得激动,我却如同孩提般喜悦,又一次大开了眼界!

更觉奇的是,这雍容华贵、富有大家风范的名花,是繁茂地盛开在一片纯朴无华的土地上。

固然,古代曹州的土地上,也出过汉高祖刘邦宠妃戚夫人这样姿容秀丽、举止美好的女子,但这片土地给我印象最深刻的,还是王仙芝、黄巢领导的揭竿而起的造反队伍,粗犷雄武的豪气,风沙卷地的气势,或成或败,总有那么一股子伟丈夫气概。至于近百年来,我清楚记得的仍是羊山集、沙土集的震天厮杀、喋血黄土、绿草烧焦的拼死争夺,黄河在咆哮中奏出了改天换地的号角,而压根儿想不到牡丹的存在。

现在看来,我是孤陋寡闻,起码是所知片面了。

在牡丹园里,我遇到一位花农,与我年岁相仿,人说他是侍弄牡丹的行家里手。他没有他的作品名花那般俊秀,一张常年被风沙吹皴了的脸,一双粗粗的浓眉上挑着,眼睛有神得很。我问他眼前这标有各种名称的佳卉都是他亲手培植的?他只是咧开大嘴笑,笑得很舒朗,你只能说他朴实得到家,而不能说他俊。相反地,在这纯朴中透着一种可亲又不需戒备的睿智。我似乎很久看不到这种笑容了,便一见如故地同他攀谈起来。他带我到他地处城郊的家里。红砖房,院里很干净,屋内的陈设大方而讲究,凡是大都市里人该置办的家用电器在这里也一应俱全。他那七十多岁的老娘看上去挺硬朗,正在开洗衣机洗衣服,手法很娴熟,神态也自若。并不像我在大城市里听到的传言那样:有些乍富的农民买了洗衣机也不用,只是摆样子,里面盛的是粮食。

他老娘很热情,不像她儿子那么内向,她问我:

"从京里来?"

"不,从天津。"

"可你的口音里有点东边的……"她仰起脸来仿佛仔细品味着。

"不错,大娘,我老家是东面海边的黄县。"

"哦,黄县!知道,知道,五十年前俺和他死去的爹逃荒到过那边。他那时才三岁,赶上生疹子,要不是一个心善的大嫂把厢屋腾给俺们住,他八成早就死了。"她望着自己的儿子,恳切地说。

不知怎么,这时我忽然想到养育牡丹的那片土地。

"您这位大侄子是黄县东乡还是西乡?"大娘端详着我的脸问着。

"西乡。"

"噢,西乡!搭救俺娘们的那个大嫂就是西乡的,要是在世,也快九十的人了。说不定还是大侄子您的娘呢。"她不是在说笑话,很带感情。

我也非常感动地支吾着,既不能冒领此情,又不能挫伤其意,虽然我理解这只是大娘善意的联想,却不乏诗意的温暖。这片土地过去也许有过贫瘠和灾荒的岁月,但从来也不乏美好的人性和丰富的感情。不可想象,那样形态多姿、色泽富丽的花卉，会出自感情贫乏、心态粗俗的人们手中。

纯朴与雍容原是可以融于一体，清苦与富有也没有永远不可逾越的鸿沟啊。

在菏泽的几天，这种相反亦相成、几乎形成强烈反差的感觉始终在我心中交错对映：无论是质朴无华的地委书记那充满改革意识展望建设前景的讲话；无论是在荒僻的土地上建起的格局讲究的曹州书画院，无论那并非柔嫩的手描绘出的笔调细腻、仪态妩媚的工笔画；也无论是那衣着朴拙的农家孩子模样的作者交给我的一篇篇出手不俗的优美散文稿，都引起我不无深情的深深思索。

菏泽之行，改变和加深了我对"花王"的感情。坦率地说，以前在我心目中，虽然承认牡丹作为名花的地位，但从感情上还达不到对它酷爱的程度。这并不矛盾，有如评价一个人的作品，既可以肯定它作为一家的地位，但又不见得特别偏爱这一种艺术风格。也许恰恰是因为我片面地理解它的华贵，反而觉得它不那么亲切了。殊不知在盛产牡丹的这片土地上，培育它的人和土地却是这样纯朴。

当我乘车离开菏泽大地，思路和视野更远更开阔地延伸扩展，我不由得默默祝愿：愿纯朴的土地上都能培育植根名副其实、观赏和实用价值很高的佳花，而不是人为虚夸、实则无用的花中贵族。

我爱牡丹，更爱那人、那土地。

蓬莱阁小记

当团团白云乘风飘过丹崖山顶，我们款步登上了"白云门"。

站在白云门前向南眺望，遥想过去登州古城的轮廓：深巷回曲，石墙青阶……难道这就是古时走过千军万马的街衢？还真是。眼前这"水城"，就是明清以来训练和屯扎水师的所在。明朝民族英雄戚继光就曾在这里亲率健儿，夙夜巡视，有效地抗击了侵扰祖国海疆的倭寇；而百多年前腐朽的清政府却在英法侵略者的威逼下，把"登州"连同其他口岸写进了丧权辱国的条约。

进了白云门，就到了建于北宋有九百多年历史的著名的蓬莱阁了。正厅的匾额上是清代书法家铁保手书的"蓬莱阁"三个大字，笔力雄健，气度雍容，堪与此阁相配。阁畔边廊，海风扑面，十分强劲。我想：为什么登山时自觉无风，面海时迎风却几乎倾倒？俯首一看，才知已置身百仞之上，阁下山壁，犹如斧凿刀切，齐斩斩地直抵水面。远望白帆映日，绰绰闪光，主岛配屿，清俊透蓝；近看礁石错落，色如墨玉，老人垂钓，凝目会神。

"无风三尺浪，天暖三分凉"。阁上风势既然如此，伫立岂能良久？无妨，这里有现成的避风亭。亭外临海有短墙遮护，风来时，却从墙上越过，使人如居室内。向导同志拈一纸片，往护墙外侧一撒手，纸片旋了一下，直向亭檐上飞去；再试一次，纸片好像怕人似的，仍不进亭内。观者无不叹服当初设计之巧妙，选择了多么科学的角度啊！

再绕向西侧配殿，这里有敬爱的叶剑英同志和董必武同志当年游览蓬莱阁时的题诗，悬挂在壁上。诗中极叹人间仙阁，更赞渔民辛勤。配殿壁上，镌刻着蓬莱佳景多幅，风格朴实，生动传神。其中有一幅是"海市蜃楼"，引起了人们浓厚的兴趣。来到院中，同行中有人还余兴未尽，悄悄地问我："为什么咱们看不见海市？"我看了看天气，告诉他说："咱们肯定不会有这个幸运了。"我虽然不懂海市与气象的关系，但我有两次浅薄的经验。我生长的那个村子距离这里仅有六十多里，同属于过去的登州府，小时候在田间干活，曾有幸看过两次海市。那都是水汽浓重的云天，而且都出现在西北天上，其中一次极为清晰，重楼店肆，车马往还，由隐而显，由显渐隐，足有二十多分钟光景；另一次是模糊的片断，时间也短。像今天这样碧空白云、气爽风清的日子，我却从未见到过海市。这里，有苏东坡的一首《海市》诗被后人镌刻在碑石上，至今字迹依稀可辨。他在这首诗的序中云："予闻登州海市旧矣。父老云：常出于春夏，今岁晚不复见矣。予到官五日而去，以不见为恨；祷于海神广德王之庙，明日见焉。乃作此诗。"

但据我们的向导说：这位公元十一世纪的大文学家来此地时正值冬季，其实他压根儿没有看到海市。这首《海市》诗中所描写的图景全是他想象出来的，因而是"东方云海空复空，群仙出没空明中……"——"空"而已矣。

蓬莱阁的西院，原也是有建筑物的，但现在却是荒草浅坑，碑碣残立，留下了抗战初期日本飞机狂轰滥炸的罪证。在阶级和民族斗争的烽火中，这座人间仙阁也不能超然于外。它受到多次惊恐，身负累累伤痕，却也经受了战斗的洗礼，为人民解放事业尽到了自己的所能：解放战争后期的一九四九年秋天，盘踞在蓬莱阁外长山岛上的蒋军负隅顽抗，我军的远射程炮群阵地就设在这海畔山腰，向顽匪倾泻出毁灭性的炮火，宣告了渤海咽喉要塞的最终解放。

现在，工匠同志们正在对楼堂殿宇进行修葺粉刷。我的一个同伴感慨地说："如果这阁是在北京、上海这样的大城市或是交通要道上，它的价值可就更大了。"

的确,这里地处祖国胶东半岛的一隅,目前交通还不是十分方便,游人不易专程来此。但随着新长征的伟大脚步,这里正在发生越来越大的变化,各方面的条件会越来越好。离蓬莱城不远的地方不是就有"新港"这个新地名了吗?烟台地区的汽车会战不是就在这里热火朝天地打响了吗?甚至,随着科学技术的现代化,沟通跨越这庙岛群岛链条的,难道就不能出现一座海上长桥吗?

重楼翠阜出霜晓,

异事惊倒百岁翁。

东坡笔下的奇妙幻象,将会成为壮丽的现实。不,那是超乎古人想象的现代奇观!

登州水城抒怀

风卷云舒,波吞浪吐。在胶东半岛北岸的蓬莱,有一座至今仍保存完好的登州水城。

人们当不会忘记,第二次鸦片战争后,帝国主义强迫腐朽的清政府签订的不平等条约中,有开辟"通商口岸"一项,这通商口岸中就包括登州(后改为烟台)。

然而,登州丹崖山石上镌刻着的并不是屈辱的记录;恰恰相反,它的著名的水城,是中华民族御侮抗敌的光荣见证。还是北宋庆历二年(公元1042年),这里就设立了"刀鱼寨",屯战舰、驻水师,以备御契丹。明洪武九年(公元1376年)设登州卫,水城更具规模:北砌水门,引水入城,名为小海,可供帆船停泊。至明永乐六年(公元1408年)在水城置备倭都指挥司使,并节制山东沿岸海防,水城设施更臻完善,因而它又有"备倭城"之称。但水城作为海防要塞,最为人称道的是嘉靖年间抗倭名将戚继光任登州佥事时的光辉业绩,在它的厚墙高垒上刻下了不可磨灭的篇章。

这水城,城厚而坚,周围约三里,高三丈五尺,厚一丈一尺,由巨石砌就,自深水而上,挺拔竖立,上缘城堞巍然,城墙环抱细浪,港内深幽宏阔,可以想象当日强大舰队停泊的情景。水城东西各有一敌台,俯视海面,监听敌情,登临指挥,足揽全局,气势是何等威武!

过去,港口还有一大闸,平时自外面看去,像一座巨大的城门。它可以根据需要吞吐海水,并起到隐蔽我方阵容的作用。据说有一次,倭寇接近城门,不知港内虚实,迟疑间,闸门洞开,戚家军舰船突发,猛冲而出,一个个海盗被长枪戳下,一艘艘倭船被海浪吞没……自那以后,很长时间倭寇未敢再接近水城门口。

四百多年过去了，人们仍在缅怀祖先们的业绩。许多人不惜千里迢迢，亲来这里观瞻。他们抚摩着水城的巨大砖石，凝视着港内的轻波细浪，连连叹服当日筑城人的气魄和工程质量，脸上流露出对祖先卫疆扬威的自豪感。我注意到，今日人们在水城上留影，都爱选择这样一个角度：坐在（或站立）城墙堞口，让镜头斜向西北高处，把人像、城堞连同远处的蓬莱阁一起拍下。我想，这不仅仅是为了画面的美，同时还有着另一层更深的含义："蓬莱仙阁"之所以能保存至今，未被敌人兵燹所毁，其中一个很重要的原因是在它身边有一座坚不可越的水城——名阁须赖强兵卫护。在这里，柔的美与刚的美完全融为一体。假如说，蓬莱阁宛似一个姿态优美的仙姑，那登州水城就好比是坚毅神武的勇士。

今天，在水城深幽的内港，再也看不到昔日的艨艟战舰和"滚天雷"火的硝烟，只有风奏浪琴，还能使人想象出当年海防将士在激战间隙中吹起的笛声。然而，时代在前进，人也在迭代更新。那离此不远的西面的"小新港"和北面四十里外长山岛港的薄雾中，不正隐伏着随时待命的现代化战舰吗？在一个无畏的民族的发展史上，海防的力量不可小觑。

夜里，在水城内高阜上的一排红砖房里（原址就是四百多年前戚继光指挥部所在地），一扇窗户透出了不太明亮的灯光，这里住着我白天采访过的那个管灯塔的老工人，他正在准备冬装？不，我似又恍惚看到，是戚继光正在秉烛夜读兵书——哦，他的爱国图强的精神永世长存！

登州水城呵，你从初置至今已近千年。也许会有人说，在高度现代化的军事技术飞跃发展的今天，你的价值充其量也不过是中世纪海防要塞的一具模型，或作为游览者好事留影的一幅背景；可是，有心人将会发现，注入你胸廓中的海浪绝不是死水一潭，它仍在活跃着、激荡着，诉说着我们中华民族堪可自豪的华章彩页，并启示今天的有志之士为改变我们祖国的面貌创造更加美好的未来而献身。

  水城内外海底的深沟有着今昔相承之一脉,不论夏日炎阳如何蒸发,秋雨倾盆陡然而降,今日的惊涛必含有昔日之浪迹,而未来水门内外的浪花将比过去任何时候都更加壮丽!

渤海"长剑"
——屺姆角漫步

打开地图，渤海湾胶东半岛的西北角，有一个叫屺姆角的地方，这就是龙口港伸出的那把"长剑"。它没有闪闪寒光，却把西北风刮来的劲风拒在外面，是一道天然的挡浪坝。

这条从龙口北沙滩向西隆起的沙阜，绵延二十里，而在尽头处突起一个龙头形的岩岛。乘车船进港，在蒙蒙晨雾中凝视这个静谧的山丘，会油然而生出一种神秘好奇的心理。

唯有实地考察可以揭去这层神秘的罩纱。初秋，我们乘吉普车从龙口港向西驰去，车轮在宽约百米平坦的沙带公路上无所顾忌地奔驰，公路两边都是青葱的果树和自然林。再望远，南北两岸均呈弧形，湛蓝的海水像两堵水墙向半天翻卷，铺展开两幅长卷澄碧的背景。车抵山岛"主峰"，上面的气象站、雷达站都掩映在乍红的山楂树林中。车子转过渔村齐整的青砖瓦房，停在海滨，海滩上除有一队解放军战士正在练射击瞄准之外，几乎看不到外来的人迹。同行的从事建筑设计工作的小韩忽闪着大眼睛，好奇地询问当地县委宣传部的老单说："这里距离天津、北京才几百公里，为什么比海南岛的天涯海角到的人还少呢？"

老单是一个非常诙谐的人，他不假思索地答道："也许，天涯海角那里有名人的足迹——苏东坡不是在那里待过几年吗？"

教文学史的栾大姐马上接话说："苏东坡也不见得没到过这儿，他去登州府上任从龙口这儿走是必经之路，也许，他见过这屺姆岛。"

老单慢悠悠地说："也可能是因为天涯海角和登州蓬莱都留下了他的诗

作,从这里过也没有留诗。景不在佳,有诗则名嘛!"

我们都为他的灵活"套用"而活跃地笑将起来。

"咦,石头!石头!这儿的石头真好!"小韩踏着金沙走近退潮的石滩,贪婪地拣拾起各色各样的石头来。"哎呀,这块石头真像座假山;这块呢,搁在鱼缸里,金鱼怕会当成它的小姊妹呢。"

真的,这里的石头是无比丰富,花色形状极其别致。一般人到了青岛、大连和北戴河的海滨,就仿佛进入了拾贝采石的宝库,哪知此处还有这样一个漂亮的石头天地。栾大姐到过的地方最多,她是有比较的,便又请教老单:"这儿的石头为什么这样多这样好?"

老单一本正经地回答说:"这是个'小地方',不敢妄自尊大,我想,石头还是大地方的好,只是去的人多了,好的就被人们拣没了。"

这话虽是谐趣,却有深刻道理在。

小韩兴奋又性急,拿出照相机来要给大伙拍照,老单阻止她:"这边算啥,绕过去,那边才有好景致。"

大家攀过嵯峨的礁石,小韩又发现了"奇迹":原来在这礁石缝里,满是附着生长的"海珠儿"。她掏出手绢,很容易地采了满兜儿。这些小贝类都是活的,不时探出头来瞅瞅这些陌生人。我摸了一把,它们的小身体都在蠕动着,搔得我手指痒丝丝的。

"走吧,这玩意儿那边更多!"老单催促我们。

绕过去,啊,果然峰回路转,看到了齐斩斩的奇峰峭壁,就像斧劈的一样。那暗黄色的岩石上,仿佛都留有斧痕,一片片的,斜斜地有规则地叠在一起,每片之间还有明显的缝隙。搞建筑的小韩对此最有兴趣:"这些石片如果能弄到外面,不用怎么加工就可当作建筑材料。"

在"主峰"下面的海水里,一柱突兀的尖峭的礁石傲然立在那里,老单说它叫"将军石"。还真有点像是主帅在那里检阅他的水军——那些距离稍远的低矮的群礁。我记得前几年看到有部电影的画面里出现过类似的一块礁石，我以为就是在这里拍的。老单却说："那是在荣成县海滨拍的。"我想，摄影师们可能不知道这个"将军石"的存在；如果知道，就可以少跑数百公里的路，直接从天津乘船到龙口就能拍到足与之相媲美的好外景。

这时，老单向西北方向一指说："这是一个宝岛，就在那片海面，出产海参多着呢。这里的渔村里有个海参王，在海参这行里是个专家，回头到村里请他给讲一讲。"

我们回头走的时候，是从半山坡上抄近道上下。外地的同志惊异地发现，岛上的植物比起附近陆地上的要丰富得多。论形状，有十字形、菱形、三叉戟形的等等；论颜色，有白中泅红的，有紫中透白，还有的像只金喇叭，很不一般，只是我叫不上名来。据老单说，这里的野生植物不下百种，有的还是上好的药材。我用老单刚才关于石头多彩的"理论"推断，这里野生植物多而不平凡，可能是保存了古老的风貌，较少受到人为的摧折吧。而附近大陆则开化较早，有些野生植物早已被庄稼所取代，以至逐渐绝迹。看来，任何发展都是有其两面性的，当然要根据它的主要方面作出正确评价。

我们站在半山上，再一次纵览来时经过的连接大陆和"主峰"的细脖沙带，真是一堤定风波。半岛北侧，波涛汹涌；沙阜南面，龙口湾内微波悠然。难怪第一次世界大战之后，随着民族资本主义工商业的初步兴起，龙口港开埠，人们相中了这条沙阜，在其东端，修起了一个桥式码头，这就是龙口港最早的轮船停泊处。然而，可能是因为附近物产不够丰富，附近海域吃水较浅，加上战争的干扰，龙口港一直没有很大的发展。现在，我们亲历其境，倒有点为这屺𡶤角抱不平了。这么一个地形风光富有特色的所在，如果是交通方便或临近大城市，也许早已成为旅游胜地了，而它却一直受到冷落甚至就像被泥沙缠没的古董而不为一般人所知，这不是颇有点不公平吗？据说，近年来这里已引起石油勘探方的注意，因为海底蕴藏石油而开始在这里安营扎寨。老单对我们说:"你们算是有福,要再晚来一年,恐怕已经被钻得乱七八糟,海岛也会面目全非了。"

我听了,又产生了新的担心:为什么要么不来,要么来了就得顾此失彼,进行单一式的开发呢?能不能手下留情,开发了宝藏而又不损伤它的可爱的面貌呢?我想应该能够做到吧。

大桥,在唐赛儿故乡

在明代农民起义首领唐赛儿故乡的黄河波涛之上,有座工程雄伟、建筑风格大方、装饰艺术化的公路大桥。桥头矗立着女英雄跃马仗剑、蔑敌如鼠的雄健塑像。长长的桥面如素绫飘展,风驰于黄涛之上,划开了沃原绿野。

黄水惊涛有如桀骜的烈马,日夜左冲右突,其势放纵恣肆;尤其是夏秋,经常以每秒数千立方米的流量横闯入海,声颤大堤,仍未满足,恨不得三天两头易改河道方称其意。

但今年夏秋我来到这里,一度洪峰过后,大堤安然无恙,长桥仍高踞于巨流之上,俯视如群群黄牛般的浪头,井然有序地向东北方奔涌。这时在我的感觉中,黄水并不是那么不通情理,反倒是出奇地温顺。

缘何暴烈的黄水改了脾气?固然是由于中下游治黄健儿卓有成效的努力,坚堤固守的功能;入海口处疏浚泥沙减少堵塞,也减轻了黄河大堤的压力。但我的另一种感觉是(也许是一种幻觉),黄河上新建的几座现代化公路桥,有如几道金箍,戴在野性未泯的美猴王头上,使它只好忠心耿耿为祖国人民去取致强真经。不过绝非是去什么西天雷音寺,而是连接起了陆地和大海。

大堤上下的秀草如植绒地毯,仿佛细心清洗后般洁净。河床高处,附近农民见缝插针,抢种了高粱、谷子,这在一定程度上有点碰运气。遇不上特大水流,就捞了一茬好庄稼,而且必定是秆粗穗大,是同类中的佼佼者。即使水浸秸秆,高粱也有抗涝的神奇的生命力,即便下半截被泡变了色,上半截却在艳阳下晒着珍珠。

当地朋友告诉我说，就在大桥右侧那片突出的肥沃的庄稼地里，埋着解放前的旧蒲台县城。行政区划的变迁，河道堤防的更移，造成了道地的沧海桑田，沉落飞升。

往昔唐赛儿的家乡——蒲台县城的居民今归何处？他们也许在新兴石油城东营市的采油指挥部，也许在滨州市的棉纺厂里，也许在运油码头的建筑工地上，也许迁居到附近广饶、博兴的"致富村"。他们只有从旧县志上能约略读到往昔蒲台的种种；只有从有关部门珍藏的模糊了的照片上，看到蒲台县城的狭街陋巷和满面愁云。而能够引起他们骄傲的，还是在旧县城旁矗起的崭新的大桥！

不是吗？今日在这座长桥上通过的，有各种型号的机动车辆；不仅有来自本省，还有来自全国大多数省市的奔驰的车轮。无声的大桥如此坚固，即使在千车百辆行进中，也安然稳固。它实际上是在施展缩地术，将纵横交错的线路都凝聚在一起，有如脉管中的血流必须通过心际，过滤，舒张，活跃，奋发！

唐赛儿的剑术纵然高超，终究未能砍折封建的龙脉，最后只能杳如黄鹤，未知所终；而她故乡今日的长桥，却能脚踏惊涛，肩撑云霞，跨向一个更新的时代！

梁山好去处

在去梁山的路上,听到不相识的旅人的议论,不外乎是对《水浒》和梁山好汉们的评价。尤其是对当头这座看上去并不高峻的梁山看法殊异:有一种意见完全肯定这就是当年一百单八将聚义对抗官军的所在,是真实的历史无疑;有的则不以为然,认为这不过是历史的传说、好心人的附会。

我只是听着,没有发表任何意见,而是根据过去拥有的历史知识参考当地文史办同志的介绍,特别是亲眼看见这梁山上的种种迹象,进而获取更为确凿的印象,以加深对当年在历史和文学上发生过重大影响的事件的感受。

当我登上梁山,走在"宋江马道"上,俯瞰山势,一下子便纠正了我在山下仰视的片面印象:原来梁山尽管从海拔上说并不算高,但山势跌宕起伏,脊脉纵横交错,几座山头遥相呼应,绝非平俗山峰可比。这时我几乎完全确信此山定是北宋宣和年间"宋江等三十六人横行齐魏"时所占据的那座山寨,它的确是一个易守难攻的理想所在。难怪在那只顾享乐的"道君皇帝"徽宗年间,面对宋江等人的起义军,相当长时间内,官军不敢与之对抗。

何况,在整个鲁西南地区再也找不出如郓城、东平、寿张之间的梁山这样优良险固的地貌。于是,我更加不再怀疑脚下正是那支替天行道的梁山起义军在九百多年前纵横驰骋过的根据地,而绝不只是后人穿凿附会出来的"影子"。

不过,这里又出现了一个问题:所谓"水泊梁山"也者,其最主要的特征尚不在山之险固,而在水之浩荡,所谓"八百里蓼儿洼"又从何来?

从《水浒》中所见，几次官军进剿，不是折于山前，几乎全是在水泊中即船倾人覆，一个个都被灌了个肚儿圆；也正是因为这一点，阮氏三雄等水军头领才给读者留下了那么深刻的印象。

那么如今呢？如今的梁山周围，虽见洼地，却不见一滴水星；只见耕耘的犁耙，却无撑船的桨篙。如此梁山虽有，然水泊却无，似乎说它是水浒梁山只有一半根据；那一半何在？

其实这倒也不难理解。历史早有记载：这一带的湖泽，仅近千年间即几经变迁：五代至宋时因黄水灌注，梁山周围尽成泽国；金代时又干涸；元代黄水又漫，再现昔日气派；后水又退走，渐现平地田畴。

如今的梁山正处于它生命的"旱季"。真可谓：千舟万橹沉泽底，山石无语饮清风。假如当年梁山仅是一座缺水的孤峰，吴用军师也不会选中此地；纵然占据此山，在反复的攻防鏖战中恐怕又是另一番情势。

至于山上的建筑设施，诸如山顶的"聚义厅"，半山的亭台等等，都是近年来因旅游业的兴起按小说中所示修建起来的。但也有的是昔日某个时期的原物，如在上山路上，有两道石垒的寨墙，虽欠规整，但更见真实。这绝非孩童"过家家"的产物，肯定是占据山寨者的防御设施，至于是宋时原物，还是后世（如清末捻军）的遗留，就难做精确的考察了。

我只是作为一个普通游客做的综合印证，而不是如历史学家那样详加考据。但已可确认今日之梁山亦即宋时梁山泊的主体。当时的宋江梁山聚义并非子虚乌有，当然一些具体情节和人物肯定不似小说中描写的那样，这是无须赘言的。

我站在"聚义厅"南门外的台阶上，此时虽值冬令，但风不凛冽，清冷中透着几分柔和。院中旗杆上那杏黄旗依然随风飘拂，有时又作静态沉思状。我向南眺望，近处为洼地，似未见庄稼；稍远为田垅，越冬麦苗仍隐含绿意。这就是昔日的水泊底部吗？——我在想象着昔日的景象。洼地极处、小村庄前，可是"旱地忽律"朱贵开酒店的联络站所在？——我心中不禁生出几分怆然的悠思。

这些，虽是小说作品的影响所致，但也不排除是历史的真实。既为啸聚水泊的森严山寨，当然免不了有一些相应的设施。当然，不论寨棚如何坚固，水陆如何策应得好，起义军最终还是不免失败的命运。但据史称，宋江的主力并非由于梁山被攻破而遭败绩，恰是在攻取（或被诱出）海州时为知州张叔夜所击败，后又遭宋将折可存伏击所俘。因此单就梁山泊来说，在近千年前的冷兵器时代，不说是绝对攻不破的天然堡垒，也正如《水浒》中的常用语——好一个去处！

风非昨日之风，人非昔时之人，但梁山好汉们的流风遗韵，至今不仅尚存，而且在新时期更见其光华。梁山县过去是一个灾害频繁的穷地方，今日在经济上却已呈现崛起态势。我在县城西面的一个食品加工厂工地上看到：义务劳动的场面着实感人。担起日落，步飞风凝，红袄花头巾相衬，老山鞋旅游鞋叠印，从县乡领导干部到离退休老者，没有谁不为振兴梁山而挥汗捋须！

梁山周围暂时还没有水泽，但已展开欲飞的翅膀。京九大动脉就在县城以西十公里处设站，而且据说还是一个不小的站，目前车站建设即将告竣。待到通车之日，梁山借助金翅，当可北驰京城，南翔粤港。不是吗？那时的梁山将不是昨日的梁山，也不是今日之梁山。但昨日的名气肯定会有助于明日之辉煌，虽然梁山人决不会仅仅仰仗昨日的名气。因为他们不会是固守，而更重开放；不仅有"大碗吃酒"的豪爽，更有多做奉献的远见和责任感。

一九九六年

自知十笏非沈园

前不久去山东潍坊,有幸参观了胡家牌坊街上的国家级保护单位——十笏园。

刚进园中,穿过走廊时,我就觉得这里的造型十分眼熟,甚至好像以前来过此地。正踌躇之间,导游小姐说这里曾是解放初期潍坊市委和市人民政府的办公地。这就对了,原来四十一年前我在山东省委机要处工作时,曾随科长来潍坊地委机要科联系工作,在这个院里住过几天。端的是旧地重游!

四十年前我只是个未见过世面的小兵,当时进得园来,只觉得青堂瓦舍、假山水池、长廊回曲、鸟语竹林,一个不平常的大院而已。至多在脑海里浮现出这样的念头:这里解放前一定是个财主家。那时,也只能生出这样简单的概念,再说在那个年代,纵然觉得不俗,也不可多赏,更不敢造次称赞。因此,尽管住了几日,无心也无从领略这十笏园的文化内涵。

今日二番进来,才知这就是十笏园。真是:少年不识个中味,复来十笏鬓已霜。不过还好,毕竟我尚有此机缘,得以细品这尽括南北名苑佳胜的诸般好处。"十笏",是以十块笏板形容庭园之小巧。"以其小而易就也,署其曰十笏园。"原为清末潍坊县首富丁善保私人住宅,建于清光绪十一年(公元1885年)。丁氏无子嗣,我想他建此园使建筑艺术和园林文化得以继承与发扬,也是一种极有意义的文化延续,这可能是他始料不及的吧?

这座总面积仅有两千平方米的庭园,竟能容得亭台楼榭二十四处,房屋六十七间。园内假山、池塘、曲桥、画廊安排紧凑,其精巧玲珑乃见。一边流连我一边想:任何特殊的价值皆出自其独具的特色,而一般化、大路货与精品妙品之分界线也在于此。这里之所以能够被批准为国家级保护单位，与其建筑格局之独特、艺术用心之精巧，我想也不无关系吧？

如今这里还是潍坊市博物馆所在地。除其他陈列品外，以郑板桥的书画墨迹保存最多，尤以他的竹石、芝兰图为胜。板桥在前，此园在后，他们之间本无干系，但郑氏在潍县做县令八年，与潍县父老乡亲、一山一水感情极深，将板桥艺术成果与十笏园融为一体，倒也相得益彰，十分合宜。

将别十笏时，不知怎么，我忽而联想到浙江绍兴的沈园。本来，此种联想是没有内在关联的。十笏园和沈园，在时间和空间上都相去甚远。不说别的，在建筑格局上就很不一样。但我很可能是从"旧地重游"这一点上产生了联想。南宋陆游在公元1155年游沈园偶遇前妻唐婉，异常感伤地在墙上题写了《钗头凤》一词；公元1199年陆游旧地重游，中间已隔四十四年，此时唐婉早已亡故，他回忆旧事，又写下《沈园二首》。我今旧地重游十笏园，当然并无"唐婉"旧事，自然没有那么多的伤怀，何况一庸碌文人怎敢与先贤相比？但有一点，我旧地重游所感慨系之的，非私人感情耳，乃时代变迁引发了我许多思索。当年初进十笏园，虽住几日，竟不知其味其名。可以理解的是，那时战争稍定，百废待兴，人们还无暇全面认真审评过去留下来的文化遗产，因此这所颇有价值的庭园只用来做办公室和招待所而已。但也与当时"左"的阴影不无关系，纵然有心赏景品美也有诸多顾忌。今则不然，我旧地重游十笏园不仅没有当年陆放翁再游沈园时的无限感伤，反而是十分轻松地赏游，十分欣然地摄影留念，再无四十年前的顾虑。真是：风飘柳絮时光移，十笏亦觉天地宽。两个时代相距八百载的两种旧地重游，我自感今人要比当年的陆游幸运。当然不可否认，由于才力不及、思想感情不同，今人的我也写不出陆放翁那样的千古绝唱，可是，想到旧地重游的精神收获，也算是人生的一大快事了。

联想总难免有蹩脚之处，潍坊的十笏园毕竟不是绍兴的沈园。

一九九五年

诸葛亮"事必躬亲"辩

千百年来,诸葛亮作为三国时期的蜀国贤相,被后世认为是一位足智多谋的智慧的化身,尤其是他那"鞠躬尽瘁、死而后已"的献身精神,已经跨越了时代,被广泛认同和衷心称道。但近年来,随着人们思想认识的开阔,对历史诸多事件与人物评价的反思,包括对诸葛亮某些方面也有与传统不同的观点,这当然是正常的,也是有益的。其中有一种带负面色彩的说法好像早就有过,这就是说诸葛亮发现、培养人才不够,更不能放手使用人才,往往事必躬亲,搞得自己很累。从一定意义上说,他的不能长寿,与他事必躬亲过于劳累有直接关系。云云。

当年,我还年轻的时候,也曾为这种看法所囿,觉得诸葛孔明此人可能是根源过于相信自己,才造成这一弊端。随着年龄的增长,阅历的加深,便对这一问题有了新的、也许是更全面、更客观的看法。

首先,看任何问题都要放在一定条件下一定环境中加以观照。众所周知,诸葛亮所在的西蜀,在三国中相对来说是最弱的一个(面积、人口以及军事、政治、经济资源等)。根本原因,是由于刘备集团的家底本来就薄,成事也迟,许多方面都很难与曹魏和孙吴相比。人才方面不能说没有,但不能说甚多甚厚,发掘、培养也需要时间与心力的投入。加以刘备死得较早,后主刘禅(阿斗)相对昏弱而贪享(好在对诸葛丞相还算放手)。在这种情势下,诸葛亮常念"先主托孤"之嘱,不得不夙夜辛劳,殚精竭虑,以补地僻、资源有限,尤其是人才仍较匮乏之不足。如此种种,当可理喻。

再说,诸葛亮也并非一概不信任不放手使用各方面的人才。对外来入川的"基干力量"自不必说,对原蜀中干将和其他后加入者如法正等,亦多信任。就是这样,还发生过用人不当的失误,如马谡失街亭应是一个教训。诸葛或因类此之故,用人更加谨慎,深恐关键失着,全盘皆输。而且,可能在有些事情上,诸葛亮自忖用他人还不如自己"躬亲",效果更好。如此,担子不断加重,疾自劳生。

不过,如果说正因"事必躬亲",才导致诸葛亮寿命不长。这种说法根据并不充分,因而说服力也不强。当时,固然有孙权、赵云、司马懿等年逾古稀(七十岁)的极少数人,但大多人平均寿命尚不足半百,如东吴之周瑜终年仅36岁,鲁肃46岁,曹操之高级谋士郭嘉38岁。武将之中,西蜀马超47岁,魏之司马师48岁。而诸葛亮54岁,与魏司马昭之55岁应属中寿。那么诸葛作为蜀之丞相,一身担此重任,心力付出最多,得此"中寿"亦算正常,缘何谓之"事必躬亲"使其寿命不长耶?此说有否过于主观的意味?

最后,根据亮之症状,多少年来普遍认为其所患之症应为肺结核之类。如是,此病直到20世纪50年代基本上属于不治之症,被称为"痨病",与今之癌症同样令人生畏,当时是没有特效药的。既然如此,又怎能要求一千七百年前三国时代的诸葛丞相扛得住病魔的摧折?非人不力,乃菌之凶也。

当然,今天的我们无论是体力或脑力劳动者,还是要加意重视身体的健康,不能以牺牲健康为代价去获取个人的成功。理由很简单,健康是生命质量的基本标志,是通过奋斗获取成功的本钱。然而,在特定情势下,有时明知体力难抗"天命"也要奋力一搏,作为个人,以不负此生。作为国家民族的重要一员,不辱使命,树立起伟大的精神丰碑,以感召众人,使短暂的生命留下宝贵的精神遗产,足以穿越时空,启迪后人,这样的牺牲应该说是:很值。正因如此,"鞠躬尽瘁、死而后已"就是诸葛丞相留下的不朽遗产。

何况，就现实的情况而言，诸葛丞相也无法超越当时的实际条件。试问：不出祁山，不"躬亲"，回蜀中峨眉山长期养病？如此就一定会达到司马懿、孙权、赵云那样长的寿命吗？未必。今天的科学证明：决定人的寿命长短的因素是多方面的，其中还有遗传基因这一重要因素。诸葛亮的遗传基因到底怎样，谁知道，也无法知道。

还不能忘记最重要的一点：一千七百多年前三国时期人的平均寿命远没有达到现在的水平啊！诸葛孔明的"禳灯"至多能起到一点心理安慰作用而已。

注：诸葛亮，三国时琅玡阳都（今济南）人。

古青州二记

范公亭

人们大都知道范仲淹多年镇守西北边陲与西夏长期对抗,也知道他官至参知政事(副宰相),却很少知道他在青州任上的政绩。实际上他曾是宋代青州第六任地方长官,在青州留下许多美谈佳话。如今山东青州城西的范公亭就是他当年的遗迹,至少可以断定他在这片地方生活过。

范公亭不仅是一座亭子而已,而是一处古风习习的院落。除亭子而外,还有其他一些建筑设施。说来也怪,一进此院,便觉置身于千年老院氛围之中,这究竟是因知范公历史而产生的先入为主的感觉?还是这环境中的"古气"确能渗透人们的心灵?我想后者也并非玄虚。院中分列东西的唐楸宋柏当是货真价实的老资格,它们至今仍然活着,或能散发出千年气韵,也未可知。那就是说,这宋柏是范公的同代伙伴;那唐楸呢,应当说在那时就已经是一棵不折不扣的古树了。

主厅中展示的范公生平的画幅当然是今人所作。但他幼年家贫,忍饥挨饿,苦读而成大家并仕进且终有作为这一点,我想其精神价值是永存的。

院中有一古井,据说乃范公当日汲水之源。还说他事母至孝,他在青州为官,便将其母接来,母患眼疾,非长江太湖水不能明目;而范公以至诚凿此井,井水也能明目,与长江太湖水效果无异。当然传说总归是传说罢了。

但有一物不是传说,这就是矗立于西墙下的冯玉祥碑,为20世纪20年代将军游青潍时所题。他对范公镇守边关威震敌胆这一点至为赞佩,并亲昵地称之为"范小老儿"。可见爱国者都心有灵犀,惺惺相惜。想必"千嶂里,长烟落日孤城闭""人不寐,将军白发征夫泪"的悲壮引起冯将军的共鸣了吧?

李清照纪念馆

比范公稍晚的李清照也与古青州有缘。这位易安居士本是济南人氏，但她丈夫赵明诚之母的娘家在青州，赵明诚之父去官赋闲时就寄居于此，这样李清照在青州一住就是十多年之久。

纪念馆就建在她夫妇俩的原居处，当然大部分设施是今日所建。庭院格局和所植花木皆依易安词中意境。"东篱把酒黄昏后，有暗香盈袖""试问卷帘人，却道海棠依旧。知否？知否？应是绿肥红瘦。"而今早春院中，黄花已枯，海棠未绽，但株茎俱在，可知应时季节，必是幽香阵阵，满院生辉。浅吟"如梦令"，午卧"醉花阴"，与此院的意境正相谐和。西厢里，想象中的清照与其夫明诚共吟的情景有塑像在焉。诗情画意，爱意绵绵，自是颇有动人处。但其实，李清照在青州居住的时期，并不总是伉俪同在；赵明诚在外地为官，并不总是"带家属"的。故而清照才有《一剪梅》中"一种相思，两处闲愁。此情无计可消除，才下眉头，却上心头"的名句。

此情景愈是真切，愈是发人联想。联想到好景不长，金兵南侵，清照夫妇惶惶南迁，明诚中道疾卒，清照流落浙江金华一带，终生再没有回济南，也没有回青州。其时的《声声慢》中，"乍暖还寒时候，最难将息。""守着窗儿，独自怎生得黑；梧桐更兼细雨，到黄昏，点点滴滴。"这当然写的是流落到金华双溪一带时的心境，但是否也有对年轻时在青州时的怀想？时过境迁，两相反差，衬得倍加凄清！青州李清照纪念馆院落不大，却浓缩了一幅人生百年流徙千里跌宕嬗变图。

状元卷引发的思考

山东青州虽只是一个县级市，但它的博物馆却不可小觑，独家收藏的珍贵文物不少，尤其是明朝时期的一份状元卷为海内外人士所瞩目。这份状元卷不仅在青州，即使在整个中国也是独一无二的珍品。

我未去青州时就在想，而且竟为此想了好几年，我实在难以推测出究竟：深宫禁苑，戒备森严，有谁敢冒此灭九族之罪萌生此念？又有谁能想出万全之法将此状元卷成功挟出？而且能不走漏任何消息使此卷安匿近四百年之久？对于昔日的"窃卷"者也许我们可以有种种评价甚至贬斥，但因此使这极有价值的文物得以保存和流传至今，我们又不能不感佩这四百年前的"大胆妄为"者。

可见，在常规中总有个别，在循规蹈矩中总有奇想异行之人，在不可能中总有破格的罕例。

现在，我终于看到了这份试卷的容貌。试卷的"作者"赵秉忠，乃籍属青州府益都县的举子。十五岁补府学生，二十五岁（1598年）即中状元。这份状元卷即赵秉忠殿试原件，万历皇帝亲笔批示"第一甲第一名"。这位状元郎三十岁任会试同考官，三十九岁升庶子，典试江南，曾为明朝统治机构选拔过不少人才。他还当过礼部尚书，但政绩似乎并不甚出色，也没有江陵张居正在历史上那样的名气。但他的状元卷却端的了得！一个"小青年"，竟在二千四百六十个字的卷子里向皇帝老儿提了若干条改善国政、以固统治的"建议"和"整改方案"，而且用的是不涂改一字的小楷，着实功底不浅。也许他的那些"建议"和"方案"有撷取前人主张的成分，对他的卷子也可以挑剔出某些八股僵化之弊，但这位考生的极端刻苦用功，其文章和书法的功力，是毋庸置疑的。

正因为是现在发现的唯一流出宫禁的科考试卷，更因为是唯一保存完好的状元殿试卷，所以它既为文人雅士、专家学者惊为至宝，也使劣种歹徒红眼，来了个监守自盗最后死有余辜。但此卷的失而复得，也愈发使它声名大振，身价倍增。能够亲见它的真容者又有多少人？即令我直接驱车来到此卷"作者"的故乡，所见者仍是复制品。据说，复制得与原件一般无二，不是专家辨识，几可乱真。

得偿亲阅状元卷夙愿之余，我也想了与此卷相关的其他一些问题。这位赵秉忠大人可谓少年得志，光宗耀祖。但观他一生，基本上是个秉忠于朝廷，谨守于官场的本分臣子。既不像先于他为政的于谦那样经历兵戈之变、君王易位的起伏跌宕，又没有如兵部侍郎杨继盛那样的忠肝烈胆，以至触犯权奸而被杀。这位赵秉忠没有那种拼命三郎式的性格，但他也绝不甘于趋炎附势，唯唯诺诺于奸阉膝下。唯其如此，在明末那种腐败成风、浊流横行的年代，这位比较本分的官员也未能幸免于遭迫害的命运，以至被削官夺俸，于天启六年（1626年）忧愤中死于青州故里。

可见，在那样的时代，不仅平民百姓不可安生，纵是高官显爵只要稍存正直之心，亦处于岌岌可危、动辄得咎的境地。赵秉忠的幸运仅在于他以一纸状元卷而使后人念念不忘；同样的，他的悲哀也正在于虽有竭诚表忠的状元卷，却难逃为皇帝权奸所不容的命运。如此，这状元卷又成为他悲惨结局的绝妙讽刺！

一九九五年

履循戚继光的足迹

我徜徉在海滨小城的一条街巷。虽然,时值20世纪末,但幻觉中却时而闪回到四百多年前的明代。是的,这古老的牌坊是"原装"的,有幸没有在"文革"中被当成"四旧"砸烂;但这条街巷中主人公所居的旧址却极简朴,充分反映出主人公生前功高而不尚排场,纵横疆场而无意奢靡的可贵品质。也许正因如此,在此际我的神思中,仿佛看到四百多年前的盖世英雄身着戎装,阔步走出家门,走出高大的牌坊,不醉心于喝彩与赏赐,也很少计较眼前的荣辱,依然目视前方,凝注于国家民族最需要他的地方……

当然,是我的神思使然,却也是戚继光的精神影响所在。他是我自幼崇敬的中华民族杰出人物中的一位;至今,这位民族英雄的光影仍与大海的朝晖和燕北长城的夕照同辉。

并非完全有意,多半是一种巧合。跨世纪前后,我因公去山东蓬莱、浙江台州和河北承德,在当地文友的导览下,在观赏当地其他胜景的同时,也瞻仰了与戚公有关的一些遗迹。在我脑海里不由得就串成了一条线,将我在上述那条街巷中看到的他那简朴的居处与神州南北各处的遗迹连接起来,好像我和文友们也都是从戚公的牌坊走出来的,履循着公之足迹,去感受这位中华民族杰出人物的丰功伟绩与影响力。

从戚公牌坊开始,走出街巷不远,一眼便可看到登州水城。此城据传为戚继光所建,在人间仙境蓬莱阁下,可谓中国最早的军港设施。当时设计建造得十分科学,有诱敌入内城关门打狗之势。如今数百年过去,看上去仍然固若金汤,风拍海浪撞击崖壁,浪花溅起如贤者捋髯叹曰:没有无敌的强寇，只怕自身缺少英才！

  从这里走出，走出齐鲁大地，来至浙江古台州。一时，还来不及观赏天台山秀色，却先看台州古城，并一路问寻四百多年前的抗倭故地；而这其中，不能不首先关注戚继光的战绩。我固然未曾忘记，当时抗倭将领非戚公一人，但从战功战略、精神、气魄等全面观之，无疑当首推戚继光。今天我登上古台州城头，不禁在想，当年沿海多有倭祸，为何明朝诸多文武官员往往谈倭色变，顿成侏儒。在最猖獗的时候，倭寇常常如入无人之境，有时一股六七十人的倭寇竟能越过杭州明军防地，闯过明朝的陪都南京近郊而杀进苏南。倭刀砍碎了江南中秋圆月，山花无雨滴泪。然而，只要"戚家军"到，形势多能改观，长刀旨在教训凶残，"鸳鸯阵"以己之奇制敌之短。还有，"戚家军"与当年"岳家军"一样从不扰民。于是，同是灭绝人性的冷血海盗，昨日在昏官懦将面前其势汹汹势如骇浪，此时在戚家军前却似退潮泡沫下海滩。戚继光"再胜于桃渚，三胜于新河，全胜于南湾"。浙东战局甫定，又进军闽、粤。难怪至今台州人口中的戚公分量，远胜过明朝"天子"嘉靖、万历，以及影视作品中的"圣主"康熙、乾隆。在台州，我也专程瞻仰了戚公祠。说来也巧，这里的戚公祠也在一条狭窄的街巷内。巷口是一座戏楼，当地人们正在唱戏。听戏的市民听说我们是去瞻仰戚公的，本来堵得严实的巷口立时让出一条通道，一个中年人说："我们台州人忘不了戚继光。"

  在新世纪伊始的第一场瑞雪中，我因事去长城线上的蓟县和滦平，虽然时间已过了四百余年，但从黄崖关到金山岭这些昔日的关隘重地，有关戚继光的佳话传说仍在粘连着城砖，成了"攻不破"的同义词。如今常见有文章云：长城虽固，也挡不住外敌入侵。其实，这也要看守将是谁。当戚继光巡守那段长城任内，还就是没有被攻破的记录，不只是"一夫当关万夫莫开"，而是"一将在线千里泰然"。承德市一文友近年来专事研究戚继光攻防战术和工事设置的学问，他向我实地解说金山岭长城的内部建构何以有别于一般，皆因当年戚继光考虑到敌寇攻入会出现的种种情况，有针对性地采取多种殪敌方法以及长期坚守无虞的有效措施。这里有军事理论的指导，更多的是来自戚氏丰富的实战经验的提炼。由是，我对这位古代名将又有了更全面的认识。凝视他的塑像，仿佛觉得将军至今还在长城一线巡行，朝晖和夕阳为他再塑金身。

戚公继光，登州蓬莱人氏，但他大半生中走出山东，大步走进中华民族历史，走进每个有心人的心里，正因为这样，当我们今天仰视中华民族历史人物长廊，有那么多杰出人物，才使我们倍觉欣慰与充实。不论是过去还是现在，纵然我们只是平民百姓，仍然还是需要可供汲取的感召力量。这力量的源泉所在，其中的一个方面就是真正的英雄人物。

柳泉随想

去年那个奇热的七月，我趁去青岛参加笔会归来之便，路经淄博市，瞻仰了坐落在淄川区蒲家庄的蒲松龄故居。

这是我久已向往的胜地，参观完后又感触颇多，本应早些写点文字以抒感怀，但又想到近年来写这方面的诗文已多见报刊，郭老所题的对联"写鬼写妖高人一等，刺贪刺虐入骨三分"恐已为人所熟记；那松柏满谷、绿柳成荫的满井，多已为妙笔所描画；还有那柳泉先生设馆教书的王村西铺古隐园也常为人所涉及，再写岂不是拙笔涂壁。可是，时近一年，有关蒲氏故居和柳泉先生一生的种种感触，越来越强烈地撞击着我，使我不能不写出"自己的"那一点点感受。

我去蒲家庄，先从村西口入。这是一个极其普通的村庄，也是一条普通的小巷。也许是同为齐鲁之地的缘故，它使我想起故乡的村子也大体是这个样子。巷口上站着的大娘大叔也亲如故乡人，他们是那样的朴实，但也很开朗，回答远方来客的问话毫不忸怩。我一进巷口，不知怎么，在站着的乡亲们中间就恍似见到了我久已钦仰的蒲松龄。像他一面抽着烟，一面和乡亲们拉着话儿，天气阴晴啦，农事收成啦，亲切朴实，毫无隔阂。

是的，蒲松龄就是这样的。人说他的传世名著《聊斋志异》是孤愤之书，表现出了惊人的才气，这当然是对的，可只有同深厚的生活基础紧紧联系起来，他的"郁忿""才气"才会得以生发。君不见那村东百步沟底之满井（即柳泉），蒲老先生在世时，井水常满，外溢为溪，这使我联想到这位伟大作家的生活底蕴便如同古井丰厚而不竭。当年的柳泉,是南北东西交通要道必经之地,蒲老先生不论阴晴,常常设茶于柳荫之下,搜集创作素材于谈笑之间,溢文思于糙纸之上。他不想幽居书房闭门编造,他不避辛劳,三十一岁时去江苏宝应县为同邑孙蕙当幕僚,沿途往返对山川景物世态人情潜心揣摩;后来又不远数百里骑驴奔赴黄海之滨,登崂山,下榻下清宫道士观内。我去崂山时,一位年长的道士指点我看西小院的小石桌,说蒲松龄当年就是在这石桌上写作。而后面的一间窄小的庙堂,就是他夜间就寝之处。他的《崂山道士》等名篇就是在这里"体验生活"所得。

历史上生活优裕、境遇平顺而有大成就者,当然不能说绝无仅有,但更多的恐怕还是生活清苦、境遇多磨而励志奋起者。我参观了蒲松龄设馆教书的西铺回来即深有所感。他从三十三岁起,直至七十一岁撤帐回家,在那里度过了三十多年的"趁食"生活。蒲家庄与西铺相距虽不甚远,但他难得回家一次,多靠他妻子料理家务。他老先生可谓半生独居,生活清寂;终日伴着顽童读书、玩耍及进餐,身份卑微。然而,为了生活,更是为了在际遇多蹇中获得发愤著书的条件,他耐得住孤苦,熬得住风霜,顽强地坚持下来。他有石隐园夜间的凄清,才有绰然堂中完稿的欢愉;有教馆中的喧噪,才有课余时蝴蝶松下的"得恣游赏";更得力于毕家万卷藏书的滋养……这是别人一时所难体味而只为有心人所独享的无穷佳趣。表面看来只有他清寂孤独的一个人,却时刻通过他笔下的文字与千百个活生生的人物共休戚。孤与群、贱与贵、苦与乐,就是这样交织推进,组成了有志者丰富多彩的一生。

然而蒲松龄生前一点也没有享受到作为中华民族的一位杰出人物的荣幸,他倾尽心血的杰作《聊斋志异》,当时也并没有受到普遍的重视。乍看,历史似乎有点不公平。我在蒲氏故居西院看到一个大书柜,里面都是清代文学家王士禛(王渔洋)的著作。满满的一大柜线装书,不能不承认这位一代诗坛盟主、"神韵派"的倡导者是够能写的。当然,他身为"有台阁之望"的高官，笔下又颇来得，"造影响"是很有方便条件的。可是，王、蒲二人既为同乡（桓台和淄川相距不足百里），又有文字交谊，为什么这位渔洋先生就没有对蒲剑臣尽些"提携"之力？我没有仔细研究过这段历史，但从他俩的思想境界、作品格调即不难判断，他们的友情也仅限于谈谈诗文而已，这也反映出那个时代人与人之间的复杂关系。当时，王士禛是官服华贵，顶珠炫目，而蒲松龄则是敝衣褴衫，形若村夫，身份何等悬殊？可是百年之后，人们才逐渐认识到蒲氏作品的价值，后世人们并不因当时他为一穷秀才而掩其光辉；更不因他以糙纸贱墨著文而贬抑《聊斋志异》在文学史上的不朽地位。看来，历史又是最公正的，只不过往往需要很长时间才能作出正确无差的裁判。

我在蒲家庄最后一个瞻仰地是蒲松龄的墓园。它距村东南约一里左右，有古柏数十株，中华人民共和国后，建有砖结构四角碑亭一座，亭内本有清雍正年间张元撰写的《柳泉蒲先生墓表》石碑一方。"十年动乱"中，蒲先生墓被掘的同时，石碑也被砸毁。重修蒲松龄墓时，特请茅公手书镌刻：此碑又毁于林彪、"四人帮"篡党夺权之祸。想当年政治风暴袭来时，掘墓之徒们不唯狂暴，也表现了他们对历史的极端无知。他们想象蒲氏既是文学巨子，墓葬一定珠宝玉器，铜马石俑，罗列万千；一旦掘开看才大失所望，陪葬物惊人地简朴，简朴到差于普通平民，因而把仅有的几件什物拿出来，又草草封培。他们怎知道，蒲松龄生前不仅是一介私塾先生，无条件置备丰厚的陪葬物，况且，他老先生的品格也决不以有过盛陪葬物为荣。生前既为清风两袖，毫管一支，死后也仅爱砚池一方，印章几枚而已。生前既未为自己的作品大肆张扬，纵声鼓噪，当然也不求死后哀荣。而他本人及其作品的地位完全是历史做出的公正的评价，人心所向，这是最可靠的。

最有意思的是，陪葬物中还有一个烟袋嘴儿，人们也许感到奇怪，其实这正合于先生的身份和气质。这不正说明他生前像个村夫那样纯朴吗?站在村头巷口的人堆里,谁也不会想到二百年之后,他在文学史上会有这么重要的地位。从这烟嘴上可以想见:冬日,他和乡亲们站在向阳坡前,慢悠悠地抽着烟,谈着过冬的生计,谈着冷暖阴晴,展望着明年的春播……

这就是蒲松龄!

一九八二年

两颗文星的命运
——关于王士祯与蒲松龄

清朝康熙年间,山东中部出现了两颗文学之星,一颗是幸运的,为众人托举而虔心崇拜;另一颗内核炽烈而外缘淡然。若干年后,前一颗归于它应享的适当地位,而后一颗却拭去世尘的遮掩,灿烂闪亮,辉耀神州,今天其影响已扩及海内外。

这就是新城(今桓台)的王士祯与淄川的蒲松龄。

王士祯,是清朝初年声名显赫的诗人,别号渔洋山人,为当时文坛盟主,神韵派首领,官至刑部尚书。他的曾祖父王之垣,明嘉靖壬戌进士,官至户部左侍郎;祖父王象晋,明万历年间进士,官至浙江右布政使;叔祖王象乾,官至兵部尚书,晋爵太子太保;其父王与敕,清顺治元年拔贡,封国子监祭酒。王士祯生在这样一个世代官宦之家,有诗文熏陶的环境,又有进身取仕的条件。他的一生,除勤于政途之外,就是著述交游。他寿逾古稀,著作甚丰,主要有《渔洋诗话》《池北偶谈》等。

而蒲松龄的人生际遇则几乎完全相反。他少年时虽崭露头角,随后却在科举道路上屡屡失意,大半生的时间过的是穷塾师的生活。但底层的生活也促使他更能够体察民间疾苦,多舛的命运也造成他胸中郁愤借诗文以倾吐。他最辉煌的著作《聊斋志异》奠定了他在文学史上的地位,借鬼狐以状人生,以曲笔鞭笞魑魅,人物情态活灵活现,细节刻画惟妙惟肖,不愧为中国短篇小说之王。

我这次参观山东中部淄博城乡,有幸第三次瞻仰蒲松龄故居,特别是第一次来到桓台参观了与王士祯有关的"忠勤祠"和"四世宫保"

坊，除感到一种精神满足之外，心中还有一些复杂的滋味。历史当然是公正的，但在某个阶段对于某些人和事，也常常不那么公正。蒲氏故居已修葺多次，早已吸引着众多的国内外拜访者。王氏忠勤祠近年来也整修开放，还有与王士禛相关的其他遗址也相应地得到重视。但有所不同的是：蒲松龄故居在当时只是三间茅屋和同样简陋的小厢房而已，今日的格局完全是中华人民共和国后装修扩建而成，绝非蒲老先生生前居住的原貌。王士禛家族的忠勤祠却不同，它在建立的当初就是青堂瓦舍，几进大院，树木森森，气势俨然。恐怕不论今天如何整修，比之原貌的威势肯定还是逊色。一个蒲氏故居，一个王氏祠堂，在当时却是一个陋牖敝户，门庭清冷；一个是朱门香车，拜者络绎。即使是历史，在当时也有势利眼，怎知就在这蓬门晨开时走出的那个口衔烟管与过往路人闲聊的村夫，就是若干年后被广大人民确认了的大文学家；而那位被当时士人才子所仰慕膜拜的大诗人和朝廷命官，其文学成就竟不能与那个村夫比肩。

真的，笔者也是山东人，对我这两位先辈老乡不存在任何偏向。蒲松龄的作品我当然喜欢，王士禛的诗文我也读过不少，但我不能不公正地说，王的作品从思想到艺术出类拔萃者还不算多。也许是我妄谈，他在当时文名之高，是不是他的官保了文，官升文名也升呢？而蒲氏就缺乏这个优势，他只有凭真功夫立足。令人特别感兴趣的是，这两位作家都写过一篇《地震》，都是描述康熙年间山东郯城县大地震波及淄博地区的情状，但在思想艺术各个方面却不难分出高下。但我想在当时的评论者看了这描写同一事件的两篇文章，恐对王文的喝彩声倒要高于蒲吧？

这是假想也不是假想。历史也许最终是公正的，但在当时由于受到种种晨雾暮霭的遮蔽，也可能做不出立竿见影、准确无误的判断。

我在王氏"忠勤祠"里，聆听女讲解员以清爽的普通话娴熟地讲述王士禛的高祖王重光效忠于明王朝的种种业绩："抚谕"平蛮，为嘉靖皇帝营造宫殿而涉险采木,亲身深入林莽,结果触瘴而死。嘉靖皇帝因而赐书"忠勤不悯"。这些当然都是王氏祖先的荣耀,但我听后,还是掸不走内心的不畅。我觉得,作为文物保护自然是必要的,因为它具有重要的史料价值,但如果在今天仍然不分青红皂白地大加弘扬对封建皇帝的"忠勤精神"则未必可取。"文革"中统统砸烂固然是令人痛心的野蛮行为,今天对封建糟粕一味称颂也并非合理之举。笔者是很崇敬蒲老先生的,但即使对这位闪烁着思想和艺术辉光的先贤,这次在蒲氏故居听讲解员念及他直至古稀之年还锲而不舍地赴省城赶考时,我也隐隐产生过一种凄怆的感觉,仿佛在心里说:"我的老先生,你三番五次,还不死心哪!你难道还不明白,那班形若槁木、心存偏见的考官们,是不会对你这个不肯完全循规蹈矩的村夫学士给以青睐的吗?"参观之后,归途中,我又生出另一种宽解蒲公的理由:也许他并非完全由于迂腐,而是在很大程度上体现出一种"不到黄河不死心",誓以自己的文才一展宏愿的"拧劲儿"。如果是后者,那倒也谈不上什么局限性不局限性了。

在去新城和蒲家庄的路上,树木萧疏,朔风刮面,但同行诸君谈兴不减,集中在乡梓这两位文学家的友谊上。说到王渔洋如何官高位显而礼贤下士,不以位位论交情,与蒲松龄保持了数十年的诗文友谊,并传为佳话——公元1711年(清康熙五十年),蒲松龄在家听说王渔洋因病去世时,哀痛万分,立时提笔作四首悼诗以寄深情。这些听来也不无感人之处,但这恰恰又勾起我多年来百思未得其解的一个疑团:王士禛既为高官又是名士,他何不在山东抚台或济南知府面前为蒲松龄说上一两句话?那肯定对改善这位文友的处境会生立竿见影之效。究竟是什么原因没那样做?难道也是如某些人与人之间的关系那样,对坐清谈可以,微不足道的帮衬也行,但要做需自己担些干系的事儿,则对不起,不帮也罢。这也许是笔者幼稚的揣测,孰知是不是蒲公自己清高,不需朋友举手之劳,非要自己在竞文场上较量一番,才受之无愧,也未可知。不过,毕竟未见到有关这方面的确凿记载,也就难免要使晚生猜测下去了。

上述如此那般,绝无扬此抑彼之意,只是为文之道,不宜一味歌功颂德,糖上加蜜,也得坚持实事求是的精神。既是历史的,又是现实的;既为承前,又为启后。即使是向外介绍,也要使人信服方好。正如我在原桓台城看到的那座气象巍然的"四世宫保"坊,我一方面为这座明代建筑能完好保存下来而由衷庆幸,另一方面也不想在这钦准"圣恩"面前顶礼膜拜。我在这里珍重的是一宗文物,而在蒲公画像面前品味的是一位杰出文学家的精神。

但不论蒲松龄还是王士禛,作为文化巨子和他们所创造的精神财富,不仅属于我们中国,也应属于全人类。

星,不论是大星小星,亮度有何差别,但都是星,都是不会轻易消逝的。

二谒蒲家庄

蒲家庄,本是山东淄博地区的一个普通村庄;而现在,由于这里是清代杰出文学家、《聊斋志异》作者蒲松龄故里而名声日隆。不仅国内名士学子、好事百姓纷来拜谒,就连对此有兴趣的"老外"也不惜车马劳顿,一瞻蒲氏故居而称意。我是第二次来这里了,自觉比头一回来时又多了一层体会。在心底沉吟再三,还是不得不记叙下来,才觉稍微好受了些。

蒲家庄东西大路

这条东西大路,是传统的能衢要道。究竟有多少年了,我还没来得及去仔细考证。至少在明清时代,它就是西通济南府城,东向崂山大海。当年的蒲松龄,每次去府城乡试,就是循着这条大道一路烟尘,在晨雾轻拂的大明湖畔小店下榻。一次再次……直至古稀之年。设若当时有熟人问他:"剑臣先生,个中滋味如何?"想他只能是黯然摇首,胸中无限感慨,怎能表得?但囊中羞涩,仅有的几枚铜钱,叮当絮语,谁能评猜?一度度明湖荷花凋萎,莲子结实,恐怕这位命运多舛失落的赶考人既无心观花,更无力享食。

东行却是另一番境界。那里虽无仕途诱惑,却有名山古刹;那里更无珍馐佳肴,却多有甘泉野果,端的好去处!他一骑毛驴,干粮米袋,多艰中有悠闲,路虽宽仍嫌窄。然而一旦上崂山,俯视大海,珠光万斛,尽入胸中,至少暂忘了州府奸小的狰狞,荡涤了考场落败的郁忿。夜里,在道观小院石桌上,挥毫引月。风知情,一丝不动,未拂烛光。《崂山道士》,一夜终篇。

归途中，文章满装兜囊。"蒲公，大作能传世否？"不答，更未张扬。骑在驴背上，安详欲睡。只有驴蹄叩动土路，笃笃钝声。

西行路近，却终不通达；东行路远，相比却开怀，山高坡陡，竟走得通。

蒲家庄东西大路，一头至府城，一头通向崂山大海。

他的试卷

我在听讲解员解说时，经常神思他移（这是我的老毛病了）。我一直百思不得其解：以蒲松龄的学识才智与他对功名的执着，为什么总是榜上无名？是因为文章做得不规范，不符合当时八股取士的章法？还是劲儿用得不是地方，未得临场取巧的诀窍？

讲解员没有给我具体答案，在我目所能及的研究文章中，也未见到过准确的解释，更没听说过有当时考卷在世。总之，至少对我来说，还是一个总在追寻的问号。

最后，我只能作这样的判断：蒲松龄的试卷不符合主考官的口味，甚或令主考官反感（一次再次地来麻烦他，如是一人，也腻烦了）。或许因为他缺少封建卫道者所需要的奴性"正才"，却流露出睥睨邪恶奸佞的"偏才"。如此便永远不会"榜上有名"，永远要被那班蝇营狗苟之辈板着铁青的阴脸"砍掉那份交给封建"评委"们的试卷，一次再次地被冷落被弃置被淹没。但他却同时把另一份试卷交给了历史，留给后世的人们。纵然他离开了人世，历史也以另一种标准，代他做了响亮的答辩。

如今，多少与他同时代的"状元""榜眼""探花"的试卷，早已化为历史的烟尘而鲜为人知；而蒲氏的《聊斋志异》，却在现代的印刷机上，字字还闪着灼灼的光辉。

然而，我并不因此便感谢甚至也很难在心中饶恕当时那班考官们；正如不能因为历史成就了鉴湖女侠这一伟大的烈士，就去感谢与饶恕那些杀戮秋瑾的刽子手一样。

只是因为孤陋寡闻，我至今尚不知勾掉蒲松龄名字的那班不带血的刽子手们是谁。

故居题词

多承同行老友许君雅意，向工作人员要来文房四宝，示意我题词留念。

我不禁惶然了。

因我有自知之明，词无高出，字又距书法家水平甚远，献丑无疑。何况堂皇展室中，多有国家级、省级要人名士、书画大家墨宝高悬，这里非等闲辈跻身之地。于是摇首，断不可为！

但耐不过许君执意，其他诸同行撺掇，我忽也改了主意，不妨题上两句，以表对蒲公敬爱之意——

蒲庄隐落浮云影

西铺惊起野鹤声

西铺是距蒲家庄三十里的另一村庄，当年蒲松龄就在那里的毕家私塾执教，授课余暇，撰写他的《聊斋志异》。据说毕家的花园石隐园，就是他许多作品里的典型环境。

我题罢，即搁笔退去。自知身份不够，此题词际遇如何，全然不计，但此语是说给蒲公也是表达自己心情的，岂敢以孤陋之词而贻笑于明公？

我相信：如蒲公地下有知，他是会理解我的心情的，而不仅接受"字以人传"和"文以名传"者的赞颂，也不会鄙薄以至拒绝我的真诚留言；而且也不至于仅以身份规格论高下轩轾。否则，也就不是我心目中钦仰的柳泉先生。

离开蒲松龄故居，步出蒲家庄。此时暮霭西沉，晚炊渐收，只有一二顽童倒骑于黄牛背，蹀躞于两侧密密植树的东西道上。一辆辆参观后离去的小轿车飞越牛童，向城镇宾馆方向驰去，我耳边似真有丹顶鹤的鸣叫声。也不奇怪，据说从黑龙江鹤乡那边南徙淮海的鹤群就常常经过这里，只是闻声不见鹤影,心里不免生出几分怅惘。

我忽然想到西铺看看,那里是蒲公当年教课并写书的所在。或许那里人去得少,会比较清静些。

我喜欢清静,那样可以仔细看看,也便于沉思。

悲壮的余绪

威海刘公岛北洋水师"海军公所",我是第二次参观了。第一次是1989年。两次观瞻,情景不同,感觉也不尽相同。很难说孰好孰差,只能说是百般滋味,颇为复杂。但在整体感受上是一次比一次强烈,一次比一次深刻。

第一次去时,刚刚整修布置,一切看来比较简朴,进门无需买票。参观的人相当稀少,但显然多是目的明确的有心人,一个个神色庄严,悲愤慨然之态毕见。大门外碧波清风,静谧中寓着沉雄;两山矶角如蟹夹,托着一柱银白色的纪念碑,如白云间洒下的一滴清泪,倾诉着甲午海战的满腔遗恨……

第二次是今年暑期,正值甲午海战一百周年之前,去刘公岛参观的人们熙熙攘攘,几百吨的渡轮和玻璃钢快艇,还有悠然逍遥划桨的游船,往来穿梭,塞满了海路。见此情景,颇感欣慰,人们对抗御外侮纪念地如此关注,远远超出西去蓬莱阁渴望一瞻海市蜃楼的兴趣,自然是大好现象。

到达停船码头,但见只有细细的一条踏上去吱吱嘎嘎的"板桥",而且是一边挤进,一边拥出,争相"脱险"。入口处有几位工作人员边吆喝边疏导,情势很有几分紧张。入者往往需要使出浑身膂力,方能闯关得脱。

下地后,直奔提督署衙门(即海军公所)。尽管票价高得可以,但门前仍是人山人海。进得门来,展厅有标牌指示。有的展室门庭冷落,有的堵得水泄不通,显然皆依参观者兴趣使然。游客中有靓女少男,或问:"你们觉得有意思吗?"一靓女轻启朱唇,摇头笑答:"不来刘公岛就算不得到了威海。"我于是恍然:原来如此。正如不看故宫不算真正到了京城,不到喀什不算到了新疆。

此次各展室展品，较五年前丰富多了，展览馆工作人员也花了不少心力丰富藏品。最为珍贵的是：黄海大战中被日海军俘获的北洋水师济远舰，后又在日俄战争中被击沉，其残骸前些年在旅顺被我方打捞上来，运至这里展出吸引了不少参观者。

综观此馆展示意向，旨在宣扬北洋水师爱国将领和士兵英勇抗敌的精神，只是由于清政府腐败无能，才导致甲午战争的惨败。这一立意当然是不错的，但在具体体现这一意图时，线条仍不够清晰，甚而还有使人感到模糊之处。

譬如当时中国的北洋舰队号称为亚洲第一、世界第六，论吨位和坚甲利炮的装备均不在日本海军之下，为什么临战之时，尽管大多数将领都能不计死生，英勇拼搏，士兵中也不乏像王国成这样的忠勇健儿，却仍然一再受挫，几乎从未能扬威于海上，纵偶有击中敌舰之时，却几乎无一击沉，不能予敌以致命之打击？

又譬如：过去看电影读关于这段历史的书，似乎大东沟海战以至威海之败，皆因李鸿章之流无能，甚至对部属耍花招（如供应装砂子的炮弹等）所致；而近年来似在相当程度上对其又有"平反"之意，并非那么不勤于军政，而志在编练海军以御外侮。一会儿这一会儿那的"倾斜"，不可能不对展览的意图产生或多或少的影响，同时也会对参观者造成倾向含糊的效果。

但无论如何，展室毕竟为人们提供了许多图片和资料，以及珍贵的实物，人们可以从不同角度领略其内涵，感触到当时事件发展的脉络，得出相同或不尽相同的结论。

在贴有北洋水师和日本侵略军将领的照片前，一位少年对他父亲似问亦答的话语，引起我的深思，"爸，您看这清朝海军指挥官的样儿、服装，咋不像那么回事儿似的？可您再看这日本海军军官，虽然特坏，可是挺神气的呢！"孩子说话时的语气绝非有意扬敌之威灭我之气，反而带有愤愤不平之意。他使我想起，落后的一方纵有些许忠勇之士、慷慨悲歌之杰才，亦难挽大厦之将倾；纵有"趸"来的坚甲利炮亦难展雄姿，不能发挥其长，只能是损一少一，由小优势迅速转化成大劣势。落后的一方不仅表现在太后老佛爷掣肘、李中堂大人的瞎指挥，同时也表现在综合国力的或明或隐的差距上，亦即从经济、政治、科技到心理素质，都无法适应19世纪末那场震动世界的"现代化"战争。退一步说，即使由于某些将士的英勇无畏，偶然获得一处或一次战斗的胜利，也难以挽救全局之颓势。那位少年的话，表面上看是对服装、神态的评价，实质上揭示了双方官兵在精神状态、专业训练包括技能上的差别。

譬如说：北洋水师的若干将领固然在英国受过海军训练，甚而获得优秀的学习成绩，但回国后得到的实战训练机会又有多少？真正的指挥水平又是怎样？就像不难设想，在一片贫瘠荒芜的土地上要长出抗住灾害又籽粒饱满的庄稼是多么不易！

又譬如：我们固然可以从北洋水师悲壮的史册中读到诸如邓世昌、刘步蟾、丁汝昌、林永升、杨用霖、林泰曾等一长串闪光的名字，但不可否认也不乏如方伯谦这样胆怯失职之辈，更有鱼雷艇管带王平这样临阵脱逃以及百般策动官兵投降的软骨头。因此，展览应全面颂扬正气，揭示邪劣，才能线条更清晰，启人清醒。

这一切的一切，都是差距。缘何失败？差距就是答案。

刘公岛北洋水师纪念馆参观者的踊跃是值得欣喜的，但我也同样重视参观者的精神收获。售出的票数很容易统计，精神收获如何却难以量化统计。

拥挤与热闹常常和繁荣联系在一起，但良好的管理与更有效的思想引导也不可忽视，这里同样存在一个精神素质问题。

又是精神素质！

一九九四年

心灵的火花（三题）

我不想考证
——关于李清照

每当看到宋代女词人李清照的生卒年代栏中卒年是个不确定的符号时，我总感到有点缺憾。我是想知道，一个杰出生命存在于世界的准确历程，一个诗魂的华光何时离开那个多蹇的躯壳而得以升华……

我常为她晚岁流离凄清的处境而掩卷喟叹；然而，我的兴趣并不在于考证她是否再嫁，如同不愿去考证贾宝玉与秦可卿有何特殊关系，以及对那块通灵宝玉的成色一样缺乏穷追的劲头。

因为，不再嫁固可，再嫁亦不能损其光辉。因为，我们从诗人南渡后的诗篇中看到的不是世俗男女之间的龌龊，不是一个潦倒老妇的自我哀怨，而是国破家愁、还舟无桨的痛楚，相反还有几分肝胆辉映、素手擎天的豪气。这些比之于少妇时代在漱玉泉边吟咏的丽章秀词往往更令人心折！

这是李清照的声音，但又不仅仅是属于她自己的。设想如果没有这种声音，我们回顾那段历史，将会感到更加的空旷和暗淡。

李清照作品的光辉已超越她个人的身世，它能给予人的精神力量更是远远超越后人穿凿考据写下的难免不尽可靠的易安居士年谱。

我乐于品味，而不想考证。

穿过陋巷
——关于颜渊

我绝不是颜渊的忠实信徒，更不想作当代的颜渊第二。我没有他那样的学识，也不想像他那样短命。

但我必须承认,当我从今日曲阜据说是颜渊旧居"陋巷"走过时,心潮的鼓荡远比观瞻帝王的宫阙更为激动……

我难以想见两千多年前的"陋巷"准确的面貌,但不会像颐和园里慈禧的寿堂那般讲究当是可以肯定的。如前所述,我少了些考据癖,但我并不怀疑这就是当年那位"复圣"住过的地方。

也许,一个人在起步和奋斗的过程中,总要付出些艰辛,包括他对人生的责任感;而这种艰辛其实就是必须付出应有的代价,首先一定不是奢靡与享乐。当然,在有志者看来,付出也是一种享受;即使已经有了享受的条件,也还是要继续付出。

从这个意义上说,"苦"并不仅仅意味着破衣烂衫,不仅仅是吃糠咽菜,还应包括百折不挠的韧性,百弃皆不足惜,唯砺心志永锐。

不知为什么,我还想再一次从那条"陋巷"穿过,虽然,现今的"陋巷"已看不到一间茅屋,一扇破敝不堪的窗牖……

试求答案
——关于四门塔

我有幸两番去过四门塔。

这座塔位于济南之南远郊,造型极其稳重质朴,建成于隋大业年间,至今已一千四百余年矣!

它历经十年浩劫,竟完好无损,实属罕见。

答案?

难道是因为当时有血性义士挺身而出,阻挡住狂暴逆流的冲击,才使这座国家重点文物得以保护?还是因为它远离城市、处于僻远山区,人不知其所在而得以幸免?

细思之,上述理由似皆不成立。论理曲阜孔庙更应属保护之列,然巨碑大石尚且难逃被腰断之劫,区区四门塔前又如何能出现阻挡狂流之壮举?远离蛰居亦非安全岛国,君不见当年穷乡僻壤亦难免"扫四旧"之狂潮漫卷……

哦……是了！——

可是因为这四门塔造型过于质朴无华，平时即很少有人注意，"文化大革命"年代那班愚昧顽劣之徒将其鄙视为不起眼的一堆石头，而未识其"四旧"价值，反而使千载文物得以完璧奉献于今朝？

可见，表面质朴的东西，有时却深藏着珍奇的瑰宝。

可见，质朴实在并不是时时处处吃亏的。

相反，质朴无华的四门塔倒完全有资格嘲笑那些佩戴金字闪闪发光的臂章的狂劣之徒！

鲁西行吟（三章）

运河塔

你站在当日南北通衢的京杭大运河边，俯视着明代的烟柳，十五世纪的阡陌，"天子"的龙舟从你身旁荡过，纤夫的脚板落地也在你的塔层间激起共鸣。过境的康熙、乾隆尽管威仪无比，但那惯于俯视黎民的"龙目"也只能仰视你。如果不仰视，只能是你瞅见他，他却瞧不见你。

你呀你！

还有传说中的杜十娘和李甲，也曾从你身旁经过。那杀机陡起前的卿卿我我、窃窃私语你可曾听见，你为何不警示一语，而今风过处，塔铃清越，似有隐意，是不是当年你示警的遗韵。只是因为过于痴情的十娘沉浸在柔乡爱河里，听不见你深夜振铃？

谁能解这塔铃声中的种种婉曲？

但你绝不柔弱，历史的淘洗证明了你沉思中的优势，大运河水流中断了，而你仍然屹立；康熙、乾隆的威仪已湮埋在幽寂的山坳，而你尽管满身斑驳，却依然傲立于大地之上。

你还是幸运的。当"文革"的浩劫昏卷神州大地，连孔圣人府第的巨碑也无不腰斩，西安乾陵的石像也难逃断肢枭首之灾，你竟基本上未遭破坏。你比吴晗、邓拓、老舍、翦伯赞等学者巨子还幸运啊！

难道说，无声的历史胜过了有声的历史吗？塔铃声比浩浩文字更隐奥难测吗？

你这往往被冷落的运河塔哟！

张自忠故里

在号称"小天津"的运河名城临清,又生长出一片碑林,集当今中国书坛圣手、诗词对联名家,碑林溢出浩然正气,又落下悲壮的倾盆大雨。

哺育这碑林的,是捐躯报国的英雄的血,而每片碑叶上映闪的阳光,是荩臣将军在高天之欣慰的笑。

我自知词穷而笔弱,但仍不揣浅陋,在这新添的中国碑林中植一株小树,捧出我的一掬心血:

运河断流哽咽无泪

鄂山惊石訇然有声

悲极反无泪,运河流断可是因痛悼英雄挥洒了太多?我那年乘车夜过湖北宜城,一星如斗撞击山石蹭出半天光华,可是将军的气节在为后辈启路照明?

谁能忘记,那长城喜峰口的御寇喋血;又怎能忘记,周旋京津时的忍辱负重?终于,一骑南奔秉稼轩遗风,双枪高举于鲁南破雾,台儿庄的砖石至今仍在演说着荩臣将军的故事……

当你鄂中会战,饮弹沙场时,重庆那时在干什么:彩裙不整舞步乱,歌乐山上有泣声,连染血的白草也在向风簌簌倾诉不平!

忠奸正邪历来晰分泾渭,阴鸷磊落自是水火对称——两宋如是,明清如是,"民国"又何尝不如是?

运河必将重新畅流不息,将军在天之灵将以清流研墨,书写中华民族振兴的今天!

我走在北京、天津以至其他城市的"张自忠路"上,路标也是碑柱,与将军故里的碑林遥对生辉……

东阿曹植墓

这就是那"陈思王"吗?这就是那七步成诗才思极敏的曹子建吗?

半山坡上一丘荒圮的坟包,山根下一座小土地庙式的"明楼",一扇多种字体的隋碑，而这一切，又都处在一个普通的鸡鸣犬吠的小村里，湮没在一般人早已淡漠了的杂乱的历史脚步声中。

血缘关系沟通不了气质的殊异，洛神娘娘的柔情更溶解不了对立的冰山，共同的母亲卞氏夫人的呵斥动摇不了子桓太子的独占欲，"本是同根生"的呼唤纵然能暂时免除血刃之灾，却勾销不了遭贬的流离之殇。才华横溢的诗卷毕竟敌不过比千斤闸还重的圣旨，行吟的低诉更盖不过黄门太监那变性的尖声……

何况，毕竟是皇权门内的倾轧，是远离啼饥号寒的兵民们的上层之间的灵魂绞杀！

如今村民们似乎也并不大关心，他们袖着手，在柳荫下谈着今年即将到手的收成和南疃北村发生的种种奇事和案件，偶尔掠一眼三五辆来来往往参观考察的小轿车，目光中难说是赞赏还是好奇……

但当我登上坟丘前面的鱼山时，心情却为之豁朗，山不在高，却气韵不俗，东临大河，傲然俯视之势天成。据说当日曹植病危时还独坐鱼山，凝视河那边的柳林，蓦然将手中诗卷抛掷河心……鱼山成为他最后的伴侣。只可惜这座小山北部已被采石者挖走小半；如不加以遏制，鱼山也许将不复存在，而化为河中鱼族随水远逸……我呼吁，不要再挖了，好不好？

残块汉砖杂陈山坡，同行友人劝我携半块带回以为念。我摇首辞谢，砖很重，压得心弦太沉。

离去时，幸遇文物和古建部门赶来勘测，修葺曹子建墓在即。此时暮色笼垂，星河隐现，我恍见自那荒圮的墓丘中跃出一秀士，仰天寻找那颗星星。星在眨动，笑眼迷离。

不知他是在找那情意缱绻的洛神？还是在寻阔别一千七百余年的诗神？

景阳冈、狮子楼及其他

既然来到鲁西大地,就不能越过阳谷。谁不知,这里是古典名著《水浒传》重要章节大书特书的故事发生地:城内有狮子楼,城外有景阳冈,还有……

我虽然明明知道这些去处都来自小说,却还是禁不住去认真探索。那景阳冈确有碑记为证,也还有土冈踪迹,但林木似乎不算很多。设想如果古时没有茂密的树林,那白额吊睛的"大虫"怎能容身?风掠林啸又何来肃杀的威势?对此,我只能归之于宋时人口较少,也更少砍伐,故而林木葳蕤,方可成为野兽出没之所。从那时至今九百余年过去,人口大增,村舍罗列,山冈紧缩,林木锐减,别说是虎豹之属,恐怕就连狐獾小兽也渐为罕见。倒是我从附近村庄农家门前看到,几只绒球似的雏鸡,摇摆着依次而出,有时啄着地上的什么吃食,有时又惊望着柳树上的鸣蝉。

进得阳谷城中,当街坐北的狮子楼非常显眼,无疑是近些年重修而成。但据说原来也是有过楼址的,后因年久凋败而毁圮。楼为两层,以今天眼光论当然不算多高,但如果宋时确有这样一座建筑考究、气派俨然的酒楼,那恐怕当真是远近闻名了。看了这楼,必然就会想起武都头与西门庆那场生死格斗。小说中写的是西门庆被武都头从楼上打下直接摔死;而我在当街听一老者讲述的是西门大官人当时并未立即死去,活受了几天罪才一命呜呼,说得煞有介事,我也只能是姑妄听之。

小说中著名的紫石街的街名至今还沿用着,只是未曾见到王婆的茶肆和西门大官人的生药铺(也可能是我未寻到),但我忽生别想:如果真如刚才那老者所言,西门庆当时并未死去,那么他那药屉里的名贵药品(包括跌打损伤药品）何以治不了那罪有应得的刀伤？难道这个恶势力霸主制售的本来就是伪劣药品不成？

其实，无论是狮子楼，也无论是景阳冈，都不见于正史记载（本乡地方志或许会有）。不过，这又何妨？既然东坡一阕"大江东去"能演化出一个黄州文赤壁（尽管今人已知它并非当年赤壁鏖兵的所在地，托名人效应之力还是宁愿以假当真），那么，施耐庵的大家手笔和说书人的铁嘴，就筑不起一处景阳冈和一座狮子楼？须知千百年来众口的认定，有时比白纸黑字更加深入人心。何况，正史没有记述的东西，并不一定就是望风捕影的妄说。

至少，我完全相信，在封建社会的北宋乃至明清，必然有西门大官人那样的财主和恶霸；同时也就必有善良本分的弱者武大郎；以及围绕着恃强者西门庆周围的人物王婆与潘金莲。有无恶不作的西门庆，就有无畏惩恶的武松；为此，也便有相应的活动舞台景阳冈和狮子楼。既如此，我无意于死死考证这些"遗迹"的真伪与可靠程度。

离开阳谷城，乘车，仍从景阳冈一侧路过。也可能是过于渴望出现这样的情景，恍惚间，眼前蓦地冒出好大一片树林，青森森，密苍苍，照《水浒传》书中的说法是：好一片猛恶林子！不过，假如此时再跳出一只"大虫"——一只吊睛白额的老虎，那还要请武二郎拳下留情。因为，时代变迁，老虎已成为受保护的珍稀物种！

旧时的庄园

记得二十世纪六七十年代,河南巩义康百万庄园、四川大邑刘文彩庄园、山东栖霞牟二黑庄园,被称为国内三大地主庄园。那时这类庄园主要是作为"阶级教育"而推出的典型例证。

光阴荏苒,时代变迁,如今上述庄园在新的形势下正成为历史文化遗迹和地方旅游品牌。不久前,我先后访问了已是全国文物保护单位的山东牟氏庄园和河南康百万庄园,从他们那里,又得知山东滨州市惠民县的魏氏庄园也在1996年被批准为国务院文物保护单位,并称之为鲁北平原第一奇观。因此,最近趁去山东出差的机会,又专程前往参观了这座我知道得最晚的魏氏庄园,更加深了旧时"庄园"的全面认识以及对它们有别于一般"大院"的基本特点的了解。

这几年,大院,尤其是地处山西的晋商大院声名鹊起。借助各种媒体和电视剧的推动,许多人对"大院"是相当熟悉了。相对而言,倒是对上述几处庄园反而了解较少。应该说,大院和庄园有其相同之处——它们同为封建时代达官富户、地主豪绅长期居住之所,也是他们赖以据守的大本营,但也有些区别。一般来说,大院主要是用来生活居住,因此建筑格局比较集中,当然是竭尽豪华之能事;而庄园不仅面积更为广阔,建筑格局更加多元,其主人除了居住,还重在经营发展,因此俨若一所防卫严密的据点。虽然不同时期、不同地域的庄园,其侧重点也有所区别。

暂且撇开大院,专对上述三座庄园作番剖析。我发现其基本的共同点是一样的,不同之处多来自其主人的不同个性。

很明显,作为封建社会肌体上非同寻常的组成细胞,这些庄园最初的兴起及其发展，无不凭借官府的背景甚至最高统治者的支持，其最初发迹者非官即吏。山东栖霞的牟家原籍湖北，第一代奠基人本是明代后期栖霞县的一名书吏，大抵是《水浒传》中宋江那类角色，却无宋公明式的仗义疏财，倒是精于敛财之道，在任下来，手头上也颇积攒了些银两。此公的厉害在于，"退休"后不回原籍，倒是看准了本地广大的田地和山岗，毅然决然在当地落户，盖房置地，很快发达起来。可见，不论是大官小官，最初还是植根于官家的土壤。在笔者家乡那一带（与牟氏庄园相距不远）有句民谚："一个刑房酷吏，搂足了能顶大半个县太爷。"至于河南巩义康百万庄园，更是因皇上、太后的封赐而富贵双收。在这方面，最能说明问题的是清代中期的康应魁，他利用清廷镇压白莲教之机，供应上百万清兵所需之棉花、布匹十余年，直接依靠最高统治者发财，以至富甲三省，船行六河，土地、财富无以计数。迤至清末，康家对皇室的"尽忠"达到顶峰，为迎接慈禧和光绪自西安回北京，不惜耗费巨额白银，修行宫、架浮桥、建码头、铺御道，极得"老佛爷"欢心，多次给予赏赐，官至三品。

以上三座庄园是中国农业社会形成的特殊家庭群落的典型代表。当时，最高统治者居于京城，地方各级政权也各据城池，富甲一方显赫家族便利用他们的威势和巨额钱财来建造修筑规模略小于"官城"的"家城"。这还不只是一种形象的比喻，事实就是如此。如河南康百万庄园倚山势而建，周筑城墙，高垒坚石，拱形城门，幽深而险。远远看去，居高临下，而且相当隐蔽，大部分建筑掩于丛林之中，自然是易守难攻。山东惠民魏氏庄园根本就是一座名副其实的城堡。此庄园内为几进的四合院，环以院墙，院墙外空间更大，有高大厚实的城墙严密拱围，从各个方面看都不逊于官城。城门及城墙要点处均有母堡和子堡，架有火枪与"大抬杆"土炮，射击孔可以组成交叉火力。门前有护城河，当年还设有吊桥之类。魏氏一家人丁最盛时也不过一二十人，但护院家丁经常达数百人计。这是中国封建社会时期的产物。它既可以防守农民起义者和土匪的攻击滋扰，又可以长期威慑乡民；既可谓大环境中的强固据点，又是小环境中自成体系的"独立王国"。事实证明他们的各种设施是有效的。康百万庄园曾经历农民军几度袭扰攻击，但终未被攻下。魏氏庄园在战争期间曾被国民党还乡团强占作为临时据点，但主人们却凭借熟悉的地形与特殊设施得以逃脱，生命和最珍贵的财产未受损失。为了便于长期坚守，庄园中一般都有水井甚至菜地。

  与上述紧密联系的是这几处庄园主不管如何地发展，始终未忘一个"农"字。他们坚信庄园搬不走，其基础是土地移不动。所以，尽管魏氏庄园是集官僚、商贾、地主三位于一体，尽管康百万在很大程度上是靠河运发财，尽管牟氏庄园在清末民国时期在附近的烟台等城市已设有多处商号，但他们时刻念念不忘的仍是无止境地聚敛乃至鲸吞土地：他们奉行如下信条："地是不长腿的，是我的就跑不了。"故而康百万才得意扬扬地自诩："马跑千里不吃别家草，人行千里尽是康家田。"无独有偶，山东栖霞的牟二黑荒年舍粥时也是那般自信："反正他们这些小子还是要把屎拉在俺家地里。"有个倔汉子偏偏不服，喝完了粥就拼命地走，走了十多里一打听，还是牟家的地，又走了二十多里再问，还是没走出牟家的势力范围，最后只好认了。据说，那时候再有志气的人也越不出他画的那个大圈。因为牟家的土地和山岗加起来有十二万亩，遍布胶东半岛。上述三大庄园中，以牟氏庄园"嗜土"的特点最为显著。在这个庄园的大框架下可谓应有尽有，五脏俱全：磨坊、碾坊、仓廪等等，就连中药房和糕点加工都有。至于牟家在就近城市中设立的商号，主要还是后期女当家人姜振帼出于生活方便和在时尚影响下附庸风雅的需要，做了一些相应的点缀。事实上，始终未成为牟家收入进账的主要来源。

  还有，这些庄园的主人，尤其是最初的创业者和鼎盛期的代表人物，无不极精明、极富经营头脑。他们在聚敛土地、营造窠巢的同时，目光往往瞄向那种获益最快、一本万利的"馅饼"工程，触角常常伸向当地最急需、最有把握赢利的行当。如清朝同治光绪年间,康百万的当家人最善于见缝插针,敢于承担朝廷非常时期、特殊需要的紧急项目,往往一箭双雕,既获暴利,又恰合上意,拿到了保护伞。而魏氏庄园由经营食盐,而粮油,而当铺,或异军突起,或同时并举,总能瞄准方向,如愿以偿。另一方面,凡为创业者一般都比较节俭。牟氏庄园鼎盛期的代表人物牟二黑常常告诫家人力戒奢侈,他自己则腰间爱扎草绳吸小旱烟袋"装孙"。据说有一次当地闹土匪绑票,悍匪临近家门迎头正碰见他,匪问:"牟二黑子哪儿去了?"他随机应变,从容地指引相反方向,自己巧妙得脱。悍匪谁也没有想到眼前这个"憨老农"正是他们要敲诈的主儿。看来,他的节俭竟也成了一种护身术。也就是到了败落期,后代子孙大事铺张,不惜损耗。康百万庄园的后期,当事人和嫡亲子孙多狂吸鸦片。而牟、魏氏庄园操办红白事儿,迎亲、送葬的队伍竟成为长达数里的一大"景观",牵动周围县邻的观客也纷纷赶来"开眼",主人却以此当作最显威仪之举。

另外,还不能忽略的是,这些庄园不仅注重大、豪、势,也很讲究"美"。以康、魏庄园大门而论,从远处看去,不仅注意到传统建筑学上的对称,同时也充分照顾到了参差的美感。康氏庄园内宅的砖雕和石雕也相当考究,在整体的严整坚实中透出一些秀润。魏氏庄园的门窗也不放过装饰的工夫,就连其中特有的暗门也不肯忽略,其伪装的手段竟突出着工艺上的设计美。牟氏庄园在建筑工艺上也有可圈可点之处,其中彩色石墙和别具一格的烟囱装置颇为人称道。彩色石墙位于西甬道的内侧,精选彩色石料打造成花木器皿图形,配置得自然而雅致。他们家的烟囱装置外突而高翘,不仅具有一种装饰美,同时也巧依风势减少了污染。这些都表明,庄园的主人立意在此世代安居,注意到了颐养身心,从观赏价值中,得到自娱的美感。

我还从上述庄园与晋商、徽商大院的对照中联想到他们之间更深层的不同。晋商与徽商虽然也源起于封建社会后期,但发展到后来,程度不同地都注入了近现代的经营意识。比较而言，上述具有代表性的三大庄园则相对保守。他们的生发与聚敛，不能说没有明确目标，但大抵还离不开成为一方大财主大富户光耀祖宗、威赫乡邑的满足感。从其各方面加以观照和考察，都始终渗透着一种带有警戒色彩的"保"字。我忆起早年在故乡听到一位与栖霞牟家有亲戚关系的老人说过："就像牟家，再发再挣，如果保不住的话，发得再大挣得再多也等于零。"现在想来，这番话是很有代表性的。不错，人说财主敛财是无止境的，但这些庄园的主人财发到一定分上，一个强烈的意识就是保住它；保住的同时还要享受它（虽然他们追求的趣味和享用的方式也有一定差别）。因此他们发到一定程度，就要建造坚固的城堡式庄园（在这方面，以康、魏庄园为典型代表），不仅外部高墙密垒，内部还有暗道与种种机关。康百万家的地道由卧室、客厅直通到几公里外的山坡树丛中，魏氏庄园的所有住室都有暗门连通，暗门皆做成另外物饰巧妙掩护，可以达到狡兔十窟、神出鬼没的地步。可见他们是多么注重防守！

他们固然都在不同程度上与不同级别的"官家"连结，甚至不惜血本取悦于当权者。但就庄园整体而言，他们的主要价值取向似乎还不是一股肠子从政；他们的家庭成员中虽然也有当官的，但整个家庭还谈不上以当官为根本追求。主要还是以取悦乃至喂养官府寻求保护为主，以增大家庭的安全系数，使偌大家业可保无虞。总的看来，他们的这些努力还是比较成功的。从有记载的资料看，他们分别与不同级别的"官家"关系都搞得不错，没有因为遭致眼红而被无端找茬，更没有因大肆铺张建造城堡式庄园有僭越之嫌而被"籍没"。应该说，一个"保"字使他们安享了几代甚至是十几代。而后来的终于败落基本上是别的原因。康百万庄园是因为子孙们过分奢侈；魏家主要是遗传人丁上的原因，后几代都是独子单传以至香火不旺而渐趋式微。

这种边挣边保或大挣大保最终为了安享家业的模式，应该说是封建社会的一个特有现象。我觉得，从一定意义上说，它还是非官非民（平民)、以财卫势的"夹缝"现象。它充分表现出封建地主富豪阶层中一部分人的保守性,即:以保求进的中庸性,力求减少风险旨在家庭兴旺的稳定性。从文化思想上讲既是儒家思想浸润的产物,又渗入了道家思想的因素。我还认为,它很像是强化与膨胀了的小农意识的变种。尽管他们与小农们是隔离的,俨然是小农汪洋大海中的一个神秘的孤岛。

解剖一个独特而有趣的现象:康百万、牟二黑、魏氏庄园及其他,不亦趣乎?

"闯关东"非自近代始

按照某些文字记载与影视传说,好像关内人闯关东最早是自清末和民国才开始的。其实不然。准确地讲,如果说大批地拖家带口地迁徙关东尚可如此说;但自胶东半岛渡海赴辽东者至少可以追溯到东汉以降。

在这方面,有据可查的一位名人就是后来做了东吴大将的东汉末年的太史慈。此人乃东莱黄县人(与笔者是真正的同县老乡),早年渡海北上辽东,"求职"均不顺遂。当时辽东那边除了有少数民族占山为王,东汉政权也早已渗进。太史慈作为当时真正的"北漂",在那边始终未定下来;加之此人事母至孝,不久又乘船回乡。但其母深明大义,力主真正的大丈夫应四海为家,闯出一番事业。于是太史慈又转向南下,以其勇武过人,得遇"小霸王"孙策,归之于吴,中年逝世后葬于镇江北固山南坡,与鲁肃墓相距不远。

关于太史慈等先行者在一千八百年前渡海闯辽东的启航之地,我少年在老家时即到县城东北诸由观一带寻访过当地人。古时龙口和烟台均未开港,太史慈等先驱者乘木帆船多是从我县东北渤海滩边或稍东今之蓬莱栾家口一带出发,一般只需漂荡一天便可抵达今之大连青泥洼海滩。遇上风浪,以当时简陋的渡海工具,其险可知。

好在两个半岛距离不远,自太史慈家乡海畔起程至今之大连附近海滩,不过一百六七十公里。然而,先行者的胆魄与实践,使自海上北渡的历史比大批"闯关东"的历史提早了一千六七百年。这些资料,完全有据可查。因为"老乡"太史慈在《三国志》中是有传记的。

但在那时,毕竟闯辽东还属于"散发"和"独漂"的情况,真正大规模的有记载的自南而北的海峡渡还是在一千四百年后的明末。当时的登州参将孔有德和耿仲明叛变明朝,先是攻打劫掠登州数县,然后率领本部军兵加上裹挟的乡民以及拥入叛军者号称万人,至少也有七八千人之数,于崇祯六年乘船浮海北抵辽东,向后金投降,孔、仲二人双双被"封王"。这一明末的重大事件,不仅说明王朝内忧外患之危重,也说明山东半岛与辽东半岛之间渡船往来已非难事,而且可以动员大规模的渡海行动。1945年,我党我军在日本投降后大举进军东北,调集了十几万部队由黄县的龙口港、蓬莱的栾家口等港乘船抵辽东半岛各处,完成了一次重大的军事行动。这前后相距三百余年的军事渡海赴辽东性质完全不同,但说明渤海海峡在军事转移与民众迁徙上都是古今相续的交通命脉。

笔者幼时在故乡,听自家先辈和邻居老人讲的闯关东的真实故事那就更多了。最典型的一例是我外祖母讲她舅舅的事。当时我姥姥已年过九旬(她生于清咸丰年间),但一提她舅舅只身闯关东,每个细节都记忆犹新。她说她舅舅是从蓬莱栾家口上船的,那是道光十二年。舅舅会厨师手艺,还会唱皮黄戏,但到了关东几年,"事由儿不顺",最后只带回一个"大脚片妗母"。这位妗母长得眼窝较深,鼻子有点高,嘴巴也大,不大会干家务活,更不会做针线。当时老家人给编了一段顺口溜:"渤海湾/关东山/几年没挣几个钱/领回一个大脚嫚。"弄得她舅舅挺没面子,不久便带着媳妇回了关东。这充分证明:在鸦片战争前,故乡已有人在"海北"那边落户了。

"闯关东"不是在一个时间段内大举"破门而入"的,而是千数百年以来探寻——冒险——跋涉——起伏的过程;开始是零落渐进的,随着主客观各方面条件的成熟,便出现了相对意义的"关东热"。在我们老家,第一次世界大战期间由民族企业家自力开埠的龙口港,在"闯关东"大潮中是一个分水岭。因为从此龙口先后与营口、大连等港有了定期的班轮,胶东半岛北部和西部的民众大都在此乘船去东北,"闯关东"渐形常态化。但不知这时的旅客们,透过"火轮"的窗口望着起伏的海浪,会不会想起当年的海上探路者太史慈他们?

他从这里起步
——邓恩铭故乡荔波一瞥

一位在山东的革命史上名垂青史的人物,却是从黔南一个偏僻的小县城迈出他不同寻常的第一步,从这里辗转至青岛而济南而山东各地,走过他一生短促而光辉的道路。

我有幸来到这个交通不便的贵州小县城,在十字路口东街路南的一个门前驻足。当地的同行指点说:"这就是邓恩铭的故宅;他短暂的一生后半段是在你们山东度过的。"

"你们山东"四个字,一下子拉近了时间的距离,使我顿时增加了亲切感,以至在这个陌生的地方也感受到浓郁的乡情。

恩铭烈士的父亲以开中药店为生,恩铭幼年即从乡下来到县城帮父亲抓药、算账。就在这故宅的一楼,仍保留着当年中药店的原貌:那简朴的药柜、抽屉上贴的中药品名,还有陈旧变色的柜台和捣药的铜臼,都使我联想起少时在山东故乡所见;也恍惚看见一个忧国忧民的少年在孤灯下打着算盘以及在谋生间隙苦读的情景……

他十几岁即离开故土,投奔在山东青岛工作的亲属并在那里求学,怀着对二老双亲和家乡佳山秀水的眷眷依恋离开了。生养恩铭烈士的这方山水不仅在贵州,就是在全国以至在全世界,也是独具特色的绝美风光。其中大小七孔一带,今已被联合国有关机构列为全球少有的地貌。七十多年前,作为这方山川的儿子——恩铭同志当然还难知其详,纵然知道,我想他首先关心的当是备受煎熬的家乡百姓的困苦,恐怕还没有多少闲情逸致去游览这大自然的慷慨赐予吧?

他离开了家乡，旋即投入20世纪二三十年代那如火如荼的大时代的洪流中。他每一月、每一年的履历表都被倥偬惊险的真实所填满，生命在无比艰辛的快节奏中灿然生辉。1921年他与王尽美一起代表当时的山东共产主义小组出席了在上海召开的中国共产党第一次全国代表大会；他在青岛领导了1925年的纱厂工人大罢工。他在济南的公开身份是中学职员，实际上是山东共产党组织的主要领导人之一；他不幸被捕，但决不束手待毙，曾领导越狱斗争，而他本人却脱险，终在1931年殉难于敌人残酷的枪声中……

邓恩铭英年早逝，为新中国的成立作出了突出的贡献，他无愧于养育他的故乡荔波的奇山秀水，也无愧于他的第二故乡山东父老的殷殷之情。

而今，他的故宅也成为烈士生平事迹的展室。展室的陈设极为朴素，楼下面貌如旧，二楼是他仅有的遗物和当时有关他活动的报刊、文件，并有陈云等老同志的题词，等等。虽很简朴，我并不觉其少，革命先辈留给我们的精神财富是沉甸甸的。

我往返两次从恩铭烈士故宅门前经过，那种特殊眷恋的深情也是少有的。我仿佛是作为一个他第二故乡的后辈，到他出生地探亲来的。当我在小七孔风景区接受瀑布的沐浴时，笑声中也像有他在。他当年不知曾否来过这风光旖旎的所在？而我们来了！我们除了尽享这风光之美外，还应多想些什么，多做些什么呢？

烈士不要求作出有声的回答，但不应回避答复。

一九九四年

难忘胶东保卫战

每次我到外省参加笔会、研讨会之类的活动，有人问起我原籍何地时，我常常脱口而出："胶东。"但有不少人对"胶东"这个地域概念比较陌生，竟问："胶东属于哪个省？"我只好告诉他："属于山东省。"

这时，我不禁暗自想道：毕竟战争年代离得越来越远了，所以许多年轻的甚至并不那么年轻的人对于距今稍远些的地域概念如此生疏。其实，"胶东"作为一个地域概念，并不是自革命战争年代开始时才有的，秦时即有"胶东郡"，民国时期也一度设有"胶东道"。当然，对于我来说，"胶东"之所以感觉上如此亲切，乃至刻骨铭心，实在是因为人民革命战争的血与火的经历使我终生难忘。

有关胶东的记忆，尤其是它与革命战争丝丝缕缕的关系，那可是历数不尽的，并且是清晰又具体：它也许是声震半岛、妇孺皆知的当时胶东军区司令员许世友，也可能是黄县孙胡庄的战斗英雄任常伦，也可能是天福山起义和雷神庙战斗，也可能是讨伐伪顽赵保原的巨大胜利，也可能是日本投降后对抗美国军舰阴谋在烟台登陆的成功……

不过，最使我难忘的是1947年秋天前后那场历时数月、惨烈的胶东保卫战。当时我虽然尚未正式参军，但在故乡参加了解放区的对敌斗争，加入了试建时期处于秘密状态的中国新民主主义青年团，在敌占期间一直接受团组织的领导和村党支部指派的任务。因此切身体验到胶东保卫战的艰难，在敌人优势兵力的重压下遭受了巨大牺牲，付出了沉重代价，当然，我们军民取得了最后的胜利。蒋军尽管来势汹汹，终归难逃可耻的失败。

其实，国民党反动派垂涎胶东半岛已久，自日寇投降之初，蒋介石即先后把李弥所部的第8军和阙汉骞所部的54军海运、空运至青岛、潍县（今潍坊市）等地，急令打通胶济线，侵夺我军民自日伪手中解放的一些县城。第8军和54军等部在蒋军中还是比较有战斗力的，据说都参加过滇西之松山、腾冲等战役，均为全副美式装备。但我胶东子弟兵敢于抗击这些蒋介石的嫡系部队，而且在战斗中缴获了不少美式武器。1946年秋冬季，第8军所辖之166师、103师和荣一师，自潍县沿烟潍公路进犯我解放区，占我沙河、掖县（今莱州市）等地，蒋介石本来叫嚣要在"国大"召开之前攻占龙口，但我胶东主力在掖县粉子山等地进行了顽强阻击，予敌以重大杀伤，粉碎了敌人的战略企图。

当时，我在故乡黄县（今龙口市）已连日听到隆隆炮声，敌舰也在莱州湾虎视眈眈，伺机登陆。然而，尽管敌军近在咫尺，我地方武装也枕戈待旦，我记得北海军分区领导机关不仅没有后撤，反而自县城以北移至更接近前方的九里店镇（我在此镇中心小学上学）。我们这些团员和同学中的积极分子，在地方干部和教师的带领下日夜进行宣传、劳军等活动，在白天的集市上和晚间的"土广播"中，针锋相对地揭露"中央军"在占领区的种种暴行，大声疾呼"蒋军必败，我军必胜！"在这里召开的反蒋保田大会上，我们这些孩子也跳到土台子上带头参军，虽然会后因为年龄太小没被批准，但也起到了鼓舞斗志的作用。

1947年年初，由于莱芜战役中我军取得重大胜利，蒋介石不得不收缩战线，忍痛将已吞进嗓子眼的果实又吐了出来。我军乘胜收复了胶济线上的胶县、高密及即墨、掖县等县城和据点。1947年春夏这段时间，胶东敌我形势尽管依然胶着，但大致已较稳定。解放区与敌占区基本对峙或犬牙交错于西段之寒亭（属于潍县）、东段之蓝村、胶莱河两侧一带。但这种表面上的"平稳"实际上一时也没有真正平静，而是隐伏着更大的、更为激烈的较量。

1947年5月下旬我中国人民解放军华东野战军在鲁中打响了孟良崮战

役。此役全歼蒋介石的"御林军"、狂妄不可一世的整编74师（74军），击毙中将师长张灵甫。此役的胜利，给了"重点进攻"山东的国民党军以沉重打击。这次著名的战役给并不十分了解当时局势的后世人以错觉，以为从此蒋介石对山东的"重点进攻"已被打破，甚至已无力再进行有效的进攻了。其实不然，当时为了打破敌军的重点进攻，我人民解放军华东野战军以大部主力经鲁西南，穿越陇海路，挺进豫皖苏，转至外线作战，而留下第2、第7、第9、第13纵队由许世友、谭震林组成内线兵团，在山东坚持作战。在一段时间内，情势比较被动，在南麻、临朐战斗中，我军伤亡很大，最后撤出了战斗。记得那时有负伤复员回家乡工作的我军战士对我们讲起战斗中的一些情况："打仗那几天，天气也邪乎了，连降暴雨，炸药和爆破筒都受了潮。我方挖的坑道工事也进了水，很多战友都牺牲了……"

　　总之，那时的情况并不像一些人想象的那么轻松。以我当年的感觉，干部和群众的心情是解放战争开始以来最为沉重的阶段。他们中的大多数人也许并不详知局势的发展，但已在各方面进行必要的准备，如坚壁公粮、兵工厂，民兵实战训练等等。我后来才知道的真实情况是：当蒋介石获知华野的大部分主力已离开山东，竟欣喜若狂，亲自飞临青岛，部署早日"结束山东战事"，任命他的陆军副总司令、上将范汉杰，组成由六个整编师和四个保安总队共51个团兵力的胶东兵团，分三路向我胶东解放区腹地推进，妄图聚歼我内线兵团主力，或将我军"赶进大海"。

　　1947年九十月间，对于胶东解放区军民而言，是一段异常艰难而充满血腥的时期。敌军所到之处，烧、杀、抢、奸，无恶不作；还乡团紧随其后，疯狂地进行反攻倒算，滥杀无辜。有的村庄甚至变成"无人村"，水井、水塘都填满了被杀害的乡亲……与当年日本鬼子的暴行一般无二。事情过去若干年后，当与人谈起蒋介石何以在大陆遭到彻底失败，我不言其他，只以我亲历的情景说："就拿国民党军纪败坏这一条，他们就人心丧尽，不败天理难容。"

当蒋军向胶东腹地进犯时，我军也进行了顽强阻击，但由于初期敌军占优势，我内线主力被压缩在半岛东中部的一块狭小地带，无回旋余地。在此万分危急的情势下，许世友司令员亲自指挥，断然突围，从敌8师和整编9师的接合处打开缺口，我第9纵队、第13纵队相互配合，一夜狂突，甩开了敌人，终于和兄弟部队第2、第7纵队会师。

但与此同时，敌军东下的势头未减，记得是在中秋节前后，其整8师侵占龙口、黄县、蓬莱等地；整编54师和整编25师侵占栖霞、福山，10月初终于占领烟台。敌占黄县的72天中，在十分险恶的情势下，我方武装、民兵和人民群众与之进行了坚决的斗争，也做出了很大的牺牲：副县长兼县公安局长于耀光同志在掩护群众撤退时被敌追击壮烈殉职，许多党员和积极分子在敌人的严刑拷打下英勇不屈。据我所知，黄县和莱阳等地都涌现出了刘胡兰式的女英雄……敌人对少年儿童中的积极分子也绝不放过，恨之入骨地称为"八路崽子"。还乡团也曾到我家去"掏"过我，因我越墙躲进邻居家的草垛里而幸免于难。

不过，尽管敌军来势凶猛，但毕竟难以为继，占领的点线多了，便捉襟见肘。我内线兵团主力跳出敌包围圈后，一直在寻找战机，打击敌人。终于在昌南三户山揪住敌人的尾巴，第2纵队与第9纵队联手，一举歼敌整编64师所部万余人；与此同时，各部在海阳等地也重创敌军：12月初，第7纵队、第13纵队等合攻胶东中心要点莱阳，激战数日终于攻克，并在水沟头（今莱西所在地）一带成功击溃了青岛来援之敌，共歼敌一万数千人。至此，敌军在山东之进攻势头已被完全扼制，我军掌握了战场的主动权。随后，由于蒋介石在中原、东北战场上吃紧，不得不将侵占胶东之部队相继调离，如将黄百韬所部的整编25师调至中原，阙汉骞的整编54师增援锦州。至此，别说是"重点进攻"，真正是"大势已去"矣！

这时的故乡胶东虽还身带伤痕，面临许多困难，但山水依旧，笑貌未改，看上去更觉亲切可爱。

想起当年"爬山头"

今年是中国共产党成立90周年。最近,我经常想起在故乡山东解放区那烽火连天的岁月,对我来说记忆尤为深刻的是1947年。那一年在我个人的生命中乃至中国革命进程中,都是一个分量颇重、生死攸关的年头。那一年,我作为一个还没穿上军装的"小鬼",参加了在那个小小年纪难以想象的革命活动,秘密加入了试建时期的中国新民主主义青年团,度过了蒋军侵占本县七十二天的九死一生的血腥日子。

1947年,的确是决定中国革命命运的重要年头。

我不知道当时在别的解放区和部队中有否这种提法,但我所熟悉的山东胶东解放区和子弟兵部队中,那一年最流行的口号是"爬山头",意思是两军相搏,谁最先爬上山头,占领制高点,就能将敌人打下去并稳操胜券;它的另一方面含义是:爬山头是最最难的,要有无比的勇气和耐力,反之如果爬不上去……其后果是不堪设想的。当时报纸上和各种各样的会议,都离不开这个话题。那时还有一首名为《爬山头》的歌曲,至今我还能唱:"爬过高山就是平原,争取胜利还要克服重重困难……"足见当时的形势是多么严峻,对于我党政军民来说,面临的是一个多么紧要的关头!

那一年,可不像今天许多人想象的那么轻松。我永远忘不了我县县委书记的一次讲话。他脸颊瘦削,咳嗽不止,但语调沉重而坚毅:"敌人的目的很明显,就是要把我们挤到黄河以北,或者把我们赶下大海。我们的任务就是要粉碎他们的阴谋,使蒋介石和他的军队永远也不能得逞……"

不错,这年春节至初夏,我华东人民解放军连续组织了莱芜战役、泰安战役、孟良崮战役,尤其是孟良崮战役,一举全歼了蒋军王牌中的王牌、全副美械装备的整编74师，击毙其骄横不可一世的中将师长张灵甫。使蒋介石的"重点进攻"计划严重受挫，在相当程度上扭转了山东战场的局势。

1947年夏秋时节，山东内线的战场态势仍然相当复杂，说是"犬牙交错"亦不为过。莱芜战役、孟良崮战役之后，敌人的触角曾一度收拢，但随后我军趁机收复的县城和重要据点（有一二十个）仍处于"拉锯"之中，许多仍为敌人侵占。这说明当时敌我力量的对比和我军出于战略需要，还不容许我们去固守这些点、线。再者，我军主力在1947年夏季的南麻（今沂源）、临朐战役中，由于天气不利，连降暴雨，加之敌军抵抗相当顽强，打得并不顺利，"南""临"等地没有啃下来。更主要的是，当年秋天。蒋介石命其爱将范汉杰在青岛坐镇指挥，纠合起六个整编师（军），自青岛和潍县向我胶东解放区发动了空前的疯狂进攻。

为什么说是"空前"呢？因为敌人这次以优势兵力的大举进攻，侵占了我老解放区胶东半岛腹地的几乎所有城市；而这些地方，是日寇投降前后我军从敌伪手中解放、蒋军几度觊觎而未能得手的。言其疯狂，是说不论蒋家正规军还是还乡团，对他们占领的"匪区"民众大肆烧杀、抢掠、奸淫，无所不用其极，令人发指。事过数十年，我仍不忍重提，提则心头深感创痛。

今偶见记载当年之事的一些文字材料，多称之为"胶东战役"，也有称"胶东保卫战"的。我认为称"保卫战"更符合当时的情况，因为它完全是蒋军发起的。我军内线部队最初也进行了阻击，但敌军在数量上处于优势，我军被挤压到狭小地带，还是夜间穿插过敌军接合部而悄然突围才与华东野战军其他部队会合，重新掌握了主动权，揪住敌军后尾，展开战役行动。至于后来完全打败敌人对胶东解放区的进攻，原因也是多方面的——我陈、粟大军以八个纵队挺进豫皖苏外线作战，刘、邓大军逐鹿中原，我东北野战军又向敌军发起主动攻势，蒋介石顾此失彼，捉襟见肘，不得不从侵占胶东的军队中调兵支援。这时我山东兵团（又称东线兵团）

在许世友司令员和谭震林政委的指挥下,胶东子弟兵第9纵队、第13纵队及其他兄弟部队对国民党军队展开了进攻,不断收复失地,至1947年冬,胶东大地才复归于海静波平。第二年(1948)形势更是发生了根本变化。这些都清楚地表明:"爬山头"的压力在1947年整年都是持续着的:莱芜战役和孟良崮战役之后,山东战场并未出现敌我力量完全"一边倒"的态势,敌军尚能组织起"像样的进攻",我方军民仍然感受到巨大的压力……

所以,在我的记忆中,1947与"爬山头"是同一个严峻的概念。

而这,不仅仅是一种简单的回忆,更是要永远认知:革命的历程,尤其是血与火的战争,不是那么轻松的。虽然,一个关键性的战役可能具有里程碑的意义,但从战争总的进程而言,却绝不可能是"毕其功于一役"的。

当然就整个战争而言,由于我方之正义与敌方非正义的性质所决定,希望永远在我们手中。敌人有时得手,可能兴奋得失眠,但我军总能在重压中寻得先机。虽然双方都是"挑滑车",结局却往往不同,"铁滑车"终究滚落山下,我军却立足山巅。无论是莱芜、孟良崮还是胶东保卫战后,远在陕北的毛泽东总会收起地图,气定神闲抽一支烟;而陈毅在沂蒙农家小院,吟诗一首,那抑扬顿挫的四川口音,在老乡们的齐鲁笑语中萦绕……

而直到此时,身在南京的"委座",恐怕也不知问题出在哪里,只能催促陈布雷连发"手谕",处分黄伯韬,问罪李天霞,对"捐躯"之爱将开一个规格隆重的追悼会,捧为"校长的好学生,黄埔内外诸将之楷模"。却不知哀乐奏起声中,多少将领却各自思谋:应多储金条,保存实力;备好士兵军服与便装,必要时乔装潜逃……

这种种情景,绝非仅为写文章之人的想象,而是曾经发生过的历史的真实。

二〇一一年

一个夜晚跨越了一个时代

对于我个人和我们那个地区来说,一个不平常的夜晚仿佛跨越了一个时代。

那是1944年深秋,我在本村初级小学上学。记得当时刚刚收了秋庄稼,早晨已有些凉意。这天,我照例背着书包走出家门,向东走一段路,再一拐弯就来到村小学。就在必经之路上——李家街南北两侧的石灰墙上,我突然发现写满了大黑字的标语。这显然是昨天夜里写下的,每条标语后面署的都是"县各救会"字样。当时我并不明白是什么意思,稍后我问过路懂行的大人,才知道这"各救会"就是"各界抗日救国会"的简称。由此推测,就是抗日政府宣传部门和武工队写的。这时县城仍为日伪所盘踞,这是抗战以来抗日民主政府第一次在距县城仅五里之遥的村庄亮出了鲜明的"旗帜"。

我当时的心情只能用"惊喜"这个词儿来形容,而且不是一般的惊喜,是真正的"非常惊喜",却不敢"若狂",只能是不声不响一条一条地看下去。这完全是出于一种本能,是从心底涌出来的激动的热流:长时间以来,自己和家庭所受到的欺侮和屈辱,仿佛都在这短暂的时间内得到了部分的宣泄,童心中蕴藏着的不平之气也借着这些标语得到了一定的释放。

这些标语主要写的是——

苏联红军和英美盟军已打到德国边境,希特勒法西斯的末日就要来到了!

我八路军和新四军已展开了局部反攻,日本鬼子离最后完蛋的日子不远了!

各界爱国同胞团结起来,迎接大反攻的最后胜利!

……

我默念着这十几条标语不知过了多少时间,但估摸着也有一个钟头吧。突然,心中不禁一凛:那个被财主恶霸的恶少们操控的班主任"邢老头",没事儿还尽找我的碴儿,今天我这一误课迟到,他还不知道怎样处置我呢。但我一咬牙,豁出去了,我是准备狠挨一顿板子的。于是,我加快了脚步,跨进校门,直奔课堂。十几条标语给我的力量,就算揍个半死也值了!

然而,当我提着一颗心走进课堂,也怪了,正在讲课的邢老师先是从老花镜镜片后面端详了我一会儿,便一努嘴,示意我坐到自己的座位上听课。本以为难免挨一顿板子的体罚意外地被赦免了。

不但如此,从那天开始,班里那些平时任意欺负我的财主恶霸的恶少(包括校董"邢二爷"的儿子们),气焰明显有所收敛,而被他们唆使和威逼对我"格外垂青"的"邢老头"也变得沉默了些。他们好像嗅到了一种什么气息,感受到了一种不利于他们的气氛,无劲也无暇拿我取乐了。

又过了一些日子,从大人口里陆陆续续听到:一些有钱有势、平时作恶多端的地主恶霸,已暗暗将他们各自心爱的少爷千金送到敌占的海港城市青岛。听说雇的自行车"脚钱"每趟是一个"小宝"(一两金子),四百多里,需两天才能到达。

与此同时,我隐隐感到生命中的曙光即将到来。虽然从表面上看,一个安分守己的农家以及我自己什么变化也没有。我除了上学读书,就是拾草、打水,抱着磨棍推磨等,但内心已燃起一种新的希望。

这是我永远铭记的一个深秋——一个孤独的小孩在清静的村街上仔细

地咀嚼着一条条标语，寻找和期盼着更多的好消息，心里激荡着有生以来从未有过的喜悦和希望。

也就是一个月后，一个飘着雪花的清晨，是不上学的星期天，在村小学的西墙外，我看到有三三两两的村民在交头接耳。哦，原来墙上新贴出一张布告。因为县城还在敌伪控制之下，人们如此压低声音地嘀咕，我猜想多半是"八个点"的布告。当时我们这片地方，如涉及共产党和八路军而不便于明确出声时，便相互张开拇指和食指，以"八"示意。

我挤进去细看，果然是军区司令部和政治部的布告，恰恰就贴在上月伪"县知事"的一张"强化治安，防止赤化"布告的右上方。我方布告的主要内容是：鉴于国内外反法西斯形势的发展，号召胶东全区军民进一步团结一致，向敌伪盘踞的据点和城镇发起进攻，光复我们的国土；敦促伪军官兵迷途知返，认清形势，争取光荣返正，携械来归，立功赎罪；敌占区和边缘区的地主富农与伪职人员也要认清形势，停止作恶，不要心存幻想；准备在新中国成立后，实行减租减息，缴纳公粮，支援我军，做守法的村民……最后还号召边缘区和暂时未解放地区的有志青年参加人民军队，在大反攻战斗中立功。

布告的署名是：司令员许世友，副司令员袁仲贤、吴克华，政治委员林浩，副政治委员彭嘉庆，政治部主任欧阳文。这时同在看布告的张校长显得兴致勃勃，他好像全无顾虑，告诉我说："这些首长里头除了林政委是我们胶东本地人外，其他的全是南边过来的红军干部。"这是我第一次知道"红军"这个词。张校长作为一位爱国青年，一直追求进步。就在半个月前，他从南山根据地带来一些革命报刊，中途被伪七区便衣查获，抓进县城，幸而有他那乡绅大户家庭的保释，才得以活命，但看来他并没有因此而退缩。

不知什么时候，住在就近的一家李姓富户的主人也站在我侧后，他瞟了布告几眼，然后脸色阴沉地与张校长勉强打了个招呼，转身离去时，又与从北面来的"土棍"邢某打了个照面。邢某手臂上正擎着一只鹰，问了李富户一句："怎么，来真格的啦？"李富户在鼻子里哼了一声，又摇了摇头，一转身，关上了两扇沉重的大门。我当时想：为什么李富户和张校长同属富户人家，张校长面对这张布告，喜形于色，而李富户却是那般沮丧与仇视，他们的态度竟有天壤之别啊。

一个夜晚是十几条标语，又一个夜晚的布告是那个夜晚的后续。这个夜晚跨越了一个时代，我有幸见证了这个从黑暗到光明的跨越。

言及此，我还想做几句交代，这就是我所知道的布告中各位首长后来的情况。请原谅我叙述的拉杂。在新中国成立前的战争年代，我只见过许世友司令员。后来他是山东军区司令员，我是军区司令部的一名小兵。若干年后我写过一篇《我所接触的许司令》。林浩政委与我同是胶东人，但直到20世纪50年代初才见过一面。当时他在南京工作，赴京过济时许司令接待过他，我作为一名小机要员在军区大院见过他一面。有老同志指给我："他就是战争年代咱们胶东的林政委。"彭嘉庆同志后来担任过山东军区副政委，我听过他的报告，是远距离的，没机会对话。袁仲贤副司令员离开胶东较早，新中国成立后又转入外交战线，当过驻印大使和外交部副部长，他1957年就因病过早辞世，始终无缘见面。吴克华副司令员和欧阳文政治部主任抗战胜利后即率领部队渡海到东北战场。当时虽然是从离我村很近的小港上的船，但我还是个孩子，解放大军又是秘密行动，因此可以说是"失之交臂"。他们两位都是著名的塔山阻击战的重要将领（逝世后骨灰也应本人请求安葬在塔山）。附带说一句，20世纪90年代后期，一部有关军事的书在人民大会堂举办讨论会，欧阳文将军也参加了，我有幸在他晚年见了一面。将军高龄辞世。

几位将军前辈俱已离世，他们在我当年看到的布告上英名齐集，距今已整整七十年。那个夜晚出现的大标语和大布告，正是预示黎明就要到来的曙光。他们与他们领导和指挥下的战斗着的军民，都是从夜晚跨越至光明的有力推动者,也是我和我们那片地区命运转换的领导者。我从来未敢忘记七十年前那个清晨,我衷心感谢那些为了人民的解放事业而奋斗和牺牲的先辈。记忆从不褪色,真情忠于历史。我不是在写"作品",而是在记录良心。

二〇一五年

童年的眼睛看抗战

"七七"事变发生时,我老家那片地方并没有马上沦陷,而是到了第二年——1938年日本侵略军从海港登陆后,抗战的烽烟才弥漫于山陬海隅。

那时我虚岁四岁,但大变动的震响却已开始在我幼小的脑海里留下了记忆。我当时虽还不知道害怕,但也感觉到不安了。

在我耳边,最熟悉的就是"挖战壕""号树"这几句话。

再有就是挖防空洞。大人们在地堰、土坎等处掏了一个又一个大洞,我们这些小孩子家随后就钻进去捉迷藏。

然而,当日本鬼子的飞机一来,炸弹一响,那些虚张声势的国民党军队就撒丫子望风而逃。什么路沟、战壕都白挖了,已伐倒的树都被不劳而获却胆大包天的痞子们扛着去卖钱换酒喝了。

随后,各色各样的武装拉起来了。就是在那时候,我第一次听到"游击队"这个词儿。

又过了一些时候,开来一大队破衣烂衫的武装队,大人们说他们是"真八路",跟先前那些"游击队"不一样:对老百姓和气,吃的也很差,但武器更不全。后来才知道,这支部队是在文登天福山起义,经过牟平雷神庙战斗的山东抗日第三军。

后来,日寇和伪军虽然占领了县城和在一些大的集镇港口设立了据点,但我军以南部山区作根据地,仍然控制着广大乡村。有的村子白天鬼子来,晚上八路军就来。到我上小学时,我就听大人们说:"李村长白日进城去送钱,夜里赶着大车到南山去送粮食。"

我的整个童年时期听到和亲眼看到的浴血战斗就有多次。晚上睡觉经常被打据点的炸药爆炸声惊醒,窗户纸甚至整个农舍都在抖动,久而久之,也就习以为常了。

太平洋战争爆发后,我随父亲到县城去赶集,看到墙上贴的斜条标语:"香港陷落""新加坡陷落",我只认识字儿,却不知道是咋回事儿。那些标语上写到英美时都加了"犭"的偏旁,后来大些才明白。

血与火的民族战争使我们这些孩童的心灵也受到剧烈的震动,促使我们思想上早熟。我第一次目睹革命战士的牺牲是1943年在九里店集市上,南山上的武工队趁群众赶集之机搞宣传演讲,遭到城里的日伪军的突袭,一位年轻的武工队员身中数弹倒在一家药铺门前,我幼小的心灵也是第一次为革命志士而伤痛。但鲜血并没有模糊了后继者的眼睛,反而更激起了百姓抗敌的热情。我们的老师在上《修身》课时讲的是国耻史,在音乐课中教的是《毛泽东之歌》和其他抗战歌曲。而在这之后不久,我也跟随老师在集市上进行抗战到底、迎接大反攻的宣传了。

几公里外就是敌人尚在占据的县城,但同仇敌忾的中国人已不再等待。

我永远不会忘记1944年间的一件事:有一天晚上放学回家时,张校长交给我和另一个同学一沓报纸和油印宣传品,帮我扎在腰间,千叮咛万嘱咐路上一定要小心,一定要送到我们村的田老师家里。也巧了,学校所在地距我们村只一公里,却偏偏迎头就碰上了窜回县城的一中队二鬼子。也许是因为我们早有思想准备,神情比较镇定自然;也许是敌人看我们毕竟是两个孩子,结果是擦肩而过,没有遇到什么麻烦,但心里还是觉得好险!当我们将宣传品送到田老师家后,他急不可待地打开,我才看到上面是苏联红军已打进德国边境和美英开辟第二战场的消息报道。

1945年5月,尽管县城还没解放,但有天上午上课时,张校长突然兴致勃勃地闯进教室,大声宣布:柏林已被攻克,德国法西斯投降了!

他随即指挥我们大家唱歌,全体起立。

先是苏联歌曲《假如明天带来了战争》——

接着，又唱胶东根据地的抗战歌曲——

在雷神庙，在半壁店，在那烟青公路上，就是这样，我们打仗为了人民，也依靠人民去打仗！

童年的眼睛看抗战，自然是幼稚、片断的，但童年的印象也是清晰、深刻、永生难忘的……

反法西斯战争的胜利拯救了我

有时，静夜难寐时我问自己：你对共产党的坚定信念开始形成于何时？回答是小时候备受欺凌而幸喜被共产党八路军拯救的时候。那时候，也正是反法西斯战争全面胜利的前夜。

说起来，那已是五十年前的事了。

我在初小的四年中，除了学到一些基础知识外，一千几百个时日可说都与屈辱联系在一起。由于我家无钱无势，全村只有我一家姓石，又没有亲族的帮衬，所以格外受欺负。比我年龄大的以及同龄的有钱有势的大户人家的孩子，合伙变着法儿来欺侮我，其中一个原因是妒忌我念书好，另一个根本原因不能不说是"阶级"的因素。

我那时几乎每天放学回来脸上都带伤。那些恶少们无缘无故就打我，课间休息时逼我为他们"拉犁"，往我脸上抹秽物。明明是他们扯乱了老师种的牵牛花，几个人硬往我头上栽赃，说是我作践的，结果使我挨了老师的板子，我从那时起便过早地尝到诬陷是什么滋味。还有一次是在午饭后，几个恶少追打我，迫使我越桌而躲，结果摔在地上，经历了一次"死"的体验，苏醒过来后竟不知是什么时辰。冬天他们将我挤到靠门的地方，让我忍受风刀霜剑的严酷。考试时明明是我考了第一，他们又胁迫老师重考，搅得我心烦意乱，搞错了一个字，便由第一降为"第二"，他们才称心开怀大笑。其实老师们大多也是出于无奈，那些恶少的家长都是校董之类，如果违拗他们的摆布，就可能丢饭碗。我每每放学回家向母亲哭诉，母亲带我去找恶少的家长，当然毫无用处，有一次还差点被他们家的恶犬咬伤。

但有钱人家的成员中也并不是完全没有好人。四年级上半年有一次上《修身》课时,一个恶少寻衅欺负我,把我从座位上挤出来,一位比我大几岁的张姓小姐挺身而出,当堂指斥这个恶少,为我抱不平。事后她还受到恶少们的讥讽,后来她离家出走,毅然参加了八路军。这件事,我多少年也未忘记,先是写在一组名为《感念》的散文里,随后在我唯一的一部少儿题材长篇小说《学海征帆》中又采用了这个情节。

正当我备受煎熬欲逃无路时,生命的拯救者突然降临。1944年冬季,在一天早晨的上学路上,我惊喜地发现石灰墙上写满了大字标语:"苏联红军和英美盟军已打到德国边境,希特勒法西斯就要垮台了!""我八路军新四军在各个战场展开局部反攻,广大人民动员起来,迎接大反攻的到来!"……我看了十分振奋,好像是久已盼望的日子已经到来。也真怪,从那以后,老师们对我的态度便开始好转,那帮欺负我的恶少们威风大减,不久便纷纷退学。当时县城虽未解放,实际上我们这片地方已为八路军和人民政府所控制。

第二年,我升到离我村一里多地远的九里店小学上高小。随着日寇的无条件投降,县城也随之解放。那些有钱有势的恶少们纷纷逃离家乡,跑到当时敌占的青岛。老师和校长大都很器重我。我在努力学习功课之外,也积极参加解放区当时的种种社会工作。本来我不大愿意抛头露面,一当众讲话就脸红,可能是小时候被欺负被压抑得太久的缘故,过于腼腆和拘谨了。但老师断定这不是我的"本性",就一再启发、鼓励我,在"一二·九"纪念大会上"逼"我上台演讲,又让我走出校门,到九里店集市上当众进行革命形势的宣传。果然,这种"赶鸭子上架"的结果,使我克服了弱点,锻炼了口才,见了世面,经受了风雨的洗礼。从这时起直到以后的若干年头,我都在学生会和青年团的组织担任重要工作,可见一个人在各方面都是可以改变的。特别是当国民党反动派发动全面内战、解放区形势恶化的日子里,我参加组织演剧队,夜间搞"土广播",爬到村里大庙的房顶上，拿着大号筒子向乡亲们宣传战争的形势，树立必胜的坚定信心。当时，龙口港外渤海上敌舰在打炮，头上是国民党夜航飞机掠空而过，但"土广播"的声音没有喑哑……这是些艰辛的日子，但也是扬眉吐气、充满传奇色彩的生活。一个人挣脱屈辱的枷锁投身斗争浪潮之后就会勇气倍增。十年后，当我回忆起这段生活，在一篇题为《回忆我的土广播》的散文中写道："雨下着下着，年复一年地下着，但这已不是1947年的雨，而是1957年的雨了。"

的确，反法西斯战争和人民解放战争的胜利使我从水深火热的境地中解放出来。共产党的甘霖医治了我备受凌辱的创伤，又滋润着我的心灵，洗涤着我的明眸，使我坚定了应走的道路。这一切不只是通过书本，更是我切身的体验。而这，也是一种刻骨铭心、不可更移的信念。

散文

史地遗痕

我固然喜爱文学，但小时候上学时最酷爱的却是历史、地理。考试的结果便是有力的说明，我的地理、历史课几乎每次都是百分，而语文则极少得一百分。自然，当时酷爱史、地，根本没有想到将来会从事与此相关的职业，就是本能地喜欢罢了。

我上小学时，正处于抗日战争后期和人民解放战争时期。日本投降前夕，我们那里即成了解放区。解放了的日子使我扬眉吐气，因而心甘情愿地投入了解放区的革命斗争（在上学读书的同时）。若干年后回忆起来，我由衷地认为：童年少年中约有四五年的时间是我生命中的"黄金岁月"，在今天看来，有些事情是那个年龄段的孩子难以承担的。但时代的要求、自身的信念使然，便使不可能成为可能，不能承担的也承担了。而且因此还意外地学到了不少弥足珍贵的历史、地理和军事等方面的知识。以下就是我选取的几个记忆深刻的片断。不是重在自己做了什么；而主要是看到了什么，感受到什么。

一

抗战后期，大约是1943年吧，父亲自东北回来。有一天高兴了，便与我母亲一起带我进县城赶集（这是我小时候唯一的一次父母二人带我进城）。那时在我的眼里，县城是个"大地方"，一切都是新鲜的。究其实，我们的县城也非等闲可比。别的不说，它是胶东半岛唯一一个秦置县，而且两千多年来一直未易名。这时的县城是北齐天保七年（公元556年）由东面30华里的旧址黄城集迁至此处。这些沿革都是我向我们的张校长问来的。

当时一进城，我可谓眼花缭乱，由于好奇心驱使，什么都想问。但因为我父亲只念过三年私塾，能够回答的问题实在有限，许多东西只能靠我慢慢去悟，或留待日后去请教"明公"指点一二。我在县城南关坐西朝东的一个大门脸，看到石狮、石鼓及残存的旗杆，便问我父亲：这是谁家宅门？他告诉我是范阁老的府第。但也仅此而已，后来我回村问清末秀才李汉亭老师，他告诉我范阁老就是明崇祯年间的内阁首辅范复粹，是我县史上级别最高的官员。我又问他什么是阁老？他说除内阁阁臣之外，明朝那时候凡大学士及翰林大学士入阁办事者均可称"阁老"。在西阁外，我在路南小广场的古戏楼前流连多时，以少年极好的视力看清台柱横梁上注明的是"建于大明隆庆××年"的字样，算来已有四百多年的历史。（此后几年，我随母亲和街坊大人们来此看过好几回京戏，如《古城会》《李陵碑》《武家坡》《二进宫》《汾河湾》《辕门射戟》《打龙袍》《小放牛》《铁公鸡》等等）。同样是在西阁外，路北有开业于清光绪年间的老字号药店"登仁寿"大药房。最奇特的是它门外地段的开阔与整洁，完全以扁形碎石铺就的缓坡看上去非常优雅（若干年后我常常想：那个年代没有现在的专职清洁工，却何以能够达到长年保持那么清洁）。大药房门外偏东直抵西关阁门，两岸石砌的小河之上全是木质的吊脚楼，记得商肆的字号有"祁门茶楼""醉乾坤酒家""和成兴书屋"等。据父亲说他年轻时这些商号就都有了，看来也都是些"老字号"（我记得日寇投降本县城解放后，报载全城大小商号逾两千家，在整个胶东半岛当属最繁盛之列）。自那时我脑子里即种下深刻的印象，所谓"吊脚楼"绝非南方之专属。

然而，当时的县城毕竟为日伪所盘踞，战争与时代的烙印仍处处可见。在最热闹的西关和东关大街两边墙上，写满了日本侵略者的宣传标语和日伪的漫画，什么"建设大东亚新秩序""中日满亲善"，有的漫画极度丑化八路军新四军，吹嘘"皇军"的"赫赫战果"；而对处于交战状态的英美也充满仇恨,所有标语中的英、美字样都加了一个"犭"偏旁,而变成"獁獊"的生造字。可见日寇之反动宣传无所不用其极。而且就在这次进城赶集中,我有生以来第一次见到了日本鬼子。

那是父亲带我们到县城里有名的文昌庙进香时,附近尼姑庵的两个尼姑带领三个日本军人突然闯了进来,在庙内指指画画不知说了些什么。其中留一撮小胡子的鬼子显然是个军官,举止张狂,对尼姑多有轻薄之态。至于是尼姑为讨好引他们进来的,还是受到胁迫而不得不为之,便不得而知了。万幸的是,他们咋呼了一通之后,便离此而去,受到惊恐的善男信女方才嘘了一口气。从主殿门旁的说明文字上看,曰:"文昌即文曲星,乃上天主宰功名、禄位之神。"我当时默念几次,虽记住了,但对其内涵,还是模模糊糊。我父亲专门带我到这里,极其虔诚,他当时有什么期待,并没有说,却没有深深打动他的儿子。不过,在文昌庙还有一桩意外收获:亲眼欣赏到打小就听说的籍贯本县的清末一品大员"贾中堂"的书法楹联。贾中堂者,名贾桢,榜眼出身,仕进后颇受清廷重用。所谓"中堂",明清之际是对大学士的称呼,而贾桢的书法在清大学士中亦颇为人称道。

总的来说,这次进城给我留下了深刻的印象。我的语文老师、"大饱学"战子汉经常对我讲的"处处留意皆学问",此行得到了很好的印证。无论是哪方面,凡是自感新鲜的就要探个究竟,凡是不懂的就要刨根问底,尽可能弄个明白。遗憾的是:我们的那座县城,我们县城的那些不能复制的历史遗存,都在不久以后的日本投降后,以及稍后几年的蒋军大举进攻胶东解放区侵占县城,被拆毁和破坏了。一个绝不逊于后来被授予"历史文化名城"称号的古城古镇,就这样失掉了珍贵的文物,只留有一个"曾经存在"的幻影。我作为一个本土之子,仅能以"史地遗痕"搜寻尚属清晰的影像,却也难以补救十之一二。

二

1946年深秋,国民党军第一次大举进攻胶东解放区,主要是驻于潍县

（今潍坊市）的第8军李弥部沿老烟潍公路北犯，扬言要占领龙口。另一路由阙汉骞部之54军自青岛沿胶济铁路向西搜索前进及沿青烟公路向北作为策应。第8军李弥部之166师和103师于深秋时节相继占领昌邑、沙河和掖县城。掖县（今莱州市），距我县约90公里，之间仅隔招远县沿海一小段地区，基本上是邻县。该县明清时为莱州府治。其海港虎头崖，为莱州湾之重要渔港。他们攻占掖县后，即大肆抢掠烧杀，等等。我胶东军区部队在许世友司令的指挥下，展开了掖县保卫战，以扼制敌犯之势头。

当时我上小学五年级，在九里镇中心小学担任学生会宣传委员，平时除上课外，还参与集市宣传、夜间"土广播"以及支前等工作。掖县战斗打响后，我作为"少年儿童宣传队"的一员，随县支前人员第一次出县进行支前劳军。我们一行十余人，沿烟潍公路步行前进。因是第一次出远门，头一天才走到与招远交界的辛庄一带，我已累得够呛。第二天一早刚刚上路，幸而碰到解放军运送军需物品的大卡车。这两辆车都还有空当。司机同志问了问我们，得知是去前线慰问的，便让我们上了他们的汽车。以前我只见过日产的四轮卡车，从未见过这缴自蒋军的"十轮卡"。十轮卡后面载重部分就占了八轮，左右各四个，前面才分占了两个轱辘。有了这大家伙代步，不消半天，我们就到了距掖县粉子山前线五华里的一个村庄。我们下车后，解放军的一位三十多岁的司机同志还一再嘱咐"一定要注意安全"。路上他告诉我们：他的孩子与我们差不多大小，这时都在敌占的河北霸县胜芳镇，一点消息也没有。我当时就觉得，他嘱咐我们时是很带感情的，好像在对自己的儿女说话。

然而，次日上午，敌人的飞机就飞临村庄这一带，先是俯冲扫射，临去时又投下两颗炸弹，其中一颗正炸中了村东头的一棵楸树。我们带队武装部的孙同志告诉我：一般情况下敌人都是派P51野马式战斗机来骚扰，这次却是B25轰炸机，很少见，难道他们以为这一带村庄是我军的指挥部吗？就这样，敌机刚走，在隆隆的炮声中，村里一位八十多岁的老汉号啕大哭,逢人便诉说。原来那棵被炸毁的楸树,是他父辈传下来的。虽然还够不上古树,也有百十来年的树龄,怎能不使老人心疼。任凭炮声再烈,也没盖住老爷爷的控诉:"挨杀呀——遭殃军!"当时敌占区和边缘区的民众都管中央军叫"遭殃军"。

楸树在人们心目中也许算不上名贵树种(如今许多人甚至不知道有这种树),其实它的用途很广,甚至可以说浑身是宝。曾经教我一年语文后来回北平升学的王中戌老师就如孔夫子所言"多识草木鸟兽之名"。他曾对我说起过楸树的诸般优点:身躯挺拔,能长到四丈多高(十五米左右);叶子可喂猪,还能治猪疮;种子也能入药,可治各种疮疥;它的板材很耐湿,是建筑和做棺木的好材料。我小时候就听大人们讲:做棺木有三种木材最好:一是柏木,二是楸木,三是梧桐。而蒋介石的飞机偏偏炸毁了人称"行好树"的楸树,真可说是作孽。

我们这支少儿宣传队,两天来往返奔波,主要是慰问伤员和撤下来休整的部队,在炮声和炸弹爆炸声中为子弟兵唱歌演小型的话报剧,以鼓舞士气,受到了上级首长的夸奖和鼓励。胶东军区政治部宣传科科长(可惜忘记了他的名字)亲自来到我们中间进行采访,我觉得他的知识很丰富,除了给我们讲火线上的战斗故事之外,还特地向我介绍掖县的特产和名胜。他说的"滑石"我是知道的,小时候我用的石笔、玩耍的滑石猴就是掖县制造的,却不知滑石还可以入药治病。科长同志还对我们讲到掖县文峰山有北魏郑道昭的书法石刻,距今一千几百年了,非常珍贵。我自小特别佩服学识渊博之人,听得十分神往。只是因为处于战争环境,不可能去实地瞻仰(直至20世纪末我才去实地看了郑道昭碑刻,而出产滑石的原址迄今亦未能亲临)。但就在科长同志与我们见面两天之后,他就在火线采访时壮烈牺牲。后来由于蒋军由海上在虎头崖港登陆,我军腹背受敌,便决定撤出战斗,转移至"新阵地"。从战报中看到"掖县保卫战共毙伤敌军官兵四千余人,击落敌机一架。蒋军第8军之103师遭到重创,166师失去战斗力"。

还有一事不能不提：掖县粉子山战役的前线指挥官为我胶东军区王彬副司令员。王彬同志原为西北军军官，抗战前即受进步思想影响投向根据地加入我军，抗战中在鲁中南等地指挥主力军和地方武装抗击日伪顽军，多有胜绩；后调至胶东军区任副司令员，抗战胜利前后与蒋中央军和伪顽谈判常常由他出面，挂"少将"军衔。不久以后因内部复杂的"路线斗争"被错误处理而长期"赋闲"，多年后平反，享受大军区副职待遇，以九十高龄去世于北京。

三

1947年新年刚过，我县县委和县政府就在南乡城镇召开由全县青年参加的"反蒋保田"大会。现在回头看来，实际上是进行思想动员，启发与会者的"阶级觉悟"，踊跃参加中国人民解放军。我们中心小学的李校长自告奋勇带领我和其他几名学生中的积极分子也参加了这本是成年人的誓师大会。

记得那年的冬天格外寒冷，我们在露天地吃饭时，小铁碗上沾的小米饭粒立马就冻成了冰碴；带病工作的县委张书记站在大桌子上讲话时，瘦削的脸颊冻得紫红。会议进行掖县被蒋军占领后遭害的群众声泪俱下地控诉时，会场的气氛达到了激愤的顶点，县领导号召革命青年踊跃参军，为蒋占区的乡亲们报仇。这时，李校长鼓动我第一个跳到土台子上带头参军，我立即响应。上台后，我高呼口号，一会儿就被跳到台上的青年们淹没了！

披红戴花乘大汽车去到县城兵检处，人家嫌我年龄太小个头又不够，安慰我过两年再来，我觉得很委屈，哭了。这时被我们王县长看见。他认识我，因为头年在县城东沙河开大会时，我代表小学生讲过话。他像哄小孩似的开导我："当兵有的是机会；再说，你暂时还可以做一个不穿军装的小兵嘛。"

果然，不久我县组织了上千人的支前大军，包括骡马大车、胶轮小车和担架队，由王县长任总指挥，立即开赴胶济铁路和鲁中战场。为了鼓舞士气，支前大军中还有一个"少年儿童宣传队"，其中就有我——不知道是不是王县长提的名？因为这时我已参加了试建期秘密状态的新民主主义青年团。

　　由于烟潍公路在敌占时被严重破坏，我们走的是另一条路。途经我县南面的邻县招远时，我还是不忘请教一切"明白人"，获取我感兴趣的知识。招远盛产黄金我早就听说的，却不知它城东还有温泉，当地叫"温泉汤"。在县城里碰上当地的一位教师告诉我：招远是金代就设县了。我由此便将金子的"金"与金朝联系在一起了。其实招远采金，远在宋代就已开始。但当时我不明白的是：为什么这里生产黄金，却不如我县富裕？思维简单、幼稚。经过莱西马连庄时，我想起在画报上看到我军1944年攻克这个日伪据点的照片：战士们在缴获的九二式重机枪前喜笑颜开。如今亲临此地，方知它的位置重要，而且水土秀美，林木茂盛，使人留恋。

　　虽然此前莱芜战役中蒋军遭到惨败，为收缩战线放弃了所侵占的掖县、昌邑等县城，但仍伺机蠢动，从潍县、坊子、寒亭等处出动窜扰边缘区，而且在潍北制造了杀害我民兵队长、农会长、青妇队长和革命群众的血案。我们的支前大队便由潍北地区转移至昌（邑）南。记得当晚住在胶济铁路岞山车站附近的一个村庄。这个村庄前些日子也遭到还乡团匪徒的袭击，村庄里弥漫着血腥味。但仅余的一些群众仍然怒不可遏地向我们控诉敌人的罪行，而且在极度困难的条件下对我们做了尽可能的支持，并请求我们的王县长和警卫武装同志不要离开。"有你们在俺们的胆气就壮"，这是老乡们反复说的一句话。

　　"岞山"——这个地名使我想到了一个人，他是我村大我四岁的同学万民元。1945年日本投降后他披红挂彩参军离开家乡，在我胶东子弟兵九纵队27师担任机枪射手。他寄回的第一封家信是他父亲叫我读的，因为他父母都不识字。记得他信上说：在胶济线峰山车站战斗负伤，经后方医院治疗后又返回部队。此时不知他在哪里？也就在几个月后，当蒋介石以六个整编师大举进攻胶东解放区时，敌整编54师阙汉骞部沿青烟公路北犯，我军于即墨灵山进行阻击，当时的机枪班长万民元在激战中遭敌炮弹击中而牺牲。

  我们的支前大队和少儿宣传队参加了胶济线东段拉锯战的后勤支援，又向鲁中地区移进，五月中旬抵达临朐城东一带。临朐有山有丘陵有平原。在我们所驻村东的一座山下，有一片类似故乡海边石礁样的地貌，在扇骨般的石隙间，布满了昆虫状的花纹，最多的一种图案，我们宣传队一个叫小邹的调皮鬼戏称为"大臭虫"。而我们的副领队临时团支部副书记"老袁"（其实他才长我三岁）说这是"三叶虫"化石，还说临朐这儿这种化石最有名，是几亿年地壳变动的产物。我觉得老袁知道的真多。说实话，在此战争环境中虽担负的是宣传任务，但我强烈的求知欲从没有停止过。老袁还说：明代有一位叫徐霞客的旅行家，不惜远行几千里考察大西南，啥地理、地质、生物他全有兴趣。"我们出来这几百里算个啥！"当时他这番话说得很令人神往，好像他也想当个现代的徐霞客。

  但提到临朐，我也有心疼的一面。就在此后的几个月后，华东我军发起了南麻（今沂源县城）、临朐战役，结果打成了"夹生饭"。南麻守敌是蒋军整编11师（军），在狡诈的中将师长胡琏的指挥下，利用坚固的堡群，加之天降暴雨，于我方不利，没有达到全歼敌人的目的，且我方伤亡很大，最后撤出战斗。随后在攻打临朐的战斗中，守敌整编第8师李弥等部，抵抗得也相当顽强，最后结果与南麻大致相同。虽说胜负乃兵家常事，但我知道后也非常难受，不无幼稚地说："要是打赢了多好，打赢了敌人就不能大举进攻胶东了。"直至2012年，我专程去往今沂源县领导机关所在地原南麻镇，县史志办的同志说："过去了这么多年，我们这儿的农民刨地时，还经常刨出人骨来。"他们又说："当时仗没打好，天气条件是一个原因；另外不能不说与轻敌思想有关，觉得前两个月把最精锐的74师都打掉了，整编11师又算个啥，所以……我想，这不仅是战争时期打仗的教训，也是整个人生任何阶段都不能轻敌的教训。

在临朐半月后，我支前大队又西向移驻青石关附近。村庄名字我忘记了，只记得几乎家家都摊煎饼。此前莱芜战役中，我胶东子弟兵九纵曾于此打援，歼敌一个师，保证了包围歼击李仙洲兵团的我军不致腹背受敌，也封锁了李部回窜之路。我们这些"娃娃"们也长了些军事经验，估计华东我军将有大的举措，支前的大军是不可能脱离部队太远的。

在此地，除了完成我们担当的任务之外，领队还带我们到甚为险峻的青石关去了一趟。关路看似窄狭，却是鲁中地区的南北通衢，向南能一直通往江苏。但此时除了我们的部队和支前车辆担架队通过外，普通人等很少由此通过。将要回去时，从半坡上下来一鹤发童颜的乡村学究模样的老人，肩上撅着粪筐，显然是来这儿骡马多经之地捡粪的。在乡村，"学究"也好，文盲也罢，勤俭积肥者绝不为怪。我向他请教青石关的相关掌故，老人捋着胡须说："多着哩。"他念了一首歌谣："两帮夹一沟，谁也别想溜。响马一声吼，官商打抖擞。"自古以来，从这儿过的人太多了。甭说别的，就拿前清康熙年间作《聊斋》的蒲松龄来说，他曾投奔过在江苏宝应做知县的老乡孙惠为幕僚，青石关就是他的必经之路。不过，他这人不适合当差，不久就回来了，当然还是走的这青石关。"这是蒲老先生一生中唯一的一次出省，还有他唯一的一次出府是往东登崂山。"乡村学究谈兴很浓。

从临朐到青石关的路上，有一次我们在一片树林里歇息，县领导同志不知通过什么办法将路经附近的华东野战军副司令粟裕同志请到树林中来。粟司令给我留下的印象是精干与敏捷。他对我们支前大队发表了简短的讲话。我记得大意是：军民是真正的鱼水关系；人民的支援与子弟兵在前线作战是同样有功的（几年后陈毅司令员说的"淮海战役的胜利是解放区人民用小车推出来的"这番话，在粟裕同志这次的讲话中就是体现了这意思)。当粟司令带着几位参谋和警卫人员离开树林时,我觉得像一阵风似的飞旋而去。那时哪里知道他脑颅里还有未曾取出的弹片,直到若干年后逝世火化时才"暴露"出来。多少年后,将军的音容风貌复涌在我心头。

孟良崮战役之后,我们的王县长考虑到麦假即将结束,不愿我们耽误课程太多,趁一部伤、病、老支前人员提前返乡之机,令我们"少儿宣传队"大部随返。我与首长和众乡亲依依惜别,踏上了漫长的(其实才300公里左右)返乡之路。

四

俗话说:"有志者事竟成"。不穿军装的小兵终于成为穿军装的小兵。"反蒋保田"大会带头参军未能如愿,不到两年后,我还是被批准参军了。这次不再计较我年龄太小,因为是上级机关直接到初中学校选调的。而十几岁正是进行机要译电训练的最佳年龄,此时思想单纯、记忆力好,当然不强调其他条件。

我们一行几人由家乡出发。这次走的不是第二次"出征"的路线,那次是直取西南,此番走的是东南路线,一天多时间就抵达艾山脚下。艾山(在民间有一个不雅的名字叫"驴屄头子山")为蓬、黄、栖几县交界处的最高峰头,形凸而似几块叠加状。在我家乡望东南觉得并不怎么高,愈走近愈见其突兀非常。后来才详知,艾山海拔高度810多米,不仅在胶东半岛,即使在全山东也位列十名以内。

那时候因公行路者兴吃"派饭"。我印象最深的是在栖霞县赵格庄以南寺口以北的一个不大的村庄,轮到一位姓齐的大娘送饭。她家里的生活条件显然不好,"主食"全是地瓜,"副食"是热了的咸菜,喝的稀饭说白了是米汤,用一个乌褐色的瓦罐盛着,很珍惜的样子。但此地不叫小罐,而是叫"小看"。大娘看上去很慈祥,她直言不讳地说:"孩子,你们出来参加革命不容易,可今年收成不好,只能给你们吃度荒的地瓜。将就着吧,没法子。"那时，白薯（地瓜）都是当作度荒食品的；没想到，几十年后的今天，却一跃而成为受推崇的健康食品。当时齐大娘听同行者说我的脚磨起了水泡，晚饭后她又特地过来，在油灯下为我挑水泡抹药，还使用了祖传的有效偏方。60年代中期我回乡探亲，有意绕了些路从她那村庄经过，一打听，齐大娘已在两年前去世了。我特别问了一句："她的'小看'呢？""摔碎了呗。"原来，按老规矩，主人生前最珍惜的物件，出殡时都要随主人烧化或者摔破。

当时我们走了将近三天，才到达莱阳城南驻地。在这里等了几天，记不清都办了哪些手续，只记得由胶东军区政治部负责接待的同志带我们去往著名的莱阳梨的产区参观了一次。我小时候就听说过"莱阳瓷梨"非同寻常，远近闻名。这次我们特地去瞻仰了"梨树王"，据说是明朝崇祯年间就有的，已有三百余年的树龄。以往只晓得松、柏之类是可以生长千年甚至几千年，想不到果树中也有这样的寿星。由是又使我想起分别几年的"多识草木鸟兽之名"的王中戊老师。人生不同阶段、不同的方面，总是要感念启我以智的领路人啊。

就在这短短的几天中，这里的有关领导还安排我们看了两出大戏，一出是京剧《闯王进京》，一出是大型话剧《大渡河》。后者是表现太平天国翼王石达开离开"天京"转战跋涉最后折戟于大渡河的故事。与前者一样，都是写历史教训的，发人深省。两出戏均由胶东军政领导机关所辖的水平最高的剧团演出。以往只闻其名，此番得以真享，果然名不虚传。而且，我生平第一次看到电灯，是部队工作人员将发电机搁在卡车上发电的。以前在老家看剧用的都是汽灯，这回可"开眼"了。还有，我们的驻地在莱阳城南不远的姜家庄（也或许是姜格庄），而看戏却是在莱西水集附近的义谭店，之间还有不小的距离。我们是乘汽车去看戏的。这使我联想起1947年秋解放莱芜之战役中，青岛的敌军倾巢来援，我东线兵团主力在水集（又名水沟头）一带奋勇阻击，战斗十分激烈。我在家乡也听到这消息，曾向县里提出前往支前慰问而未获准，没能实现第三次"远征"的意愿，当时还深感遗憾。

我们一行离开莱阳，由胶东军区有关部门同志带领，步行至青岛外围的城阳车站（是时胶济铁路刚刚修复），然后乘火车西去济南，至济南郊区机要训练大队报到。可能是因为草草修复，列车颠簸，我晕车很厉害，不禁想起我东邻家三胖大哥早年对我说过的一番话。他年轻时闯过青岛，说什么"德国人干的工程活就是棒，胶济铁路在全国铁路里最平稳，一碗水搁在小桌板上，连一滴水也洒不出来。"而这时的列车上，既无饭供应也无开水。同行的同志不知怎么给我弄来一杯开水，我因晕车迷迷糊糊的不知水洒了没有。但有一个意识是清楚的，再难受也要咬紧牙关到达目的地。因为，重要的是我从此正式穿上军装了。

人的记忆有时是很怪的：能记住的事情，一辈子也忘不了；记不住的东西竟忘得死死的，拍痛脑袋瓜也想不起来。

忆解放区新华书店

自我懂事时起,"新华书店"这几个字就与我的成长联系在一起,革命意识的启蒙、文化知识的积累都与其息息相关。那是抗战胜利后,我正上着小学,我进县城主要有三件事儿:一是到新华书店看书,二是偶尔进戏院听戏,三是在蒋军侵占县城期间,受命进县城去完成撒传单等任务。

在我的记忆中,印象最深的是胶东新华书店和华东新华书店。延安新华书店离我的家乡黄县太远,那里出版的书运过来太困难;而山东新华书店一般在鲁中南的临沂一带,战争年代各解放区遭敌分割,联系相当困难。所以不难理解,我小时候对"山东省"这一概念并不深,而对半岛部分的"胶东"则十分亲切,悉如家乡。

那么,为什么范围更大的华东新华书店也让我觉得亲切呢?这是因为,抗日战争胜利后蒋介石发动内战,苏中、苏北的新四军逐步北撤,有一个时期,就连华东局机关也撤至形势相对稳定的胶东解放区(如海阳一带),直接在党的领导下的新华书店自然要随领导机构活动。而胶东新华书店大致维持原状,据我所知,解放战争期间,它主要是在半岛腹心地带的莱阳、招远南部一带活动。在我的老家,还能够较大量地接触到东北新华书店出版的书籍,因为我们那里与辽东半岛只一水之隔,龙口、栾家口等大小港口都与那里来往方便,即使在形势最困难的时候,也能用帆船悄然运送各种物资。所以,我少时之所以能够得到较多的书报的哺育,其中一个重要条件是"地利"。

战争时期的新华书店不只是管发行和"卖书",而且是出版、印制、发行、销售"一条龙"。在我的记忆中,华东新华书店曾出版《蒋党真相》

《新人生观》《中国革命烈士传》,胶东新华书店出版(或翻印)了《毛泽东印象》(美国记者爱泼斯坦等著)、《论青年修养》(收集洛甫、张如心等人的文章)《李有才板话》等,东北新华书店出版了《东北革命烈士传》、萧红的《呼兰河传》《生死场》等。尽管我家经济拮据,但我还是一点一滴地凑钱,先后将这些书都买了下来。

我们黄县的新华书店最为稳定,自抗战胜利县城解放后,它一直在县城最繁华的中心街道"大十字口"坐东面西,门脸很大,厅内非常开阔,似乎本来就不只为卖书,而是为了供热心读者看书。那时大多数星期天,我除了干农活,就跑到距村数公里的县城去看书。久而久之,我对书店的工作人员熟了,他们也认识了我。那时店里的工作人员并不多,相熟的有一位胖胖的眼镜经理,两位年轻的同志男的叫"小杨",女的叫"小傅"。他们穿的是解放区自产的灰粗布干部服。那时不论经理和售货员,一律都是供给制干部。

不过,他们都没有"干部"架子,态度和蔼,对读者啥时候都很耐心,书"百拿不厌"。有一次我鼓起勇气问那位圆脸短发的小傅:"为啥咱们这儿没有鲁迅、茅盾、巴金的书?"她有点惊讶的样子,大概没想到我这么点儿的孩子会问这样的问题,她没有不耐烦,回答我:"可能是因为从国统区那边运来交通不方便,也可能是反动派拦着不让运到解放区,至于还有什么原因,俺就说不好了。"

最热闹的是赶上县里举办物资交流大会,书店也忙得不亦乐乎。工作人员在大门口搭起很大块的木板,将有代表性的存书都显眼地亮在上面,并且加以简要的介绍和说明,以引起读者的注意。这期间,肯定是书店销售最红火的日子。不过,最担心的是下雨,一旦出现非常天气,只靠书店的几个工作人员当然不行,就近的县公安局和县工会的同志都来帮助搬进搬出。

最难忘的是1946—1947年间蒋军两度进攻胶东,这对于县书店而言是极不平常的,因为书籍是全县人民的精神财富,也是书店工作人员的命根子,敌人的进攻将造成非常的震荡与破坏。第一次是1946年秋天,蒋军第8军李弥部自潍县(今潍坊市)出动侵占了昌邑、掖县(今莱州市),直逼龙口。我军在掖县粉子山一带与敌军展开激战。那里距我县仅80余公里,炮声清晰可闻。这期间,我进县城还是先来到书店,但见一切泰然,与平时无异。我低声问前台的小杨同志:"你们也在备战吧?"话既出口,便觉得有点冒失,但他并未在意,仿佛悟到了我问话的意思,只回了句:"我们没接到上级转移的指示。"我听后便放心了。不久,因鲁中我军莱芜大捷,敌军自掖县又收缩回去。第二次是1947年秋,蒋军大举进攻胶东解放区,中秋节前后已侵占龙口,离县城仅20公里。我最后一次去县城"赶集",刚走到"大十字口",就见到书店门外有一辆日式的破旧汽车和两辆骡子拉的大车,已装满书籍,分明是运往南山根据地的。眼镜经理看见了我,有些依依不舍地说:"我们啥也不会丢下的。"他说着,从大车上随手抽出一本小书,递给我。我一看,是《抗日根据地的孩子们》,很薄,"骑马式"的简单装订,记得定价是一角多钱"北海币"。我刚要掏钱给他,他按住了我的手说:"这是送你的。"

腥风血雨的敌战时日终于艰难地扛了过去,这年冬天,劫后的胶东解放区厉行节约度荒,医治战争创伤,县城新华书店没有恢复。过年后一段时间,听说书店重新开张了,我专程前去,一看都是陌生面孔,眼镜经理、小杨、小傅都不在。我想打听,却又不好意思。不久,我参军离开故乡,也永远辞别了故乡的新华书店。

几十年来,我从未忘记那个县书店,清清楚楚地记得我当年去看书、买书的一切情景;当然也没有忘记那里的眼镜经理和小杨、小傅,他们如果尚在,都已是耄耋之年,显然不太可能再见了。

那个书店和书店里的那些人,都如相交极深的故人,每每想起,留下的只有无限感慨。

我亲历的"夜不闭户"年月

在中国传统语汇中,"路不拾遗""夜不闭户"往往用来形容世风良好,也是心地质朴的百姓过上安定舒心日子的美好期望。也许,在很多时候,尤其是新中国成立前,这一目标基本上是不可能实现的奢望,但也并非绝对如此。很长时间以来,我就想写一写这个特殊的例外情况。今年恰逢世界反法西斯战争和中国抗日战争胜利70周年,我觉得写一写亲历的故乡胶东解放区曾出现过的类似"夜不闭户"这样良好世风的阶段,是不无意义的。

故乡拥有这样的状况曾有过两个时段:一个是1945年日本投降至1947年秋蒋军大举进攻我们家乡解放区前,持续了约两年半的时间;另一个是蒋军逃窜之后的1947年冬至1948年。我参军离乡后数年未回,此后的情况知之不详,我只记叙我亲眼见到与亲身体验到的真实情况,尽管也只是管窥之见。

第一个时段的东风实际上自1944年深秋即开始吹拂。那时,国际上反法西斯战争节节胜利,在国内抗日战场我八路军、新四军已展开局部反攻。当时我县的县城尚未解放,但武工队和地方民主政府工作人员已在县城周围的农村开展活动,县城中日伪军事实上已成瓮中之鳖,其中伪军除最顽固的八中队偶尔还敢出城搞点动作,大都已成为缩头乌龟。以我所在的村庄而言,距县城虽仅仅六华里,我党政军的影响已深深渗透进来,村小学已为抗日进步分子和地下党员所掌控。张校长是村中首富的公子,却早已是一位激情昂扬的进步青年,教"修身"课的女老师我后来知道也是地下党员,"大饱学"战老师为人正直,从未向汉奸恶霸低头。村里的佃户老梁是外县来此定居的老党员。以他们为"内应",我南山根据地的"包袱客"夜间基本已可自由进出。"包袱客"者,是因为区县工作人员习惯以深色包布裹着书报之类,故人们便以"包袱客"作为八路工作人员的代称。

这时,东风所吹拂和渗透的内容包括村小学成了进行抗日爱国教育的基地;音乐课教唱进步歌曲;"修身"课掺进反法西斯战争形势的内容;"包袱客"们以各种巧妙的形式宣传减租减息的政策,合理解决租佃关系和突出矛盾,与社会秩序关系最为直接的是将原来由各家轮值、老弱病残充数的夜晚"打更制"加以改变,逐步渗入由素质较好的青壮年组成自卫团,每晚执勤巡逻。此项措施使横行数年的顽伪游杂流氓盗贼对中小户农家的夜间抢劫风得到有效改变,许多中小户获得了安定踏实的生存环境。他们互相传颂:"城里的鬼子、二鬼子还没跑,咱们就尝到了解放的滋味!"

日伪投降,县城解放后,广大人民群众扬眉吐气,正风劲吹,邪气下降。民兵、自卫团组织得到强化,劳动光荣、勤俭持家的价值观得到弘扬,村、乡镇、区、县各级都涌现与评选出劳动模范。记得在我村举行的劳模表彰大会上,有位姓纪的勤俭忠厚的老农民戴上大红花,被请到台上,由村长和农会长奖给他一把钢口上好的大镢头。这位平时说话都有点结巴的"老庄户",也当众讲出了"要做好人,做正经人,做勤劳的庄稼把式,靠歪门邪道祸害人的人没有好景。"他这番老实巴交的心里话,提升了正气,潜移默化地震慑了不务正业、游手好闲、小偷小摸的二流子混混之流。与此同时,还适当打击了坑害良善的恶行。本村有个邢姓的混混,年轻时就横行乡里,无人敢惹,1946年第一轮土改开始,他自以为他既非地主又非富农,似乎可以浑水摸鱼。有天晚间,他趁本村马姓富户之妻独自在家,翻墙入内,巧言诱惑,欲行非礼,这位妇女拒之,喊声惊动了在街上巡逻的民兵,将施暴未遂者抓获。村农会为此召开批斗大会,此人在众人指斥下只好唯唯诺诺表示:"以后不敢了,一定重新做人。"但他恶习难改,几年后听说又"犯事儿",那是后话。

正反两面的事例及有力措施,极大地教育了人民群众,一时间,和谐互助之风,感激党和政府土改等利民政策之风,影响深远,就连一些懒汉、二流子也认真干活了。记得有一刁姓中年男子,半生不务正业,邻里人等视若害虫,但自从分得三亩水浇地后,一反常态,对庄稼活不仅愿干了,而且会干,竟使人们对他刮目相看。

由此,社会秩序良好,以往发生的盗抢、截道剪径、勒索拐卖等案件基本绝迹,许多人家不再将门户看得那么紧了。一个细节我终生难忘:有天晚上睡前我照例去上门闩,挂上"门吊",母亲很自然地提示我:"把门推上就行了,啥事也没有。"其实,闩上门本是举手之劳,也不多费事,而母亲却认为多此一举,充分说明对环境完全信赖的心态。

但随后不久又是蒋军的疯狂进攻,烧、杀、抢、奸,滥施暴行,故乡解放区再次陷入灾难之中。

幸而灾难不久便过去,敌军为收缩战线,相继放弃了一些地方,至1948年初,仅余烟台、潍坊、青岛等城市尚为敌盘踞(稍后烟台又告收复)。鉴于胶东解放区遭受严重破坏,生产急待恢复,上级领导又发出"节约度荒,恢复生产,提倡互助组,大力支援解放战争"的号召。军民同心协力,生产逐渐恢复,人民生活得以改善,社会秩序、人们的生存环境又渐渐恢复到前年的良好状态。这时地主、富农也得到相对妥善的安置,同样是"耕者有其田",自食其力,得以温饱。但也有个别的不劳而获者,如分浮财时因其穷而享受一等"果实"的二流子、混混,又挥霍成一贫如洗的"穷人",故态复萌,手持空口袋到安分守己的小户去勒索财物而被抵制,自感好景不再而绝望。我记得有一张姓无赖在妻子与其分手后又不肯学好,无奈而服毒自毙。对此无人怜悯,只有感叹而已。

总之,我们那片地方又恢复了并不富裕却欣欣向荣,社会安定而共享清平的"夜不闭户"的日子,至于是否达到"路不拾遗",我当时并未做调查，何况在那时候，纵有人不慎而所有遗，恐也没有值钱的物件。

  回想当年，仍不难得出这样的结论：只要方向对头，措施有力，政策把握得当，必然大得人心，社会风气向上，如此一来，所谓"夜不闭户"，不会只是一个美好期望而已。

村边苇席上的课堂

我在故乡解放区从小学上到初中,应该说是有两个课堂的。一个课堂在学校教室里,这里的主讲当然是老师们;另一个课堂在村边田头,夏秋时节坐在苇席上纳凉,纳凉的时候其实也是在"听课",有那么几年的时间,主讲人是我的叔伯二舅曰润和我家东邻的三胖哥。二舅大半生走南闯北:下关东、去北平、天津,在大上海洋人餐馆里当过两年学徒;还是一位京剧票友,地方戏剧中,评戏、梆子、河南坠子他也能唱两口;年将半百回乡结婚生女,又成为种地的好把式,再也离不开家乡土地了。三胖哥年轻时在青岛榨油厂干过"外城客"(即跑供销),在德国人经营的胶济铁路小五金门市部当过几天"账桌先生"(即会计),故乡解放后回到家乡,赶集下店做个小买卖,平时也是在家门口的两亩水田里种蔬菜和水果,尤其对莳弄樱桃和"高丽果"(草莓在我乡的俗称)很有一套技艺。但不论是二舅还是三胖哥,都是名副其实的"故事篓子",曰润熟谙本地历史掌故,而三胖哥对于胶济、津浦铁路沿线地理风物耳熟能详。

我作为一名虔诚的学生,是每堂课(亦即每个晚上)都到场的。此外还有另两个学生:一个是我的表弟,还有一个叔伯表弟(曰润二舅的侄子)。这课堂说小也真小,只有一领苇席见方;说大也真够大,村边东西五十米,北南一直深入幽绿的青纱帐。哦,其实师生也不止眼前这几人,看萤火虫灯会,听蟋蟀伴奏,还有夜风五味杂陈,我一面听讲一面嗅觉中也在用心地分辨着各种正在旺长着的农作物的味道。

二舅、三胖哥演说的内容非常丰富、广泛。有的是历史故事,众所周知的如关公、岳飞、戚继光等都是大家百听不厌的,因为旧的内容中又有新认识,表面上都明白了,细想还有疑问。与在课堂上听讲不同的是:听者可以随机插话,且总是有问有答,彼此都能受到启发,增加了不少乐趣,远比课堂上的气氛平等、民主。也会聊到一些反面的和有争议的人物如韩复榘、吴佩孚、张宗昌和刘珍年,他们中大多是军阀,而且几乎都跟本乡本土关系紧密。吴佩孚是蓬莱人,在我县东面;张宗昌是掖县人,在我县西面,都是相距不远的邻县。二舅说吴是前清秀才,文人当了武将,外号"吴大舌头";张宗昌是无赖出身,不过年轻时也卖过几天豆腐,他自己曾说过,我一生都要成为"带刀的"。年轻时刀切豆腐,发迹了以后挥刀砍人。二舅还念了两首据说是张自己写的丘八诗,"学生"们都忍不住笑,这次我母亲也出来纳凉,她听了也觉得好笑。至于韩复榘是山东省主席,刘珍年知道的人好像不多,其实也号称"胶东王",他与张宗昌、韩复榘都交战过,很难说是为什么,无非是狗咬狗、争权夺地而已。一个有趣的现象是:韩复榘和刘珍年都是原籍河北,韩是霸县人,刘是南宫人,可后来都跑到山东地盘上来较量,最后又都死在那位骂溜了"娘希匹"的蒋委员长手里。三胖哥曾在青岛和胶济铁路线上与德国人打过交道,他说德国制造"成色"比较可靠,就拿胶济铁路来说,修得就挺"瓷实",道轨铺得很平,水杯搁在小桌板上,水一点也洒不出来,可见车体晃动得很轻。但是他也亲眼所见,德国鬼子很残忍,为了修铁路占地,高密一带的农民起来抗争,德国兵开了枪,这场血案实在是"忒惨!"三胖哥一再重复这两个字儿。他最自豪的是对胶济和津浦、陇海铁路的熟悉程度:每一个车站,就连芝麻粒小站,所有的名儿都记得,特别是蒋介石和阎锡山、冯玉祥中原大战的时候,他还要冒着枪林弹雨到河南那一带去收购黄豆和花生,什么民权、兰封、考城、马牧集,都打得很厉害,有一回没办法他只好钻进一大车黄豆里才躲过了枪子儿……(许多年后,我才悟出焦裕禄同志工作过的兰考县就是当年兰封和考城两个县合并的。而兰封、考城这两个地名就始于听三胖哥讲课所知)。我最难忘的一次是我主动向二舅提问，就是我家乡的老县城当年是啥样的气派。

曰润二舅对这个话题非常感兴趣，一开口就眉飞色舞，他将老黄县的沿革先交代了一番，自豪地说："咱们黄县是秦始皇建三十六郡时就设立的，起先在如今县城东面的黄城集，现在还是一个大镇，三国书上那个东吴大将太史慈就是这个疃的人。直到北齐天保七年才迁到现在这里建新城，城墙外面还有一道围子，城门里边还有阁门，讲究着哪！"他说县城最兴盛的时候是抗战前的三十年代，西阁外的老戏楼常有名角上演，赶上庙会时周围人山人海，多么牛的富家子弟票友想在这里票戏，至少也要先付三十块大洋才能露一手。西面三十里的龙口港的戏园子，北平和天津的名角常来演。别看龙口这港不大，可离天津不远，有定期的火轮船，来去方便，所以四大名旦、四大须生中有好几位来过。他说老县城顶兴盛的时候有两千多家商号，大都整得很气派。甭说绸缎庄，就拿药店来说，西围门里的"登仁寿药局"，门前是小河、拱桥，河岸两边是用成千上万颗经过精选的鹅卵石铺的，有坡度有形，远远看去，嘿！漂亮，艺术。那时就有人说：来登仁寿抓药，还没进门病就好了一半。二舅说他对比了上海、北平、天津的中药房，也没见到有登仁寿这般气派的。他还真不是夸张，因为我也亲眼见过。日本投降后我进城，登仁寿药店还在，1947年秋天蒋军进攻胶东，侵占县城，为了修工事，铲平碉堡的射击线，便把"登仁寿"全平毁了。

以上，是我压缩了又精简的叙述，便不难看出当年村边苇席上的"课堂"，两位"讲课"人所讲的内容，举凡史地、人文、经济、民俗种种，有许多是我在学校课堂上听不到的。而且只要讲者在，听者在，就没有学年，也没有"毕业"之说。

但对我而言，这社会课堂止于参军之日，我不得不中止了这"天地人"课堂的知识所获，而只能作为村边苇席课堂的一名肄业生。

从此，我不见了那领苇席，也久别了两位义务讲课人。当我追忆时，已无法完全分清我所拥有的知识哪些是源于村边苇席上所得。我只知道，多少年来，任我西至霍尔果斯边境口岸，东至普陀山顶，南迄三亚海滨，北到黑龙江抚远渔村，再也没有机会重会当年苇席课堂听讲的温馨。其实我心里一直牢牢记得那张席子，哪怕不再听课，要是能再看一眼我和长辈们坐过的席子也好。因为，故乡的一尺地，心中的一丈天哪！

终于有一天，我在新疆赛里木大草原深情地仰卧望天，突然一片白云飘来，似乎停在我的视线上凝住了。幻觉中，它就是我当年与长辈们坐过的那领席子，也许它一直在随着我的神思追踪着我，只是不知道席上有没有二舅和三胖哥……

是它，我假定就是它，不，我确信就是它。它驮着时光，驮着人生，带着体温，穿过云烟。哦，这席子——云朵，洒下几滴雨星恰好落在我的唇边，我细品着，清甜，也有点儿酸。

记忆中的"救总"二三事

最近,看央视播出的多集文献纪录片《董必武在华北》,片中提到董老在抗战胜利后曾任联合国善后救济总署中国办事处主任,这不禁使我想起少时在故乡胶东解放区所知的与"救济总署"相关的几件事。印象最深是"救总"支援我解放区的两宗物品:一个是咔叽布面驼绒里的夹克上衣;一个是卷筒式高档新闻纸(在我县人称"大板纸")。也许还援助过别的东西,但我所看到并且比较熟悉只此两宗。我想,以现在的说法,这两宗东西均应属于当时解放区的"紧缺物资"吧。

是的,当时在我们那里,凡是已"脱离生产"而成为"公家人"的干部,不论职务高低,基本上都发给由解放区服装厂制作的粗土布制服。但据说有时因供应困难、工厂转移频繁等原因,即使是粗土布衣服(尤其是冬装)往往不能及时到位。另外在文具方面,无论是纸、笔还是墨水等物,数量既供不应求质量也很差。所以我印象极深的是:那时联合国支援的卷筒纸成为极其稀缺之物。因为,当地解放区纸厂出产的完全是所谓的"一面光"大板纸,即一面比较光滑,而另一面则呈现布满小颗粒的糙状。而且这种纸比较薄,质地也较脆,写字时稍不小心即有可能把纸划破。这便不难理解,为啥人们对卷筒大板纸那么如获至宝了。

只可惜,仅就我所知的这两宗东西而言,他们支援解放区的数量也极其有限。不过,在当时解放区的艰苦条件下,有比没有还是起到一些有益的作用。拿咔叽布夹克来说,至少几十位干部中就有一人能够分到。我听刚刚由教师岗位上"参政"的区财粮委员战老师对我说:能否分到这种衣服的主要是根据工作需要或是原来的制服已破损,由领导意见和同志协议来决定。我见过副县长兼公安局长于耀光同志就有一件咖啡色的上衣（另一种是蓝色的，仅此两种），他穿在身上显得分外英俊挺拔，我曾听他在大会上讲话，很有气度（耀光同志后来在1947年深秋蒋军侵占我县，为掩护群众撤退而壮烈牺牲）。1946年至1947年间，我曾见过几次王佐群县长，他总是穿一身粗布的笔挺干部服，但从未见他穿那种夹克装。他的警卫员却有一件蓝色的咔叽布夹克，说明分到这种衣服不是由"官职"大小而定的。类似的情况是：我们城西区的孙指导员（区委书记对外的称谓）也没有穿那种夹克，而区武装部长则有一件，是咖啡色的。至于卷筒纸，情况也大体相似，看来也是根据工作需要分给的。当时高我一个年级的张洪琛同学就分到一卷，过了很长时间我才知道她是秘密时期的本区学生党员的支部书记。这种纸到后来好像在新华书店卖过一些时候。由于我爱之过切，曾向我父亲张口要钱想买一卷，但因价格不菲，我父亲回说："多贵呀，算啦。有一面光的将就着用吧，学习好赖也不在纸上。"我无奈只好放弃。但说来有缘，1947年春末，有一次县青会负责人李敬同志通知我第二天去县教育科有事（其时我已参加了在部分解放区试建的秘密状态的新民主主义青年团）。我去了以后，看到县教育科李科长和县青会的李敬同志都在。也巧了，李科长当时穿的正是那样一件夹克。在这之前，我作为"少年儿童宣传队"的一员赴掖县前线慰问回来，我们的领队李姓女教师和我一起受到上级的表扬，而且在即将到来的"麦假"中，我又被选中作为"少儿宣传队"的一员随县支前大队赴鲁中前线进行宣传慰问活动。教育科李科长和县青会李敬同志叫我来此，先是赞扬了一番之前的掖县劳军与预祝即将启程的鲁中远征。这一切，对于少年时期十分腼腆的我只是红着脸听着，没好意思说什么话，随后李科长的一个举动却使我吃惊不小——他突然从办公室的柜橱里拿出一件蓝色的"救总"夹克上衣，直截了当说是给我的。李敬同志解释说：这是经他们一同研究后决定的，赴鲁中前线宣传慰问各方面的条件都比较差，你年纪小正是长身体的时候，带上这件衣服晚上睡觉也好当被子"搭脚"。我一时不知所措,加之腼腆的性儿就本能地连连推拒:"这绝对不可以。我一个学生,又没有脱离生产,绝对不能接受这个……""脱离生产"是当时正式参加革命队伍的专用词语。

这时李科长才郑重地讲了:"这并不是给你的什么特殊待遇,而是我们有关部门领导正式研究决定的,就是在1946年度高小毕业生全县会考中获得前三名的同学,每一位都发给这样一件以资奖励。不是你一个人有,另两位同学都给过了。"

关于高小毕业会考"名列前茅"的情况,我校的李校长早已告诉了我,并把由王佐群县长和县教育科李科长具名签发的奖状给了我。我对此非常珍视;但对眼前这样的奖品我只感到诚惶诚恐,不能接受,也不敢接受。不知为什么,一个一向规规矩矩的孩子,在此"特别关头"表现得异常执拗。

正在争执不下时,偏巧王县长进来了。他是来找李科长商量工作的,意外地看到了这一幕。他问了相关情况后,一向不啰唆的他干脆地说:"一个小孩子家,不要穿这衣服了;要鼓励还有别的更合适的形式嘛。"

于是,王县长帮我解了围,别看他这会儿的态度很严肃,其实是挺喜欢我的。此后在他担任全县赴沂蒙前线支前大军总领队时,对我们"少儿宣传队"可谓无微不至地关怀。我曾在心里想过:我能被批准去鲁中宣传慰问,很可能就是王县长提的名。作为"更合适的形式"对我进行鼓励,李科长与李敬同志商量后,给了我一卷卷筒纸。这一来我不好再推却了,而且打心眼里说是"乐不可支",简直无异于天下掉下来的馅饼。此前我父亲因为心疼钱而没给我买,现在组织上领导满足了我的这一心愿,我一直节省着用,直到我正式参军时还剩下三分之一左右,我将它送给了比我家还贫困的另一位团员田守仁同学。

以上就是我少年时代与"救总"相关的点滴情况及插曲,都给我留下了深深的记忆。当时据报载支持蒋介石发动内战的美国,也对联合国救济总署对中国解放区的援助一直进行干扰与限制,可以想见,作为中国解放区办事处负责人的董老必然会与之进行正当交涉,直到1947年"救总"的活动结束。尽管如此,就我极其有限之所见,虽说是杯水车薪,在那个特殊的阶段,"救总"的工作还是起到了一些作用的,哪怕是"雨过地皮湿"也好。

但与之同时,"救总"的少数工作人员也表现出某种不良行为。1947年5月一美方人员在解放区的山东烟台,因开车横冲直撞而将人力车夫杨禄奎轧死。对此我烟台市市长姚仲明代表中方与美方进行了严正交涉。当时解放区人民群情激愤,最后美方不得不对受害者进行赔偿,向家属赔礼道歉,肇事者受到应有惩罚,事件始告平息。

如今,七十年过去,当时的相关领导同志、工作人员与我的校长老师们,不论是否还在世,都是那段历史的共同承载者。对此,我从来也未忘记。多少年来,我脑海里始终涌动着这样一句话:记忆没有距离。

遥远，又那么亲近

1950年10月1日，是我一生中最难忘的日子。这一天，不仅是我们中华人民共和国成立一周年的国庆日，同时也是我事业上的一个重要转折点。

原来，就在这前一天，领导通知我所主持译电工作的台务组能够独立处理工作了，作为一个十几岁的小战士，我深深地感到组织上对我的信任，那种喜悦的心情与新生共和国的朝霞一样灿烂。

因此，国庆节这一天，我没有和同志们一起（那时机要人员外出必须实行两人以上同行制）去大观园电影院看新影片，而是一个人在办公室里练起"记字"的本领。

在这之前的一段时间，我也深感自己译电技术上的某个弱点而造成心头之苦。那是我提前结业分配至山东军区机要处后，被安排在一个台务组给一位1946年参军的老译电员搭下手。这位老兄人倒不坏，但性情急躁，他不管我刚"上马"熟悉不熟悉工作要领，也不管我手中的铅笔跟上跟不上，只顾一个劲地催我。我不适应，他动辄摔铅笔，冷嘲热讽。不怕今日诸君见笑，我当时还暗自落过泪，但我并不因此而沮丧而放弃，我逐渐熟悉了译电工作规律，决定尽量扬我之长，补己之短，并充分发挥了少年记忆力强的优势，趁那老译电员傍晚出去打球时拼命记码子，半个月过去已记住两千多组码子。这以后工作起来，他需要不停地翻本去查，我大多数电文的码子都记得住，不需要字字翻本子。这样，我收发电文的速度很快就超过了他，这引起了直爽的刘股长和好心文弱的张科长的注意。此后不久，那位老译电员被调至下面军分区担任机要科副科长，9月30日那天，张科长和刘股长宣布由我主持这个台务组，并配备一位由机训大队新分配来的女高中生为我搭下手。

为了不辜负领导的信任,为了成倍地提高工作效率,以适应建国初期愈来愈繁重的上报下达的工作任务,我并不以简单地达到工作数量质量为满足,我给自己定下半年内一定要记字三千五百组以上,校对差错率不超过千分之五的高指标。在这种情况下,我自然要争分夺秒,牺牲了许多休息时间。但在那个年代,凡经历过的人都知道,这种极其单纯而少杂质的忠忱并非少数人独有。

我记得就在一周年国庆日这天下午,29岁的张副处长来到我们译电科办公室,看到我闷头在"记字",就问我:"小石你还没休息?"我只回答了个"没有。"他亲切地抚摸着我刚理过发的脑瓜说了句:"就这里面装着三千组码子啊。"我很不好意思地低着头,什么话也没说,而且我觉得自己的脸是红了。

距离他说这句话已过去了六十年,但一直言犹在耳,恐怕是我到死也不会忘记了。我觉得它比任何形式的褒奖都更能打动我的心,因为它不仅反映了领导对下属的欣赏与鼓励,更充分地体现出了人与人之间真挚的关爱之情。

我的努力和付出的心血果然没有白费,在不久之后的译电技术测验中,我以超出平常三倍至四倍的效率打破了译电工作的新纪录。张科长在科务会上表扬了我,我清楚地记得他习惯将"废寝忘食"说成"废寝忘餐"。但谁都知道不是他的口误,而是有意如此。

一周年国庆节这天晚上发生的一件事也使我终生不忘。那是夜间十一点半钟,我刚刚入睡,机要通讯员就拍我脑瓜叫我起来。这种特急电报是不能隔夜的,我赶紧起来拿着电报去往办公室,但译出个开头,才发现这是一封需要译电部门领导亲译的电报;但如领导特许,一般译电员也可代译。我当即报告也已入睡的络腮胡子刘股长,他又请示了张科长,最后领导指令我译这份电报。我边译边觉得电报分量的沉重,原来是与朝鲜战局转折和严峻形势有关的大行动问题。我译完后立即交给领导，领导嘱我"守口如瓶"。我自然遵命，对无关人员压根没提有这份电报。

一周年国庆过得充实而有意义，但对我来说也绝不是一个轻松的日子。而是一个付出了少年心力促使我早熟的节日。我当时很少想别的，只觉得生活就理应如此，不积极向上又该怎样呢？生活得没有意义又有啥意思呢？

今天，那一切都已成为过去，我的少年时光已随白云迁逸、流水渗地般逝去；我早已不再"记字"，而代之以著文之笔；那个国庆节被视为应绝对"守口如瓶"的机密也已成为历史，早已被披露得极其详尽。但那一页生活，在我心底里却是永远难忘，是无声胜有声的存留。

拍我脑瓜的张副处长已于前几年去世；习惯说成"废寝忘餐"的文弱好心的张科长一直未见，听说"文革"中他被折磨得九死一生，今天不知康复了没有？康复了之后又……因为毕竟岁月无情，他今年也该是年近九旬的老人了啊。络腮胡子刘股长六十年代即已转行成为驻守西南边疆的炮兵师长，如今也早已离休了吧？

与我配合默契、心灵手巧的女同志小张你今天在哪里呢？如果说那几年，我在业务上有较快长进的话，与你的鼓励与促进是分不开的。你在决心把事情做好时还那样抿紧小嘴吗？

啊，我的战友，我的一周年国庆！

一切都已那么遥远，但今天想起来却又那么亲切。

二〇一〇年

散文

我所感受到的许司令

　　看完了中央电视台播出的电视连续剧《上将许世友》，感慨颇多，引发了我对半个多世纪前一些难忘的回忆。且不说当年我作为山东军区一个机要员所接触到的许世友同志的种种，单说更早些，我还是一个小孩时所听到的关于许司令的许多传奇故事，也足以使我激情难抑了。

　　我自小生长在山东半岛的胶东老区。可能很多人都知道，许世友同志在他一生的戎马生涯中，最刻骨铭心的就是他在胶东工作的那些艰苦的、也是黄金的岁月。从我刚记事时起，就听大人们提到"许司令"的大名，他是一个传奇英雄的典型，也是使敌人胆寒的"战神"，当然，也是一个个性鲜明的具体的人物。

　　记得1944年，我上初小三年级，有一天班主任战老师在上课间，有点神秘地小声问我们："知不知道许世友许司令？"（因为那时县城尚未解放，敌伪军有时还来乡下"扫荡"）我们回答说："知道。"他紧接着又问："许司令是什么地方人？"我们却回答不上来。最后战老师告诉我们，他是"河南人"。河南人是不错的，但我们的"大饱学"班主任却弄错了许司令的县籍，说他是"河南扶沟人"。若干年后，我写吉鸿昌烈士的文学传记时，才恍然明白老师将两位著名将领的县籍"合二为一"了。

　　不过，就从那时起，有关许司令的传说就一一在我脑子里生根。如他在少林寺当过和尚，拳脚好生了得，一跺脚就能"飞"过墙头。再以后，发生在胶东乃至整个山东对日伪军、对国民党军的重要战役，无不与"战神"许司令有关。作为胶东军区司令员，他指挥过对顽军的讨逆战役、1946年间的胶济线破袭战、攻克胶县击毙汉奸司令赵保原等；作为华东野战军九纵队司令员,他率部参加了莱芜战役、孟良崮战役和胶东保卫战;在东线兵团(又称山东兵团),他与谭震林政委一起,组织和指挥了1948年间的攻克潍县战役、胶济路西段的张(店)周(村)战役,尤其是解放山东省省会济南的战役,创造了攻克敌军坚固设防的大城市攻坚战的范例。甚至就连1949年间的渡海解放长山列岛的战斗,也是许司令登临蓬莱阁亲自指挥的。没有任何将领与胶东乃至整个山东的战事关系如此紧密,转战时间如此长久!

而我与许司令有所接触,还是1950年我在山东军区和中共中央山东分局机要处担任机要员以后,更确切地说,是在抗美援朝战争爆发之后。当时我们机要处和许司令的住处都在军区大院内(估计新中国成立前这里也是一所军营所在地),中间是一条南北通道,我们机要处在东侧拐角处,许司令在西侧的一所独院里。因为朝鲜战争爆发,部队加紧备战,军区大院里也修建了地下掩蔽所,守门的卫兵一般不阻拦我们机要员,因此我们这些十几岁的机要员也曾进去"玩"过。我看到过许司令曾经陪同朱总司令视察这些地下工事,还有野战军的一位司令员在养病期间途经济南,许司令也陪同他参观过,那时首长们也不回避我们这些机要员。

我第一次近距离地接触许世友司令员是在1951年初。当时,我在机要处担任一个台的台务组长。有一次,我们要译一份指定给领导同志的电报,我译了开头,便将此事报告了张文潮科长。只因为我们的科、处级领导久不做译报工作,所以张科长就按规定授权我来译。记得是一份有关部队调动的电报,而且是特急。张科长便立即责成我直接送至许司令处(一般情况下,办报科有专门的送报人)。我去后,虽是一份译出的电报,但送报手续也很细致繁杂。我看到司令员在办公,但他并没有直接签收,而是由田秘书(田普同志)签收的。随后,又让我带回一份特急电报稿,电文不长,字儿比较大,记得拟稿人是军区作战处处长陈凤来。许司令在电报稿上签批了一个大大的"许"字，字体刚劲有力，当时我的直感就是：字如其人。那几年，我最熟悉的就是这个"许"字了。电报稿带回来后，我又向科长做了汇报，科长责成我交由办报科签收。这是我（当时名为石恒基）唯一的一次给许司令送电报。

我与许司令同处一室的时光是在"三反五反"运动期间，而且是好几天都在一起。那是因为我们机要处有好些日子都打不开运动的局面。我们的正、副处长，一位是1931年参加革命的老红军，一位是"三八式"的老同志（其实他俩一个才三十多岁，一个才二十九岁），下面的同志有些不好意思提意见。可能许司令知道了这一情况，为了鼓励大家，他突然来到我们处，就在饭堂里（临时会场）靠门边放了一张小桌子，他就在那里办公。一开头，他讲了几句话，可着大嗓门给大家鼓劲，打消顾虑，说他要做同志们的坚强后盾。司令员的个头虽然不高，但很结实，说话时浓眉耸动，时不时打着手势。讲完了，便又坐下，若无其事地阅读文件……

许司令的亲自坐镇，果然打开了局面。第一天就有三四个同志发言，我也有点初生牛犊儿不怕虎的劲头，也给两位处长提了意见，主要是我听到和感受到的不团结的问题。许司令表面上对大家的发言似乎不在意，实际上他在"一心二用"，都听着哩。因为他中间也有插话，对他认为发言好的当即表示肯定。事后，同志们反映说："许司令一坐镇，就是不说话也真'管'。""管"，即起作用之意。

"三反五反"运动中，许司令本人也以身作则。有一天，在八一礼堂召开了军区机关排以上干部大会，他带头做了自我批评。

又过了一个时期，也就是抗美援朝后期，许司令赴朝鲜参与组织和指挥了停战前的最后一个重要战役——金城反击战。去时据说只带了极少数得力的参谋人员，如作战处处长陈凤来等。从朝鲜回来后不久，他调任南京军区司令员。此后，我再未见过许司令。

至于这部电视剧，这里不做全面评价，虽然对战争年代的胶东风土人情乃至战争原貌多有表现不到位之处，不过还是引发了我的许多感慨，多年尘封的旧事又浮上心头。这可能是因为当年的印痕太深了，也是因为许司令本人的风貌和性格太突出、太鲜明之故吧！

幻影差遣

20世纪50年代初,我在山东军区机要处工作。有一天,科长突然单独对我说:"有一趟去南方运密件的任务,想派你去完成。当然不是你一个人,还有军区司令部警卫连的两个战士,以保证你和密件的安全。"

虽是新中国成立后的和平时期,但我心里很清楚:这些属于绝密性质的密件,关乎机要译电工作的生命线,是不能出半点纰漏的;既然派给我,只能万无一失地完成任务,没二话可讲!

经过简单而认真的准备,主要是开具取件的介绍信和专用的盛装密件的麻袋等物,再就是与军区警卫连两位护送人员的"接头"。他们一位是精干的排长,一位是身量不高却十分敦实的战士。他俩第一次与我见面时,十分郑重地行了军礼,还习惯性地称我为"首长",弄得我非常不好意思,因为我不是什么官,什么长,只是一名年仅十几岁的机要员。虽然我也理解这是他们例行的称呼,我没必要做什么纠正,那样反而弄得双方都尴尬起来。

三天后登上南下的火车。车况嘛,当然是那个年代比较陈旧的绿皮车。我们占用了硬卧相对面的六个铺位(不知此列车有无软卧,也未问当时花的是三个铺位还是六个铺位的票钱)。因是夜行车,两位随行的战士都很警惕,我总觉得他们是轮换睡觉的,尽管当时并没有密件。那时的车速实在太慢,列车经过一夜又一天的行驶才到达长江北岸。经过足有几个小时的准备,估计是半夜时分,车体才上了专用的轮渡,缓缓过江。在这么漫长的乘车过程中,我们也未去过餐车(好在谁也不知道),只是嚼着饼干就着开水。但两位随行的战士对我照顾得很好,我并不感到有什么困难。

到达目的地我们下火车后，我们乘坐当时最流行的交通工具三轮车，向我们要去的单位驰去。其实，这座城市我曾经擦身而过，那是前几年行军至此，但当年只是绕城而过。这次真正经过市内大街，仍觉生疏。

接待我们的单位的态度中规中矩，一副公事公办的样子。我出具了介绍信，他们好像已经知情，说需要等两天才能拿到东西，先安排我们入住招待所。

招待所离他们单位还有一段距离，说得委婉点是朴素，说得直截些是相当简单。据说是解放前国民党的一座军营，一排排的红砖平房。我们住的是里外间，两位随行同志在细节上也从不含糊，让我住里面，他俩住外间，都是两条凳薄木板床。我深深领教了江南地区冬天既无炉火又无暖气的滋味，晚上睡觉冷得睡着了又醒来，自然地提醒我们绝对不会疏于警觉。天明看看屋门外一侧墙上的寒暑表，水银柱指向摄氏零下十五度。原来这里的冬天绝对不是昆明那样的"四季如春"。

两位随行的同龄人很会安排日程，他们提出一同去本城一个古老而有名的湖区一游。我考虑到密件尚未拿到，也不妨出去走走（按我们"行业"纪律，出去得两人以上同行）。进了湖区，正是下午时光，加上天气阴沉，显得气氛萧索凝重。排长同志说："听说这里有各种各样的动物，一定是很好看的。"于是我们三个年轻人结伴而行，谁知由于天气太冷，笼里的动物都瑟缩着不肯出头，有的还露着可怜巴巴的小眼睛，似在向我们这些陌生人祈望什么。这时，寒风又起，拍打着湖水，百无聊赖地发出声响，我一时仿佛产生幻觉，竟忘记了置身何处。当我清醒过来，便对他俩说："太冷，回去吧。"

总算等到了回程的日子，我们吃过早饭，早早来到了单位，这时整整三个专用袋的密件已准备停当。我懂得规矩，除了履行签收手续外，是不须也不能看的。对于发件方，我的信赖度是百分之百；至于随行的两位，他们更不能过问什么，只是认真负责地将东西分放在三辆三轮车上，他俩前后各一辆,我坐在中间一辆,本能地抱着袋子,竟完全不觉其沉。若干年后,当我看军事题材或谍战题材的影视片,牵涉到"密电码"的情节,有时竟能辗转半年数月过手数人还能使用,只能认定是可以谅解的"想当然",不应讥笑为外行的"无知"。

回程的列车上,三个人都心照不宣地看管好密件,将三个专用袋护在卧铺中间,夜间谁也没有放心大胆地呼呼睡去。我注意到:年轻的排长下意识地不断地摸着腰间的枪,还听到中铺那位战士辗转反侧的声音。我躺在下铺,不自觉地伸手抚摸着密件袋,鼓鼓的、硬硬的、有棱有角的,全在!扒开窗帘一角,看那窗外,黛青色的夜色洇出两三道暗红,贴在东面丘陵的上缘,显得神秘而迷离。夜,静得反而使人心中难安,一切仿佛都沉浸在某种幻觉中。

又是一个白天的中午,我们总算到达了济南站。按照约定,济南铁路局机要科长来接我们。我们乘坐他们的吉普车回到军区大院。科长见到我"接"来的东西,微笑着说了句:"够我们译电员一年使用的了。"

我又回到了现实中,结束了20世纪50年代前期唯一的一趟出省的公差;一次以生命承担的"幻影"之旅。

乡村洋人琐忆

看到这个题目,可能有人会问:中国的乡村有洋人吗?有的,有洋人,就在我的老家,清朝末年光绪年间至少有好几十口子洋人。而到20世纪三四十年代,包括他们的家眷已有百十人。他们在一个几百平方公里面积不大的县份里,拥有着三百余亩地,兴建了教堂、医院和学校。红、白、青三色相间的建筑,错落有致的规划布局,还有绿茵茵的草坪,品种别致的灌木丛,在当时古朴简陋的中国乡村,俨然是一个另类小世界。

数十年后,我少年时代亲眼看见的这个昔日洋人的生活区,已被解放区政府接管。有关在这里发生过的种种故事,主要是听年逾花甲的叔伯二舅讲述的(有的片断也是我亲历,)。那是夏天的晚饭后,在青纱帐边沿的村头,我们几个纳凉者坐在苇席上听他讲述,任蚊虫饕餮,也兴致不减,星星眨眼,似也听得津津有味……

按说,与普通百姓有关的应是医院和学校。但也怪了,那时我们村去教会医院看病的极少。我倒是有幸去了一次,但也是唯一的一次。我小时候不知什么原因爱生疮,夏秋被蚊子咬了,用手一挠,感染了就是一个疮,找中医看,说是"血热",给膏药贴不见好,无奈中有人建议我父母到城东洋人医院瞧瞧,没准儿能药到病除。我父母带我来到这里,粜了一斗玉米,换了十元钱,拿着钱去洋人医院治疮,挂号费是两元,大夫给开了一瓶药水,八元,正好是一斗玉米的钱。这药水是深黄色的,现在想来估计是碘酒之类。我清楚地记得那小窗内的药剂师是个穿白大褂的外国老头,红扑扑的脸庞,白胡子白头发,微眯着笑眼挺和气的,极像若干年后我看到的肯德基广告牌上的退休上校。药剂师会说一口半生不熟的中国话。我母亲问他这药水怎么用?他说"兑水擦患处"。再问他"兑多少"?他答"愿兑多少兑多少"。结果回来用一盆温水兑上一小半瓶药水,洗了三次,一点也不见好,也不知是用法不对还是怎的,反正是十元钱打水漂了。

在我的故乡,教会引进新式文化教育的贡献我知之甚少,可能是因为一般乡民上不起教会学校,即使稍微有钱人家的子弟也大都是进县城的公立县中。倒是洋人们引种了某些本乡原来没有的树木和经济作物。譬如"洋梨"就是其中之一。这洋梨形状前圆后尖,质柔细而香甜,除不利于储存外,颇受人们喜爱。在当时,因引进后栽植时间短,较为稀缺。多少年后,外地人称它为"烟台梨",实则是举其大处而称之也。

我们那地方是卢沟桥事变的第二年沦为日寇之手的。当时,西洋人办的医院、学校和教堂尚未立即被波及。但在珍珠港事件日美开战后,这里的洋人也随即遭到厄运。他们的所有职司人员及其家属,被当作俘虏由日军监押,统统送至山东中部的潍县集中营,与沦陷区的中国人一样遭受磨难。而他们遗下的教会医院,被日军改为军医院,为侵略战争服务。

大约是1943年秋天,有天深夜,我们这距城东十华里的村庄突被枪炮声震醒,住户的窗户纸也卜登卜登价响,第二天俺村的消息灵通人士二舅舅告诉我说:昨夜八路军分区独立团端了日本鬼子的城东据点,主要目的是将军医院的药品和医疗设备悉数缴获,连夜运回了抗日根据地,以补充我方最紧缺的药品。

日寇投降后,原西洋人的教堂整修为解放区的专区中学,我还有幸在那里读了一年初中。我们的学生宿舍,恰好是当年教会学校的教职员寝室,这也是我第一次领略到这个昔日"禁区"的内部,实地体验到一个中国人在自己土地上应享的感觉。

哦,对了,几年前据北京一位文学界专业人士说:此处西洋人的教会区,其子女中还出过一两位成就斐然的作家。如是,我们敝乡也滋养着外来的文化人。我猜想,他们回国后,所操的中国话中想必带有敝乡浓重的口音吧。

长岛之缘

最近,我们一行几人专程去山东长岛采风。说起来,这是我第四次去长岛了。也真巧,这四次分别在20世纪70年代末、80年代末和90年代末,到现在差不多又整整十年了。

长岛距我的故乡直线距离只有二三十公里,半个世纪前的"大跃进"时期,还曾经归并为同一个县,在某种意义上,说它是我的故乡亦不为过。虽然在我十几岁参军离乡前,并没有踏上过长岛的土地,不过的确是与它神交已久。十岁至十三岁间,在故乡田野干活时,我曾先后两次在东北方向的海上看到过海市蜃楼。现在看来,正是出现在长岛云空。真应了白居易诗中所云:"但闻海上有仙山,山在虚无缥缈间……"虚幻与现实,交错互融,更在我心目中凝定为一幅不可复制的独特风景画。只是先后四次登岛,各有各的侧重,各有各的发现,而最全面最深刻的印象当属最近这一次。

深远的历史记忆

如果说长岛是神话传说中八仙游弋寄踪之地,远在我童年时即已知晓,那么早在旧石器晚期,这里即有人类繁衍生息,曾经出土了距今三万五千年的古人类头盖骨化石。这惊世的发现,使我对这串闪烁于辽东与山东半岛的明珠岛链更加刮目相看。最为具体而令人感到亲切的是:就在列岛中的大黑山岛北庄出土了距今6500年前的史前村落遗址,被专家誉为"东半坡文化";而距今约900年前(北宋宣和四年)建于庙岛上的显应宫,则是我国北方建造最早、规模最大的妈祖庙。也就是说,这散落在黄渤二海之间的岛群,自远古、中古又至近古,历史绵延不断,文化遗存丰厚,一次偶然发现端倪而大规模发掘所获的珍贵文物,几可布置一个像模像样的博物馆。真可谓"庙岛风铃烽山鸟,铃声鸟语知宝藏"。

当然,远古悠悠,斯人逸去,其踪迹只存在于实物和典籍记载中。但近世以来长岛也有非同寻常的大事件,而且至今还刻印在许多人的记忆中。当时——1949年夏秋间,蒋军数千人仍盘踞在长山岛上。尽管这时北平、天津乃至青岛都已解放,而国民党军残部仍倚仗有军舰炮艇,妄图踞守海岛负隅顽抗。在此情势下,我军决定渡海作战,解放长山列岛。其时,我方特地自福建前线调回24军榴炮团等部,以便长距离地轰击敌之滩头阵地,便于我步兵登陆。山东军区司令员许世友亲登蓬莱阁指挥攻取海岛之战。结果正如我方预期的那样:我军抢滩成功,残敌悉数被歼,只有少数乘舰船仓皇逃窜……

这一切都已成为历史,明珠岛群也经历过血与火的洗礼,六十年来山海都发生了翻天覆地的变化。仅举一例:长岛解放时,由于蒋匪军疯狂修工事,砍伐光了各个岛上的树木,就连小树苗也不能幸免;而经过几十年的栽植与保护,餐风饮雨,茁壮成长,如今森林覆盖率已达58%,绿装与碧海、蓝天相互辉映,往昔已成记忆。

典型是美的化身

关于长岛之美,在我正式踏上这块令人神往的土地之前,就先从长岛籍作家张岐的作品中领略到了。那简直比天上的月亮还要洁润还要迷离的月牙湾,首先翻开了长岛的动人篇章。及至我在岛上盘桓时才有了更为心旷神怡的发现。我记得第一次登临著名的烽山这个"浓缩了的花园,扩大了的盆景",是当地熟悉渔业生活的基层作者、时任罐头厂厂长王国满陪同我一起去的。他的话音至今仍萦绕在我的耳际:"您下次来的时候,候鸟也该回归了。"然而,当我再一次来到此地,他却已于若干年前中年离世;而长岛之景却在一代又一代的岛上人勤劳的双手建设下,在大自然的恩泽与时代的赐予中,倾情地显现出独具魅力的美丽,又登上了一个新的台阶。

这个新的台阶,不是指其海拔高度又增长了几许,而是在我们的感觉中,她愈发俊逸、愈发飒爽。真的,她是那种融中华传统与现代新姿于一体的完美。说古,有妈祖慈心的护佑和女娲补天的海石如画;论今,有当代渔家女的歌声逐浪,与出生于斯却能操标准的京味普通话导游员的指点山海纵横时空,这一切都凸显了一种从容、大气、积极向上的风范。

在月牙湾的沙滩上,我在回答长岛电视台记者提问时是这样表达的:"如果说对比前几次来发生了什么变化,那就是长岛发展了应该发展的方面,而保留了它应该保留的特色。"说到它的发展,真可以"今非昔比,令人惊叹"形容之,无论是经济、文化、生态面貌、人的素质等各方面,随处可以看到它的长足进步。但它的发展,不仅没有以牺牲环保等为代价,而是卫生、空气与人的心灵的净化实现了同步提升。我们同行的一位诗人乘舟涉浪时感慨地说:"在长岛吸口空气都有一种特别的清爽味儿。"另一位来客从另一个角度道出自己的感受:"即使以最挑剔的眼光加以检验,这里每个角落都是清洁的。"而这一切,提炼成一个纯粹的概念,还是那个"美"字。

也许是深秋的季节关系,我们来的这几天没有看到很多海鸥,但另一种银白色的天使却为长岛作为洁爽的化身增添了更典型的标志,这就是在诸多的山坡岩壁间,那些风电机柱上的叶片如银燕展翅,它们不急不缓,从容逸然,只是召唤来光明与活力,而摒弃异味和污染。正是它们在昭告天下:长岛,无愧是美的化身。

朴厚的民风人情

对于长岛淳厚的民风,真挚的人情,我是在许多年前就已领略到了的。那是解放战争中的1948年,长岛尚未解放,但我的家乡龙口却是解放区。当时家父在苏军租借的旅顺谋生(旅大的行政管辖仍为我方负责)。春天,他乘客轮由大连返乡,但在渤海航道上为蒋军兵舰拦截,这些海盗式的家伙将客轮劫持至长岛码头,乘客均遭搜查,较贵重的物品被他们掠走。许多年轻的乘客被毒打被逼作壮丁。我父亲因上了年纪,折磨成疾,幸而为长岛黑石咀村一王姓老者相助,在他家养病数日,并蒙王家帮助脱离险境,以小渔船将我父送至蓬莱栾家口。父亲生前始终念及王家恩情,我也至今难忘……

而今在长岛采风,听到许多当地渔民扶危济困的佳话和军民鱼水情的动人故事。我走访了几户居民乡亲,无不感到真挚亲切,一种无比信赖之风扑面而来。在一所整洁安适的小院中,一位腰板很直的矍铄老翁迎候我们,他说他有儿有女,都很孝顺,但他喜欢清静,因此独居在此。我顿时联想到当年搭救家父的那位王姓老人,莫非……可转念一算,年龄又不相符。我离去时,老人执意送至门外,话语不多,却至诚可感。

我曾品尝过不少农家宴、渔家宴,但这次在长岛感觉最为难得的还不只是那些地道的海鲜,而是主人们发自肺腑的暖意,如初冬里的春风。他们说:"大家不论是从哪里来的,一到长岛就和走亲戚一样;待客不光是好酒菜,更要献上一份好心情。"对于我来说,不只是收获了这份"好心情",更喝上了"老黄县"牌老酒,特亲!

有如上述,这长岛之缘是多方面的——天之缘,地之缘,人之缘是也。

黄河口三足鼎立

开门见山,这个题目或许令人觉得奇怪,黄河口就是黄河口,如何与三足鼎立连得上?

当然,这里所言的"三足"与三国时期魏、蜀、吴那个鼎足而立钩心斗角你争我夺,最后司马氏渔翁得利的形势完全不同,这是黄河口特殊的位置造成的地理上的三种色彩,这是中国建设史上最具特色、发展最快的奇异组合形态。不到黄河口不知道,一来东营便知分晓。

在东营市东区新建不久的近河面海的中国式的"涅瓦河"大街上,入夜灯影迷离,似暗亦明,首场瑞雪自天垂下,无风无声,如仙娥扑拜,蔚为奇观。市委书记不顾会后疲劳,似也忘了今夕为周末公休,兴冲冲地招呼客人赶往大街中心广场,非为赏雪,而是观赏他亲自构思设计的立体市标——三足鼎立托球塔。

这个名字,是我提笔时现想出来的。其情状是:三棵高耸入云的圆柱由黄、蓝、青三色大理石构成:黄色喻黄河,蓝色象征大海,青色乃石油本色,概括了黄河口和东营市引为骄傲的特征。三柱合抱不锈钢巨型圆球,表现出建设者擎天柱地的雄浑气魄。圆球上由电力引曳飞泉于其上,再自然地淋漓而下。如此循环往复,使人感到生命力永无枯竭,保持奋发不息的态势。而周围的电光照射于球上,夜色,雪练,广场,街市,浑然一体,是现实又有幻象感,怎不令人心醉,而后却更加神清气爽!

并非假设,事实是仅十几年前甚至几年前,就在我们驻足之处,三柱托球之基,本是盐碱洼地,黄水冲积沙原,至多是冬有海葚萧索,春有黄蓿苦涩，连野狐、狗、獾也觉尴尬，三日觅食未果而消瘦……

而一旦石油钻探机响动，黑色的油龙喷薄而出，宣告了黄河口命运的改变！接踵而来的是：治黄首治河口的理论和实践的初见成效，变百害为有利的多年理想已渐露端倪。进而，海之为海，黄河口也恢复了它先天的活力，海港码头也开始发挥功能，客货轮越来越繁忙有序地伸展出坚韧的触须；而且，东营人积累了在泥沙岸边深挖建港的宝贵经验。黄、蓝、黑三色合力发挥强大优势，向广度扩展，呈立体崛起。这就是那个"三足鼎立托球塔"的坚实基础。

昨日的沙荒碱原，今日三龙齐飞，成与不成往往就是一壁之隔，贫与富似乎就在一夜之间。

然而，从昨日到今天，从海鸥不愿栖落到现代化气垫船前来拜访，却不像脉脉含情的男女之间舔破窗户纸一通百顺那么轻柔浪漫。它的改变仰赖那些情感足陷泥沼，甘冒井喷猛雨、敢涉深水探险的献身者十年如一日的拼搏，它多亏那些从俊朗后生到须发斑白的黄河迷们，远离城市甚至久别妻子从第一线上获得伏黄治患的宝贵经验。他们在至今仍是木板床铺盖卷的简易房中绝对做不出一夜暴富醒来腰缠万贯的大款梦；即使是"女流"，也是靠诚实劳动而不做那"傍爷"的蜜姐。原来，时代的脊梁、生活的真正富有者与锦装腐肉、精神赤贫的分界线就在这里啊！

原来，市委书记精心设计的市标不仅是一种美妙的理想，那大理石柱上的每一方寸都象征着一副有力的肩膀对黄河口的托扛！

雪花随落随化，可见地气很暖，烘得雪花乐意与大地融合。怪不得人说黄河是母亲河，难道这雪花也是被母亲的手焐化的吗？它融在宽阔笔直的通衢公路上，使大道洁净如洗，不扬尘埃，融在孤东、孤岛小区住宅楼的马尾松上，使石油工人的假日过得格外舒心；融在海滩正在起飞的群鸥翅膀上，将祥瑞之气带至新的一年——雄浑粗犷的黄河口与温柔多情的雪花真是一种难得的缘分！

三足鼎立，三臂合力，托举着黄河口的繁荣、富足与安定；统一在今日发扬光大的华夏民族精神上。哦，那银白色的不锈钢圆球仿佛转动起来了，旋转着雪花，旋转着海浪，旋转着跨世纪的大舞台。

莱阳梨乡感怀

莱阳，对我来说绝不陌生。我在少年时代就知道莱阳地处胶东解放区腹心地带，很长一段时间，胶东区党委、行署和胶东军区领导机关都设立于此。抗日战争和解放战争中有许多重大事件都与莱阳相关。在我的记忆中，抗战末期，我胶东主力一举攻克赵保原匪部盘踞的设防坚固的据点万第；1946年胶县战役击毙赵逆保原后将他在莱城示众；1947年秋蒋正规军与还乡团侵占莱阳对人民群众施行惨绝人寰的残害，以及此后我军经过惨烈战斗收复莱阳城，同时进行莱西南将军顶阻击战，等等，都在我的脑海里留下了深深的记忆……

至于我个人，参军后曾几次从莱阳的乡镇路过，吃过莱阳老大娘亲手做过的"派饭"；我在莱阳的土地上看过大型话剧《闯王进京》和《大渡河》；我的不少小战友都是莱阳籍。还有，我们村有三分之一的人口都是莱阳、招远、高密等县的移居户；而我的干妈、干爹就是莱西院上的。他们开染坊并务农，后来回到了原籍，我与他们的通信直到参军做了机要工作后才中断。

新中国成立后，我也曾多次去过莱阳或从莱阳土地上路过，对与莱阳相关的"莱动""小拖""莱阳农校"等可谓耳熟能详。然而，真正让我印象深刻的还是著名的莱阳梨。它在20世纪30年代上海某出版社出版的《中国分省地图册》中就有详细的记述。在我的家乡，莱阳梨的传说也广为流传，当地称莱阳梨为"瓷梨"，以喻莱阳梨出奇地酥脆，捧在手中，一不小心掉在地上，便可碎成几瓣，乃瓷性是也。但少时在老家，我却没有这口福，唯一的一次还是干妈从原籍带来的两个大莱阳梨给我家，我分了半个，虽比姐姐们享受"优待"了，也只是尝尝滋味而已。

上述记忆中的事不能不说，因为莱阳对于我来说毕竟非同一般。

然而，岁月的长河还是按它的流向奔涌向前，时代也以它的步伐不断前进、变化、发展着。1977年我参加了一个机械工业考察团来到莱阳，那时"文革"刚刚结束，不言而喻，莱阳城还是停留在20世纪五六十年代的基本面貌；但1999年我再来莱阳，二十多年间莱阳城发生了根本变化，虽为县级市，却也让人看到了现代化进程的姿影。那一次我瞻仰了植于明崇祯年间距今已有四百年树龄的"梨王"，以我的孤陋寡闻，始知果木中梨树的寿命虽暂未发现有与银杏相匹敌者，但与"万物之灵"的人类相较，也足以使后者汗颜了。而"梨王"仍在为人类做着贡献，每年尚可结出非常可观的佳果。那一次我还参观了宋琬故居，此前曾经读过他写农村生活的小诗，从中可品出莱阳古代不逊于江淮等地的文化底蕴。

不过，专程品读"莱阳梨"这部早已著称于世的"鸿篇巨制"，还是今年国庆节前几天，由此方才悟到从前对莱阳梨的了解只是一鳞半爪。仅以莱阳梨的生成和发展史而言，就有多种说法。譬如说，我头一次听到"茌梨"及"慈梨"之说。但不知怎么，总觉不及先入为主的"瓷梨"有味儿。

我觉得，这次才算真正与莱阳梨结缘。因有烟台市和莱阳当地的相关领导与专家的引导、指点，使我这个可称莱阳的老相识又成为莱阳梨的新朋友。来到梨乡，我不禁迷失了方向。这种迷失，不是因为天气不佳或路途不明，而是由于这梨乡太广阔，竟使我有些眼花缭乱了。平时一般形容广阔爱用"一望无际"，在莱阳的梨园中，一望倒是"有际"的，但那是因为秋日的梨树状貌太盛大，梨子结得太密实，尽管我想"望眼欲穿"，却也仅及数尺之距。任凭我驱驰自己的想象，也难以估明这梨阵的纵深有多大。所以，在这里，必须修改这个成语的含义："一望有际"实际上比"一望无际"更深沉，更引人浩叹。

地道的莱阳梨是一个不会被误认的独一无二的品牌。深绿的表皮上缀满金星,顶端戴一顶暗黄色的圆形小帽。甭说果肉,就是外表,以我了解的国内不同地区的梨子来说,也是特色绝对鲜明的。以往曾听人说:莱阳梨固然中吃但不受看,如今看来也是一种俗见。因为特点是作为气质的重要表现;无特点,纵然水光溜滑似无瑕疵,有时看上去反而比较一般。人如此,物亦如此。尤其在今天,从发展的审美观而言,莱阳梨是既好吃又具鲜明特色,最合乎现代的审美观。

莱阳梨乡不仅产出具有食用价值的莱阳梨,如今还发展成一处别有品位令人向往的独特景观。梨树满园清风绿云波动似海,树隙月色斑驳争辉,果无浓香却雅气中来,雨洗地净而尘垢不染。在梨园,我碰见不少外地的参观者,开始以为他们是来采购谈生意的;后来一问,对方调侃地回答说:"非也,深入梨园中心不尝梨味也是一种精神享受。"此言不虚,巡行半日,就是一桩很不错的旅游活动。

持续增浓的文化积淀,使莱阳梨乡升华为一处综合性的文化锦园。举其要者,有宋琬等古今人物写的梨花诗词;毛泽东、周恩来、陈毅、徐海东、许世友等党政军要人关怀、赞扬莱阳梨的大幅语录;生动展现梨乡四季瑰丽景象的春、夏、秋、冬精缩图;还有与梨乡历史相关的雕塑园等等。而更为独特的是:还流传着20世纪50年代苏联专家在莱阳梨乡工作生活的佳话。那是毛主席访苏带去中国的莱阳梨后,苏方即先后派专家来到莱阳,实地考察这种令国际友人称绝的名梨。至今老梨农还清楚地记得当年的种种轶事。譬如苏联专家出于环保、护花的考虑,建议尽量少用农药灭虫、而用草木烟熏的科学方法,至今仍在沿用。这个故事,使我产生若干联想:半个多世纪以来,由于国际形势的变化,对当年发生过的大事的评价也难免发生变化。而莱阳梨园之行,使我对当年一些往事有了进一步客观与理性的了解。这是梨乡人民健全心态的反映,也是这片土地文化基因使然,对我来说,也是一桩不可多得的意外收获。

告别莱阳梨乡，仍感到余兴未尽。我总觉得"莱阳梨"的品牌当然是叫得响的；而围绕此点，它还有一种综合的精神价值。也就是说，它不是单一的，而是内涵丰厚的；是天赐的，又是人力所致。来到这里，品味愈良久，便愈感到比品尝一种名梨的味道获得更多，不仅是梨中上佳口感的莱阳梨有其独具的特色，就连对生长此梨的这片土地，莳弄这种梨的人们，也有了不同一般的感觉。这是此行更为深刻难忘的收获。

感受莱山

说起烟台市莱山区，无论就面积或人口而言，在烟台市都只占很小的一部分，然而，地不在大小，人口不在多少，而在于它的素质与发展势头。从这方面来讲，以我最近去莱山区采风的突出印象，深切感受到它优良的人文素质和蓬勃的发展势头，让我们这些客观冷静的来客也自然激发起极大的热情，对这片古老而全新的土地刮目相看！

在第一天的见面会上，来自北京的同志就好奇地问起"莱山"地名的起源，得到的回答带有一种朦胧的诗意，既具体又抽象，既无不确定又使人存有几分悬念。然而我已经很满意了。这样正好，它使人觉得既有起步的根基又有飞跃的向往；如果过于具象与确定，反而有意无意地束缚了心路的驰骋。更何况，任何的名字只是一个符号，只要感觉好就是一种美感，一种驱动力。

莱山正好，从落后中开路，蹚出一片全新的天地。也许正是这种感受的推动，我们这些采风者很快就融入了莱山的小环境，至少从心灵上说，真真切切地做了几天莱山的"准主人"。

尽管如此，开始时我还是按常规思路提出过不能免俗的问题。譬如说："莱山区现在已形成中心城区了没有？"得到的回答是既有也没有。如果说有，那就是围绕着区领导机构和相应的必要设备自然形成了纵横的大道，两边及其纵深地带当然也出现了栉比参差的楼房和住宅等等；要说没有肯定还不具备传统意义上的县城与中心城区的规模。但这恰好说明莱山区的领导能够不循常规，因情制宜，首先投入最大心力的是旨在创建莱山区经济、文化、教育尤其是与民生密切相关的工程和设施。不是不要"中心"，而是在全面发展中逐步形成。将一个"新"字建立在"实"字的基础上，便可出奇制胜。

我在莱山区短暂的采风活动中，从视觉、听觉乃至味觉上都获得了前所未有甚至是全新的感受。

在视觉享受上，居高临下从面海山崖上鸟瞰新矗立起来的橘红色居民楼群，清晰而又迷离，参差而又匀称，庞大而又小巧，一色而又多姿，这些似乎互为反差却又糅合统一的组合，取决于居高观赏者的角度与心情。真的，它是静止的似又是变幻的，它是渺远的似又是触手可及。我觉得，这是一处始料未及的特殊景观。它是全新的，毫不雷同的，至少从我的感觉上说是这样的。彼时我不禁回想起几十年前第一次去青岛观看半山上德式洋房时的感受。那时我的印象当然是新鲜的，我不想机械地比较半个多世纪前后不同感觉的高下轩轾，但有一点我不能不说：这里居高临下的景观是全新现象的体现。我素来钟爱阳光向上且极富活力，它由我的视觉产生的美好而注入心灵的享受——这是莱山区给我的第一份美好印象。它说明莱山区在大力实现户有所居的民生工程带来的双重效果：是物质的，也是精神的；既具有实用性，又具有观赏性。

我视觉中的另一别开生面的空前感受是鲨鱼馆。一般的水族馆这十年我在不同的地方看过不知多少，但像眼前这样的鱼水世界如此宏大，境界如此深远且富于神秘感的场景，对我而言还是以此间为最。镇馆之宝的鲨鱼在数不清的小鱼之间自如逡巡，有序地运动。我不是研究鱼族生态的专家，在这里除了获得一般的知识外，更宝贵的是感受世界万物相互依存、相生相克规律的启示。眼前人工圈养的水中生物空间再大也是有限的。但当我审视良久之后，却觉得它丰富深邃，俨然是一个探求不尽的小宇宙：神秘莫测，包罗无限。使我进一步联想到：在自己尚未完全懂得的知识宝库面前，在尚未完全破译的可见与未见的奥秘世界面前，只能心存敬畏，绝不可自满于狭小的已知，生命不息，探求不止。这就是此次我在莱山区而不是从前在别的海洋生物馆中获得的启发。参观时,我似乎听得很少,却想得很多,偌大的水族馆"教室"和年轻的讲解员想来都不会注意到我这个默默不语的学生。这时我脑子里想的是:鲨鱼馆或许是一个缩影,后来者就是要超过前者,做好做强。高度的现代化科学化,必得与精神境界的提升相匹配才是一种真正的和谐。

也许是比较敏感的嗅觉使我更多地感受到莱山郊野迥异于特大都市的"风味":我说的是风的气味,空气的质量。那天在朱雀山生态旅游度假区工地,正下着蒙蒙细雨,我"充分"闻到了爽风中的清甜气息——这是我来莱山后最大的嗅觉享受,不能不由衷地暗暗赞赏选址者的眼光。既然在工程尚未落成前空气中就充满着清爽与甜润,那么落成后的生态旅游度假区则必能不负初衷,因为它首先就占据了"基因"的良好优势。我期盼着朱雀山生态旅游度假区工地平日迎迓远近游人纷至沓来,也预祝整个南部生态新城及其他发展规划中的项目如期完成。最后达到"业在景中兴,车在绿丛行,人在水上走,鸟在林间鸣"的理想境界。

在和谐清爽的氛围中,听觉所及往往也是比较温馨的信息。这时山洼中农民大院的歌声吸引了我们这些远方来客,使我这个疏离了父老乡亲很久的农家子又重温了乡音的亲切。老中青的舞姿都是淳朴的,歌声中却包含着一种舒心的热诚。一个五六岁小男孩的动作与群体稍有不和,却异常认真,他偶尔瞥一眼生客却半点也不羞怯,那种旁若无人的率性使我感到新生代的活力。

还有,在与莱山区领导层同志们的几天接触中,我突出地感受到他们身上那种为实现目标的自信,有条不紊的从容,优秀的文化素质。我在最后的告别会上谈到了我由衷的感受:"在他们身上没看到不必要有的客气,而感受最多的是做人从政自信的底气;他们做事扎实而不将就,在事业追求中重实在的结果而不侈谈个人成就。"

如开头所述,区区莱山,也许地域和人口都不占大的比重,但干群上下绝不因"小"而稍减志气，更不因地狭而放松肩上的责任。就我听介绍中所证，有的建设项目就不仅服务于莱山区一隅，而是有扩及更大范围的担当。如：现代化生态产业园区，将成为山东半岛生态产业先行先试示范产业园区，还有总面积为2平方公里的烟台市植物园等等。至于文化设施，更有投射远近之辉光。那日区委宣传部领导专门带我们去参观奇石馆和书画展览馆，奇石多有珍品妙品，其品质、等级非同一般。尤其是书画馆，以明、清烟台地区各县之官员和名人作品为主，几乎遍及烟台各县。在这里，我第一次欣赏到晚清籍属黄县的一品大员贾祯的作品，掖县及栖霞著名进士、举人的书画遗存。即使置县较晚的海阳也非空白，有李氏几代及徐小班的画作给我留下的印象很深。虽然在这方面我不十分在行，但以我之浅见，实在不逊于他们同时代某些名噪大江南北的"翘楚"的书画作品。

那日有关烟台地区的仕进人物及其书画成就，凡不甚解者，间或询及讲解员，女讲解员每能做出清晰的回答。听故乡人操普通话，较之滚瓜烂熟的"京口"更使我觉得亲切。想不到在离开故土之课室六十余年后，有此机会再返书画课堂接受一次"再教育"，也算是一桩始料不及的幸事。

以此诚心著文，回身拜谢烟台莱山，却不觉京城盛暑热甚，拙笔正被汗浸矣。

海峡之路

　　一头是辽东半岛，一头是山东半岛，中隔一道渤海海峡，打开地图可以看出它们相距不远。大连至烟台——90海里；龙口至大连——130海里。南岸是我的故乡，北岸又何尝不是！在不算很久远的行政区划变迁中，它们之间就有越海交错的情况："金、复、海、盖，辽阳在外"的民谚就是证明嘛。

　　它们既然离得这般近，中间可有路相通？还在我童年时，我就面对着一本破旧的中国分省地图，神往地看着，看着，眼前幻化出一种童稚的想象：一个巨人用一条金扁担，一头挑着一个半岛，就像过一条乡间大河，脚踏着错落其间的一块块大石头（这一块块石头就是长山列岛的大小岛屿），一步步抵达对岸……

　　稍稍长大，便从这本地图的文字说明中知道：我那种想象与真实的地质构造不期而合。海峡之间的长山列岛本是长白山的余脉，走向南，连结胶东丘陵。我这才恍然大悟：原来辽东半岛和山东半岛共的是一条脊梁骨。

　　但毕竟随着地壳沉落、变动，列岛已成为散断的链条，水面上也并不连接，硬把它说成路是不确切的。从古到今，只有依靠舟楫相通。

　　舟楫也并非那么平坦易行。我从小就听大人说：在旅顺不远的老铁山有一处险恶的漩流，经常在那里"打船"。我刚记事时就有一条从大连开航的火轮在附近失事，船上乘客二百多人全都丧生，其中就有我们村的一家五口人。那时听到大人们议论起"打船"时的凄惨情状，使我想象中的海路成畏途。

　　我家成员中也有这种艰危的亲身体验。日本投降前后，许多经营火轮的商家都不敢开航,他们把自己的船收拢到天津、青岛等敌占区港口。这样,两个半岛之间的交通工具只有帆船。我的六十岁的老父亲为了生计几乎每年都要往返一次龙口——旅顺。当我到家乡的小巷口去送他时,眼见那还未启碇的小帆船像跷跷板似的前后颠簸,连这无生命的东西面对着茫茫海天好像也有些打怵。老父凝望着起伏的海浪慨然长叹:"咳,一上这船,大命也就算交给老天了!"

那时的海路不仅要受制于老天,还不时遭到人形恶鬼的袭扰。当时,国民党的军舰仰仗着美帝国主义的支撑,耀武扬威地在海峡间游弋,遇到过往的帆船就劫,面对旅客的财物就抢,然后连船带人强拖到青岛、天津,年轻的被当作炮灰发到前线,年老的人被弃置街头甚至抛进海里。这当儿的海峡之路出现了一个荒寂冷落的时期,敌舰上探照灯像半明半闭的眼睛,鬼鬼祟祟地搜寻着昏暗的浪花。两个半岛之间的亲人们相互得到一封家书,简直比干旱的春季盼望一滴雨星更难。

然而,海峡路上绝不仅仅是窝囊的记录;相反,那粼粼波光中多有英雄业绩的折射。单说抗战胜利后华东我军渡海开赴东北,就立下过汗马功劳,时间是那样紧迫,条件是那样艰难!

从某种意义上说,争取到时间也就是夺得了胜利。我清楚地记得,当时我作为一个小学生宣传队员,随同大人们到家乡港口为渡海大军送过菜。亲眼见到我军指战员整装待发,信心十足,准备一旦所乘的帆船与敌舰遭遇,就用手中简陋的武器惩罚敢于阻我前进的武装到牙齿的敌人。一位师首长的讲话至今仍萦绕在我的耳际:"敌人的目的只有一个:想吃掉我们,抢夺我们的胜利果实;我们也只有一条路:吃掉他们!你死我活,没有犹豫的余地,也绝不能存半点幻想!"如今,几十年过去,海路上的片片波光仍映射着人民英雄的胜利捷报;涛声呼啸,恍似当年指挥员的豪迈讲话又重放录音。

这条路是英雄们浴血奋战过的,今日的海峡之间,是一条比较平坦的路,是一条随着时代前进而不断拓新的路。

这么多年,也再没听说"打"过客轮。难道说老铁山附近那股险恶的漩流消除了吗?肯定没有。然而,一切为了旅客生命财产安全的高度责任感提高了航行的保险系数,高超驭手也掌握了能够化险为夷的技艺。老铁山的漩流如有感应,也只能是无可奈何地望船兴叹而已。

开国初期老一代的陈旧客轮已逐步退役,它们那被风吹浪打侵蚀过的船底记录着它们曾经非凡的行程,那船帮上雾气化成的水渍仿佛是不忍离开海峡之路洒下的泪滴。但它们最终还是把满腔深情倾注到新下水的客货轮身上,船年轻了,浪花也显得年轻了。

它还是一条串亲戚的路,一条赶集的路,一条充满劳动人民人情味的路。

不是吗?海南海北两头的居民许多都有亲缘关系。近者如父女、母子,远者如三姑二姨,每年都想往来探亲亲、叙叙旧。有公职在身的,利用国庆节或春节放假也能实现交流感情的夙愿。"赶集"之说也非虚妄,有的傍晚乘船由海北出发,拂晓到达海南,选购些心爱的土特产品,再乘夜船返回海北;有的海南人同样只消拿出一天两夜的时间,就可以到海北置办他们中意的日用品。特别是那些大闺女小媳妇相互爱传话儿:"人家大连那边的衣裳好看,又时兴,穿着又合体!""敢情,比北京天津的不次!"……

不仅是人们之间能够相互串亲,海南海北的城市和村镇也会串亲呢。我小时候在故乡有幸看见过两次海市蜃楼,一次时间很短,稍现即逝,有一次持续时间还真算可以,足能让你看个够。一座叫我开眼的、从未见识过的"大地方"出现在北望的空中,车水马龙,人影绰绰,够忙活的哩。在海北闯了半辈子的叔伯舅舅兴奋地告诉我:"大连,那是大连,没错!"瞧,大连也到海南串亲来了。当时我还有点不大相信,后来学到点科学知识,觉得也是完全可能的。

奇怪的是，对于海峡之间应有一条实体的路的想象，从我童年几乎一直延续到现在。不过不再是那么幼稚地幻想依靠一个巨人挑担过海，而是利用长山岛链之利搭一座海上长桥，又省工料又别致。早在1977年我站在旅顺白玉山上，凝望烟波浩渺的海之南，就产生过这种遐想。1980年登上蓬莱阁，北望纷纷起飞的岛群，想象中的长桥的样子，更加清晰地在眼前闪现！

也许，我们总希冀有一条条大路，开辟在海峡之间，巉岩之壁，交通闭塞之区，艰危重重之域。这样的路才更富有路的特质，路的精神。

在人与人的心灵中，我也希冀有更通畅的路，彼此加强了解，利于沟通，消除隔膜和不必要的猜忌，就像海浪洗刷着长山岛半月湾五光十色的精石，就像岛上的山泉悄悄地滋润着山桃的根须。这是美的交流，生机的促进。

我今晨又一次乘国产新客轮横渡渤海海峡，自觉比以往乘船更快也更稳。客轮当然也可以算作一条活动的路，但我总还有些不满足。我希望这条路是坚固常在的，像一条看得见摸得着的永不消逝的长虹——在海峡上！

胶东招虎山纪胜

招虎山为各种形状的石头堆砌而成，而涧水完全随山势蜿蜒，一路高吟浅唱。虎为山，龙为水，龙虎相映成势。

我原先曾误以为：经过千百年的探索与开发，中国的名山大川既已定名，奇观秀景也已为众人所知。纵有新的增添也只能是在边陲漠北；至于华东、中南等人烟稠密、交通畅达之域，已不再有新的奇景可以挖掘，更不会有令人拍案叫绝的不俗发现。后来，事实使我改变了这一误识。

最近我去山东半岛的海阳市，当地人介绍说已被列为烟台市自然保护区和省级森林公园的招虎山风景区就是一处有鲜明特色、不同凡俗的所在。于是我慕名而往。刚刚走过它的景区的一半，便印证了近年来我的新认识：千里之内，必有未遇之风景。而招虎山风景区就是突出的一例。

这座森林公园位于胶东半岛南部距海阳城区八公里处，山南就是烟波浩渺的黄海，处于烟台、青岛、威海三市的中心地带。也巧了，与这三个城市相连的高速公路均为一小时左右的车程。有一位当地的业余文学作者形容说："天造地设成一点，烟青威海招虎来。"此话倒也恰切。这招虎山主峰海拔为549.7米，总面积达1762.7公顷，此山属崂山山系。据《海阳续志》载："邑北有招虎，概以虎伏山中，仙家别之，遂化为石，遗迹宛然，故名。"据称，如在直升机上向下俯瞰，整座山如雄虎昂首，直逼云海，前爪抱球，尾剪阡陌。我实地观赏后有四点感受：山石有奇，涧水净美，林株冠幽，史迹丰富。

山石奇在何处？原来，招虎山外也有山，但山外的山差不多都是风化的表土，而山中的山则是各种形状的石头堆垒而成：有的石形壁立，宛如屏风初展，书册翻开；有的形若覆巢，却为完卵；有的奇峰突兀，孤芳自赏；有的形若花果，群猴竞嬉……其颜色也绝不单调，大都为浅白色，使我联想到西岳华山的山壁构成。难怪有一女游客情不自禁地出声："小华山！小华山！"而我宁可不如此借喻，因为浅白色只是这里的一个石区，还有的"小区"则呈褐色；峰回路转，那个"小区"又呈幽绿色。

这里的涧水完全随山势蜿蜒，简直是如影随形，涧水走到哪里，水声就高吟浅唱到哪里。水也自有它的独特性格：乍见它水花四溅，择势而流；忽而又隐身不见，如被什么灵物摄去身形；再往前走，始见一水呈迷离下的深潭。原来，溪涧之水自石下蹑步而来，汇入这潭中。潭中之水永远保持既定平面，多余之水便跌成大大小小的飞瀑。我步随其后，细数是十八潭之数，总汇至群山之中，曰：卧龙湖。人道是，虎为山，龙为水，真是龙虎相映成势。

招虎山的林木，可以幽深似海形容之。招虎山是一山隔二海，山那面是黄海，山这边是绿海；海是银波，林是绿浪。一般树种不必尽述，仅以木瓜、紫薇等为例，不经意间就遇到数株。据说木瓜成熟时节，满树金瓯玲珑，清香令人浅醉。招虎山中，雅俗气息共融，更须提到的是森林入口处那株紫薇古树，已四百余岁，高达七米，冠幅八余米，可算作是整个山区独具特色的品牌。还有北方罕见的竹海，高耸丰实，不逊江南竹林。始而可能使人生疑：胶东半岛亦能有此竹海？仔细审视，并非梦境。

至于招虎山的古迹，还有存焉。举其要者，有孙将军墓，唐朝尉迟敬德麾下大将孙光谱逝世后葬于此。还有清初农民起义军于七部下徐海门的军寨遗迹。另外，招虎山区还是古代制磨制碾的集中地，因其石质优良使然。至今尚有一磨盘，据传为金、元时期遗物。当时胶东地区抗击金、元的义军迭起，人民磨粮支援，至今遗物尚存一二。而石磨本体，已为入侵者捣毁。招虎山区这种抗敌御侮的传统，一直延续至近世。抗战期间，日寇扫荡至此，在山民"麻雀战"的抵抗下，终不敢深入，因惧而返。如此可见招虎山性格的另一面。

诗歌（含古体诗词）

都是南下老乡(组诗)

诸葛亮

他的手
不仅会摇鹅翎
十三岁　早熟
扶犁梳拢沂蒙田垅
襄阳隆中的乡间土路
连着日后木牛流马的轮印
手能收获金谷万斛
也能收获千里捷音

一曲《梁父吟》
唱得荆襄大地凝目
那年月好大雪
桃园弟兄的马缰
系在卧龙先生手植树上
结出三分天下有一的硕果
如今树还在　风起时
露珠洒向川陇

秦岭三尺栈道
激浪迸溅染白军师须发

稍闲观鱼时

一扇挥走五路敌军

白帝受命时构思《出师表》

"鞠躬尽瘁"和着东去涛声

返身渭水之滨五丈原上

仅余心血凝成七星残灯

即使魏延没有闯帐

灯终会熄灭　唯有

传世智星千古长明

子孙两代——

诸葛瞻诸葛尚战死绵竹

另有一支　繁衍于

浙江兰溪八卦村

教子遗训至今高悬——

不为贤相　即为良医

难怪先生一生所经之地

不是兵家要塞　就是药草丛生

王羲之

非敢高攀

其实是我的老乡

千数百年　至少是第二位

最早的重要"南下干部"

北云膻风紧逼

飞渡
琅琊田产屋宇
统统弃之不惜
惟心爱毫管
堪比结发伉俪
饱蘸微山湖水
直指会稽
点破一泓鹅池
将千里颠沛风云
都浸染在笔洗中
化险恶为千年潇洒
潇洒千年

长江如刀
将当时中国裁成两爿
建康瑟缩偏安
以谢安、王导惨淡经营
换得梅雨织成丰腴季节
育出一个百代书圣
江北刀丛漫长
江南惠风和畅

问书圣真品何在？
据说《兰亭序》原帖
在唐太宗昭陵墓中
屈为皇帝独享

而今应呼世民醒来

汝既为明君

还不使稀世珍品面世？

须知

国宝岂可埋没

右军不是弄臣

李清照

一惊非小

珠帘再也卷不动西风

收起未填完的半阕新词

匆匆告别青州、济南

骡车颠簸

蹄声得得梦中疑是平仄

所经之处都是永别

千载诅咒的离乱

才女何罪！

野蛮追逐文明

撕扯着《金石录》佳句

马鞭抽打飘零的唐诗宋词

带血的靴强暴着金线泉

不忍回眸

明诚君气若游丝

无力同行终生

王谢堂前偶燕送别天作之合

巢泥与泪水并落

蓬发夕晖浙江

愁字弥漫着残笺

只有细雨孤桐相伴

休说!

仍有"不肯过江东"的骨气

支撑着余生残年

自金华八咏楼起步

历经八百余年　终于

登上中华世纪坛*

*北京中华世纪坛有中华民族杰出人物塑像,李清照位列其中。

辛弃疾

箭在壶中

词在心中

箭与词同时飞出

穿透了公元十二世纪

南宋

有奴隶君臣哀哀之声北上

就有飞将军铁骑南进

相逆而行

一腔忠忱

本应在黄河两岸失地开花

无奈手脚紧束

只能深夜与宝剑共语
天明先登镇江北固楼
再登赣州郁孤台上
托江流打出词的战表
不只是声震当时黄龙府
也使千百年后一切奸徒胆寒

无信不立
无信念者徒具形骸
稼轩词无愧是信念化身
信念坚定者不死

我至今不知辛夫人为谁
仙籍何处
是否将军南渡后蓦然回首
灯火阑珊处玉立那位!
如是
齐鲁汉子与吴楚秀女契合
泰山银杏和江畔金橘嫁接
始知那溪头卧剥莲蓬的顽童
何以自幼便如此洒脱

刘公岛

刘公岛是一颗药丸,
百年前苦苦地吞下;
吞进衰老无力的咽喉,

窒息了一个大清王朝!

北洋水师竭尽全力,
想以海水冲刷窒塞的咽喉。
但风不起,水不兴,
只有龙旗簌簌空抖;
舰船尚新,炮膛亦未锈,
只是辫梢上太多的污垢。

阵前不只有方伯谦,
更有邓管带和丁军门,
纵有一腔悲愤回天无力,
坍塌的舞台毕竟难以施展;
他们或义殉浪底,
以不屈的骨架撑起虚弱的海;
或局促在小厢房
吞下另一粒小小的药丸……

百年沉思一旦孕育,
数千忠骨支起一尊纪念碑。
我总觉得　这碑
提炼了整个黄海浪涛,
凝成一滴又苦又咸的泪。

从威海到东沟

三百年后

戚家军长刀下

漏网倭寇子孙的子孙

用一幅征服大东亚的地图

驱逐着汉儒温文尔雅的祥云

武士们水陆尽展雄风

陆路爬上"天尽头"的犄角

水路在东沟海面捕捉"天朝"旗影

北洋水师舰是好舰

人也不乏能人

但挑在慈禧的长指甲上

舰也失去了吨位

在李鸿章的长筒望远镜里

任何人也必然走形

辱没了丁汝昌

委屈了邓世昌

浪费了王国成

纵然是三合土结构

建在沙漠的基座上

也还是摇摇欲坠

较量是残酷的

贵在忠勇又不仅凭一腔忠忱

吉野的鱼雷在叫啸中回答

"不讲礼让，只管取胜！"

尽管邓管带目光炯炯

也不能改变敌方鱼雷的轨迹
从此黄海更加浑黄
海神娘娘不忍回首……

今闻"致远"号正在打捞
那不屈的军舰残骸
与邓世昌的百年忠骨
不日都将浮出水面
但同时出水的——好像
还应有一句大海的赠言：
你要打铁吗
先问自身是否过硬！

1914年山东龙口

为与德军争夺青岛
日寇从龙口登陆
两个强盗
撕裂着神州的国土

没有遇到有力的阻击
却并非没有流血
手无寸铁的乡亲死于钢铁
东洋恶犬疯狂踩躏善良
本为收获高粱的土地上
母亲含泪捧起了
浸透儿子鲜血的泥土

泪珠溅在青高粱穗上

高粱霎时变红

八十六年过去

没有遗迹没有纪念碑

很少有人知道——

在当年扯碎姐妹花袄的地方

竖起五颜六色的商品广告

在乡亲饮恨却不瞑目的所在

矗立起"公司"和"集团"的大厦

但历史却指认说：

就是这儿，准确无误

只想过去太沉重

或许活得不够潇洒

只看现在很轻松

但要当心陡起的台风

二〇〇〇年

台儿庄街树上的弹孔

斑斑驳驳的弹孔

与太阳对视了七十多年

子弹头至今没有抠出

槐树枝叶却比那时更繁茂

弹孔虽小　装得下

七十多年难忘的历史

不知在阴雨天里　曾受过伤的

槐树会不会感到隐痛?

这弹孔举目千里

远望着南京大屠杀纪念地

既然那边秀英大妈死不瞑目

这边的弹孔就将永远睁大眼睛

二〇一〇年

海阳地雷战

石雷是山体的一部分

仇恨将山石劈成八瓣

群英的智慧填进石心

撑出一根民族命运之弦

铁雷是废铁熔化的冷却

冷却得就像父亲们的面孔

但冷面的内核是炽烈的岩浆

为锻造一个个站起来的人

那时石匠和铁匠都凝聚起来

铁钻在石砧上迸出火星

于化虎、赵守福、孙玉敏他们

敢用土雷炸出一方"解放区的天"!

真的,我佩服这样一种呼喊

喉咙也绝不只是用来呼喊"救命"

记故乡最后一役——攻克龙口

炮声掀翻了海面
时光被惊魂锁定
冲锋号是打开僵局的钥匙
爆破的火光绽开了笑容

司令员的表针却仍走得很慢
方才格斗的刺刀绞结着海风
每前进一步都是历史的跨越
有敌酋的"玉碎",就有我军的牺牲

拂晓,海面一片血红
残敌与武士道精神一同殉葬
村里的担架已回来了,插空抽袋烟吧
谁知这是不是最后一次出征!

战争中没有小孩

公元2015年,乙未惊蛰
七十年前这天,我还记得
记忆没有距离,血性不会衰老
那天下课后,校长给我一卷传单
其实很平常,现在说那是战争年代

也是命——一个小孩生长在战火里

但说实话,战争中没有"小孩"
小孩有时比大人更管用
目标小,还可以跟"二鬼子"逗着玩
传单塞进兜里,他还以为是钞票

不过,小孩也没有天生免死证
同样有大惊恶险,死里逃生
最危险的任务也不告诉娘
完成后也不能向娘领赏,至多
要块红瓤地瓜,解饥又图个吉祥

整天跟高粱棵子比身高
还和玉米红缨比笑容,扮个鬼脸
盼着长高,又怕长高
长高了庄稼遮不住,须知
青纱帐是战士隐身的战场

大了,老了,一晃七十年过去
七十年酸甜苦辣,五味杂陈
但每想到七十年前那个小孩
好风荡漾,老酒五味合酿
喝着有劲,别提感觉多棒!

打开济南府

打开济南府
活捉王耀武

班、排、连,决心书
急行军,风雨无阻

"大济南固若金汤"
嘘声吹嘘,如护身符
蒋机盘旋空中打气:
"据侦察,围城的都是土八路!"

雁翅山,白马山
扫除外围据点,迅速
我军随即猛烈攻城
攀登,反突,格斗,残酷

许司令,果断而灵活
分割,穿插,牛刀子战术
哪怕是小股单兵,穿墙进入
也要将济南城搅个天翻地覆

枪嘟嘟,弹呼呼,火簇簇
军心散,守不住,逃无路
从绥靖区迁至大明湖
转移指挥部,也回天乏术

王耀武乔装外逃
遇到民兵盘查,在半途

到不得青岛,去不了台湾
无须仰天长叹,只有束手就缚

我军首次攻坚省会都市
华东、华北成片,畅行无阻
外电惊呼:今后共军想到哪里
就到那里;实难料,国府气数……

崂山涛声

在崂山脊背上,
我见一个人在艰难行进,
山和云看上去没有缝隙,
他偏要踩低了山,撑破了云。

其实,要到山那边,
山根下自有坦路可寻;
他偏要走这没有路的路,
还那么执着,那么自信。

我猜想,他为啥要这样,
为锻炼体魄,励志于勤?
也许就是为探索自己的路,
耻于步他人的脚后跟。

他的身影渐渐小了,
缩得好像只有几寸;

他的身影终于不见了，
山那边，传来浪涛的足音！……

故乡的星星

天上的星星数不尽，
密麻的银花撒满银河；
地上的星星更明亮，
故乡入门框上都有一颗。

故乡的星星是什么？
军烈属光荣牌红星闪烁，
中秋的月色洒门墙，
山窝里兜着团团星火。

儿女养成人就交给革命，
一展翅就带着山鹰性格。
按一按祖国的九江八河，
都可以触到山乡的脉搏。

在厦门前线的军事会议上，
我听到了熟悉的乡音；
在风沙迷漫的戈壁滩上，
我找到了儿时伙伴的脚窝。

党委书记攀上大庆的油塔，
眺望着故乡朴素的窗扇；

海军舰长望着桅上的红灯,
想起儿童团奇妙的战斗生活。

星星啊,故乡的星星,
家家门框上都有一颗;
新长征途中的儿女都可看见;
故乡这里有一个最亮的星座!

星光啊,无声的星光,
日夜都把光荣的事迹述说;
不论战士离乡多远,
故乡的星星时刻都照在心窝。

一九六二年

支书家的新嫂子

支书家的新嫂子,
有点嘴皮碎,
碰到三婶二大娘,
唠唠叨叨不住嘴:
"俺家那口子,
好像不知累:
白天去忙队里活,
夜间又尽开啥会。
要他办点家里事儿,
不知要等到哪一辈!
哪天跟他坐下来,

定要评个是和非!"
三婶二大娘,
担心支书受拖累:
"支书呀,你可要站稳立场,
新娘子要扯你的后腿。"

支书心有底,
听罢笑微微。
回家先把猪娃喂,
喂罢猪娃又挑水。
大嫂再也捺不住,
夺过扁提耸双眉:
"谁稀罕你笨手笨脚,
难道俺没长两条腿?
误了公事怎得了,
别忘今晚有大会,
你的工夫贵……"

支书家的新嫂子,
就是嘴皮碎。
支书到县里去开会,
三天没有回,
她遇见三婶二大娘,
连说带笑话一堆:
"俺在家忙得满头汗,

他在外逛荡可倒美,
这趟他回来,嘿!
定要找根麻绳拴住腿!"

等到支书他回来,
天色已落黑,
不见"麻绳"在哪里,
却见饭菜都齐备。
虽是庄户家常饭,
样样合口味。
支书走得实在累,
饭罢倒头睡。
这时有人来"打官司",
一个暴怒,一个眼含泪。
原告说:
这孩子掰了我一穗苞谷;
被告说:
他打我一拳还要赔。
大嫂代替支书来"断案",
出言真干脆:
"你嘴馋太没出息,
你抬手打人也不对,
咱贫农眼光要放远,
这是谁对谁?"
说罢走向自留地,

掰了三穗苞谷给原告,
"我替这孩子赔。"
原告脸红知有愧,
连连摆手往后退。
惊醒支书问情由,
原告被告夸大嫂:
"你说大嫂爱唠叨,
原来是嘴碎心不碎。"

好事传十里,
雅号满村飞:
"大嫂是支书的'参谋长',
不露声色红在内。
夫妻二人为集体,
绿杆上两朵红缨穗。
下回队里选模范,
少不了她也算一位。"

一九六三年

黄河口的土

黄河口在山东
泥沙却不全姓鲁
姓甘、姓秦、姓豫……
大都是外来户

我捧起一抔黄土

好沉重哟!

手心里有九个省区

拌和着历史负重的汗珠

蒋总裁轰炸大堤的号令

黄泛区往昔百日哭

老奶奶不安的鼾声

娃娃们敲响的鱼皮鼓……

都在这手心里攥着

攥得好疼哟好苦

松开手再看看吧

嚄! 原来是一幅新洲远景图!

乐陵有"大海"

谁说此地是内陆

我道乐陵有大海

君若不信

金秋时节登高台——

五十万亩枣树铺绿

小枣微露笑靥

树株兴极冲冠

清香溢天外

百闻不如一见

果然是大海气概

只不过

普通的海是咸的

乐陵的海是甜的

凝聚漫天阳光映照

爱心引来天下英才

有核小枣有心

无核小枣有意

有心有意香自来！

这才是乐陵大海的奥秘

真情解密最开怀

三千年多少子丑寅卯申酉戌亥

三十年改革跨入新的时代

还是那小枣

却有新气派

还是那土地

痴情性儿乖

枣制品远销千里万里外！

九百六十万平方公里

路漫漫如诸葛南下

沙茫茫似昭君出塞

为交流互助　民族和谐

小枣甘愿做信差！

遍观五洲四海

都有乐陵枣香在

| 石英回眸齐鲁 |

维也纳金色音乐大厅
枣饮润泽歌喉
莫斯科北京餐厅
也认得乐陵品牌

哦，如此说来
乐陵真的有大海
秋风掀动绿浪澎湃！
乘风破浪正其时
阔步迈
只有懒汉才会停步
志士乐得破除障碍
六十八万海的主人
好客友自远方来
殷殷情相待——
请干一杯枣花酒
朵颐大快！

长山列岛

晨雾初收，乍露朝霞，
渤海上展开了长卷油画。
列岛好像鳞光闪闪的长龙，
推波逐浪，凌空垂挂。

瓦舍的炊烟织成云纱，
薄纱罩着好客的渔家。

只要一开门就鲜味扑鼻,
屋檐上都晒着串串鱼虾。

岩岸上走着警惕的水兵,
首都的大门就在眼下。
列岛在中南海千里之外,
筑起头一道钢铁的篱笆。

友好的国际商船由此通过,
岸边上就绽放迎宾鲜花。
如果海盗妄想叩门,
大炮昂起头,准备迎头答话!

告别养马岛

刚来时,我觉得你是那么普通,
普通得就像不会献媚的眼睛;
离别时,却是这般依恋,
如同依恋一位共过患难的弟兄。

你像天生的健美运动员,
肌腱上隆起开发初建的繁荣;
相信你今后也不会变成大腹便便的暴发户,
因为你有养马者的血统。

呵,才短短的三天,
你给了我什么呢?

你给了我能够给予的一切,
可惜我拿不走也搬不动。

哦,可以拿走的——
把一缕带鲜味的风藏在袖筒;
留下一个老乡和书生的真诚,
盼来年在窗外小岛上长出一棵矮松。

孔繁森

他走上世界屋脊
不为居高临下俯视风景
而是为能身无遮掩
接受所有目光的检验

他喜爱洁白的雪冠
但雪冠属于巍峨的高原
他只戴一顶藏民的礼帽
从头到脚却能感受到温暖

有人看到他深夜的灯光
说他有一种办公室情结
当他正思索阿里如何致富的时刻
面前却是一本方志敏的《清贫》

他有时喜欢拿起铁锤
却不为打造"公仆"的标牌

让心血的爱流涌进镰刀

有更多机会与青稞亲切叙话

他从未想过为自己争取选票

选票在藏民泪光里闪着

当乡亲们闻到带着

丰收气息的风

都争说那是孔书记来了

祸福李之仪

福兮祸兮，李君之仪

其经历使我联想起千八百年前

诸葛亮出山时水镜先生的感叹

"孔明虽得其主而不得其时"

之仪君得东坡赏识是其幸也

人生逢真知己不饮自醉：然而

福则因苏文运增辉，祸亦因苏而遭连累

且屋漏偏逢连阴雨，至惨

谁能经得起痛失爱子贤妻又中道居丧

遭贬僻乡，乌云间却裂开一道粉色闪电

得遇杨姝女来救！俗话说：有钱难买愿意

哦，难怪如今老夫少妻爱缘迭现

不知有否碰触先辈诗翁之灵感开关

且看之仪君，儿女绕膝，忘年娇娘笑倚柴扉

我似亦能感知其乐融融的小家氛围

不幸中之幸,古时堪称长寿者
年届八旬,两千年文人圈中罕见
毫厘有据者,唐之贺知章,宋之陆放翁、杨万里
明清之间黄宗羲,可谓凤毛麟角
之仪君无愧一席,奥秘何在——
是遗传基因?是杨姝爱液滋养?但
根本要义还在自身,不事张扬的内心强大
将江岸当涂秀林清溪作为生命之载体
对权奸无声说不;向命运要时间,要阳寿
笔锋连连击发,旦夕锲而不舍
灵感就是灵丹妙药,释却胸中块垒,恶疾逃逸!

最后,在下还有不可忽略的一笔——
之仪君毕竟没有赶上十年后的靖康之劫
试想汴京黄河决堤长江也将被波及
你姑溪居士怎能安生?小窝里也难以保全完卵
书生也许做不成宗泽、岳飞,但绝不甘
被屈辱地押送至冰天雪地的死亡之域
祸兮,福兮,多舛之极竟也换来些许眷怜
身在他乡,心在诗词消毒液里浸泡
之仪君,一位一言难尽五味杂陈的庆云佬!

注:李之仪,北宋词人,师承苏轼。史载其原籍山东无棣。

古体诗词六首

七律·胶东根据地

天成胜迹胶东绿，半岛风光适民居。
甲午突遭刮地耻，烟尘未掩抗敌旗。
八千子弟援东北，九万车轮下蒙沂。
远涉江淮经百战，英雄本色不称奇。

七律·孟良崮大捷

骄狂犯忌登凸崮，少水缺粮困万夫。
固恃兵精枪械富，难敌弹烈铁石枯；
空投不济军心躁，四顾乏援鸟迹无。
重点攻击遭重败，哭折爱将震宁都。

五律·1945，回绝美军登陆烟台

　　仁师经血战，彻夜克烟台。
　　老美交涉起，逼关舰队来。
　　虚称真友善，恫吓似狼豺。
　　义正回绝婉，"哈罗"请走开！

破阵子·民兵英雄于化虎

　　注定火中化虎，只因敌犯家乡。百里海阳、青岛距，焚掠奸杀兽性狂。仇激庄户郎！　　果敢更需机智，接敌最忌慌张。巧摆神雷麻雀阵，

敌往敌来一响光。号称爆炸王!

浣溪沙·老区大嫂

铁柱牺牲痛在怀,旧仇新恨永难排。支前磨面细箩筛。　　团匪进村麻雀战,我军常驻喜门开。阻击得胜再回来。

采桑子·送公粮途中

小车送米爬山走,热汗欢流,热汗欢流,蜜月生活乍起头。　　新人欲显真身手,恣恣悠悠,恣恣悠悠,"喜"字出唇又觉羞(注)。

注:"喜"字,民间喻正常怀孕为"有喜"。

序言评论

生命与艺术的春天永驻

——谈厉彦林乡土散文

任何一位作家及其作品都贵在风格与特色,如果能达到内涵丰厚而特色鲜明那就更可独领风骚了。我很长时间以来就注意到厉彦林的散文作品,觉得他是当前散文创作领域具有鲜明而稳定风格的一位实力派作家。而且我深感只有异彩纷呈而非单调趋同的散文风貌才好看,这也是检验散文创作局面是否真正繁荣的标志之一。

厉彦林是一位诗人。从来诗文艺术在本质上有其共通的一面;何况彦林的诗风也是以极其生活化、平民化,以体察生活真切细致见长。这种诗质渗融于散文创作,就必然带来浓浓的情韵,又给散文作品注入了深切精微的独特魅力。无论是诗还是散文,作者都得力于自幼就获得的乡土生活的"基因",充溢着对母体——乡村风习及情趣的眷恋和热爱。而一旦将这些优长的因素转化为诗与散文的艺术成品,当然也就打上了属于他个人的不可替代的印记。

从彦林的散文中我们可以看到,他自觉而自然地将他所热爱的乡村生活当成他创作的精神基地(而不仅是取材的基地)。他现在虽身居都市,但爱的根基仍在哺育他的沂蒙山区。他挚爱那里的一山一水一草一木。从很大程度上,这是赋以他生命力的一个源头。用他的话语表述就是:生他养他的村庄永驻着春天。从他的散文中,我们不难理解这"春天"的含义就是大自然和人性人情的至真、至善、至美。这当中固然有作者对自己家乡热爱的主观色彩;而从客观的视角上看,故乡的土地沐浴着温暖的阳光,仔细品味庄稼和野花的芳香,像位慈眉善目、安详知足的老人,宁静淡泊，无忧无虑，咀嚼山乡的沧桑历史，做着甜美的梦想。温厚、淳朴、宁静、和谐，凡有良知者无不向往的民间风情画，孕育了一种虽不豪华却神清气爽的健康人生。

彦林的乡情散文，最可贵处绝不仅仅是表达了思乡怀旧之情（如只是那样，人们也不会感到有什么新鲜），而是将过去、现在乃至对未来的希望很自然地融为一体。使人读后，感觉是丰厚的，情致是明丽的。他固然有对过去的追忆，却并非一味咀嚼往昔的苦楚与辛酸，而是将自己的思路与笔触始终置于农村发展变革的历史进程中。纵然在追忆往事时，我们读起来也不觉得有多么遥远。因为，他始终不忘汲取哪怕是贫穷年代也蕴含的人情美的滋养，以及故乡山水之美对他性情的陶冶与积极人生的形成。而且，他还始终保持着与家乡的紧密联系，挚爱家乡变化的新面貌。"家家都用青石头或灰砖头垒个院墙，盖个门楼，门上过年贴的对联仍然鲜红，祝福、喜庆的吉祥话依然十分清晰。"这一切的一切，都使作者敏感地发现春天的脚步无处不到，引起赤子由衷的喜悦之情。可以这么说，真爱、大爱，恒久的爱是彦林乡土散文的强劲主线，他的散文特具的感染力首先也源出于此。

独到的观察与细腻的描绘构成彦林散文的另一重要特色。如他体察雨情，描绘雨景，自成一格，非同俗常。"雨点噼里啪啦掉下来了，洒在头上，落在脸上，说不清道不明的舒服。""一会儿工夫，雨点越来越大，越来越急，嘻嘻哈哈，打打闹闹，在干燥的土地上留下了密密匝匝的雨窝。""春雨从不埋怨和选择土地肥沃或贫瘠，总是执着地投入，迅速地渗进地下，形不成水流，只让土地守候和感动，让世人留恋和感叹。"作者体察到极处，已不仅只是客观描绘，还自然地融入主体的感受与充满智性的评价。这种评价不是游离于物象之外的一般理念，而是客体与主体的自然契合；有时甚至将主体感觉汇入大自然之中，达到了一种天人合一的境界。

类似的例证，也表现于人与动物的关系。在《春燕归来》中，作家对燕子的观察与描绘可谓达到了细致入微的地步。更深挚的是，还赋予燕子的习性以近乎道德的高度。如"燕子恋人，也恋家。无论贫富，不论房子高矮，只要选中谁家，在谁家筑了巢，明年春天必定不远千里万里，不顾风雨飘摇，历经磨难，继续回到老房东家。""燕子最体谅人，最关心人，从不给农家添麻烦，连窝里的垃圾也一点点地叼到野外……"毋庸讳言，这一切自然不是写给燕子看的，而是诉诸人类，发读者深思，启动美好之人性。但这一切同时又真真确确写的是燕子，而不是单从某种理念出发，强加给动物，不是的。唯其如此，所以才能如此地感染人，以精到的描绘折服人。这都说明真切的美，美的真实所具有的魅力。

然而，散文艺术之美又不完全等同于生活本身。由此我又不能不谈到彦林散文不是简单地"写生活"的问题。我曾看到有一种说法："只要真实地写生活就是成功的散文。"这种说法从表面上看也许有一定道理，但肯定并不完全。不说别的，首先是生活本身还不就是文学作品。而彦林的散文固然十分贴近生活，但他是有选择地摄取生活的"点"，并以自己的眼睛带着自己的感情来观察生活，"溶解"生活的；他还以应有的艺术感觉提炼了生活升华了生活。因此，在他的笔下，即使曾经是质朴而清苦的生活状态，如"如荧的煤油灯""故乡的石磨"和"露天电影"，也都渗透着深厚的人性美和人情美，刻印着虽然艰辛却也不乏深情的人生记忆。人生的目标（包括乡村的生活）固然是向往过上富裕的生活，改变贫穷的面貌，但那种正直、善良的本性，那种勤劳节俭的美德，还有淳朴真诚的人与人之间的关系，理应成为美好人性的本质所在。无论什么时候，都不能被与此本质相悖的东西完全消解、取代乃至"偷换"了这些生命本质的要素。我理解彦林"写生活"的初衷和取向正基于此。尽管他在作品中并没有时时高声宣称他为了什么，要怎样怎样，但从作品的字里行间却不难读出作者的感情意向。所以，笼统地看"写生活"的问题，还不能准确判定是否反映了生活的本质,真切地描画出了生活发展的轨迹。基于此,我认为彦林的"乡土散文"不仅充分实现了"生活化",而且达到了"化生活"的妙境。

最后,我觉得还有一个关键问题,即散文的语言。众所周知,文学是语言的艺术,而散文在语言上要求有更加突出的体现。因为,散文所赖以"制胜"的手段比之于小说、诗歌等文学形式既有其自由的一面,又有其被局限的一面。在这种情况下,它对语言的要求应该说是更高的。彦林的散文语言与他所表现的生活内容正相谐和。这就是在畅达中又富含韵味,在娓娓道来中又不失庄重,在看似随意中又峰峦迭起,在不刻意谋篇布局中又善于统摄把握,读起来十分舒展,却又很抓人。这在很大程度上有赖于作者语言上的功力。我在本文开篇中提过,彦林是一位风格独具、颇有创作力的诗人,他的文学语言本来就富含诗质的韵致。然而,他写的毕竟是散文,因此,他从来不以诗代文,而是以诗润文,使笔下的散文较之缺乏诗性气质者有独特之长。不过,他的这种诗质美始终又与生活的本真紧密融合,所以读起来让人觉得非常自然、自如,毫无硬性灌注之感。应该说,这样的散文语言用来表现乡村生活,可谓水乳相融,正得其所。彦林的散文极长于叙事,生动、有味儿。一大段有关"露天电影"的描绘,使人真是如见其人,如闻其声,颇富动感。他的抒情与评论也极具个性特色,与叙事往往融合得浑然一体,很少单独"跳出来"去大段抒情,却又能使读者领会到这是作者思想的闪光和升华。同样是有关农村电影在不同历史阶段的变化,他的评判都饱含作家的真知。这类文字往往十分简练而沉挚,表现出作者的思想深度与从容不迫的心态。

大家可能都已看到,当前散文写作者空前增多,作品数量更是十分可观。与数年前相比,我觉得在群众性的基础水平上应该说散文的质量有了相当大的提高,但具有鲜明特色且又突出于水平线之上的作品还并不多。当然任何门类的作品"上台阶"也是不容易的,这就希望富于创造性、开拓性的有志者实现令人瞩目的突破。从这个角度来说，彦林已经在一个重要领域取得了可喜的成绩，衷心希望他在这个良好的基础上，进一步发挥自己熟悉并挚爱农村生活的优势，并以具有诗质内韵的文笔，使已开创出的个人风格更加鲜明，写出更多有水平的散文新作。

历史责任催生"大题材"情结

——从《延安答卷》看厉彦林近作

我长达几十年的深刻印象是：著名散文家、诗人、报告文学家厉彦林敢碰大题材。仅就他写作出版的一些作品名即足以证明：《土地》《人民》《城市》等等。在我的阅读经历中，还没有哪位当代作家曾有如此宏大题材的作品相继成功出品，而厉彦林不仅是连连推出了以上巨制，而且都产生了不同程度的社会影响，在文学领域的探索方面无疑提供了意义非凡的成功经验。我认为，它应视为当代文学中一笔丰厚的精神财富。

合理构建　朴中有巧

作品的产生与成功本身即已说明：他不仅敢碰大题材，而且也表明他在运笔之初，对于完成这样一桩桩重大的使命有底气、有自信、有足够的驾驭能力，最终虽非轻而易举但总体来说还是游刃有余地给历史交了一张张合格答卷。

那么，他何以一再地"瞄"上这一系列重大题材并且写出了优秀的作品，其"奥秘"到底在哪里？其实说深也深，说浅显也澄若清水那般明白：首先是作为一个党员作家的责任。这种责任来自一种自觉意识与义不容辞。其次是触角的敏锐，能够感受到题材的重要，而且与之同时融入胸臆的近乎自然选取的角度。这一点，关乎能否成功、不致事倍功半的重要一环。再就是宏观的从容把握与微观的表现手法的精熟。在这些方面，彦林之前已有很多写故乡农村作品的历练，无论是篇章结构上的讲究，还是驾驭语言文字的功力，都已具备了坚实的基础。我所说的"讲究"，不是刻意摆弄，而是"彦林体"的自然与自如的合理构建，是一种功夫，也是朴中有巧的智慧。所谓"非俗"的语言文字，就是无论在意象和韵味上，尽量避免"大路货"与感觉上的苍白；达到称奇而不失其真，求新而不怪异，使人读起来比较舒服，不滑不涩，流畅还耐咀嚼。

响应号召　勇担责任

以上之所长，在厉彦林新著《延安答卷》（党建读物出版社2020年8月出版）一书中得到集中而全面的体现。这是写延安地区脱贫的大题材，正如作者在书中"提示语"中所言：脱贫这个命题在全世界都是一个难题。那么，写大难题的大文章自然也不那么轻而易举。但作者并没有望而却步；责任，重负在肩；触角，锐敏而有锋刃；宏观驾驭，虽不十分吃力却绝不轻松；语言文字，必须调动所有的"工具"方能胜任这项庄严的使命。总之，有其志，有其心，更要有其力！

既然是世界性的难题，肯定是不好写的。据我远非详尽的了解：《延安答卷》虽然不是"几易其稿"，但几易其名却是实实在在的。就全书而言，虽没有"几易其稿"，但反复修改乃至较大增删也是有的，足见作者自始至终视此书的写作为重大和非常重要的工程。因为"消除贫困，是共产党人的初心和历史责任"，那自己作为一个党员作家（尽管还是业余创作）怎能置身度外？厉彦林不可能不热诚地响应历史的召唤，在全国扶贫的伟业中奉献出自己的力量。而且，他的目光一开始就专注于延安。在我的感觉中，他投入《延安答卷》的心力是最大的。其结果也不负苦心人，所投入的心力结出了沉甸甸的果实，为我国2020年的文学长廊增添了一道耀眼的亮色。

正因为他站得高，深知摆脱贫困是中华民族几千年的期盼；换言之，不彻底消除贫困，谈何实现中华民族的伟大复兴？舍此，侈谈其他便是空中楼阁，至少是根基不牢。作者的目光看得很远很广，从历史到今天，从延安地区扩及全国，一个脱贫的主题牵动古往今来的脉搏，连接着四面八方的精神纽带。延安绝不能孤立于全国之外，而全国各地也不能疏离了延安。作者也看准了延安这个革命圣地的影响力:"延安的窑洞是最革命的。"过去是,现在是,将来还是。

<h3 style="text-align:center">题旨精妙　细节出彩</h3>

"精准扶贫",四个字本身就极为精准。"妙棋一着,脱贫全盘皆活"。千条措施,目的只有一个:必须"拔掉穷根",建设"绿色延安"。为此,作家的心路和笔触始终盯住此点不放。不论目光投射得多宽多广,题旨却不能散,而是提炼得越精到越好。这就是古人所说的"立主体"的要义。主体立得坚牢,所有的文字都围绕着它写,全书就成功了一半。读"答卷"的一个深刻印象,就是厉彦林在这点上一刻也未"走神儿"。

当然,这绝不是意味着因此就可以万事大吉。以下的问题也不能有丝毫忽视,这就是"摆兵布阵"——结构与布局。这么一个大题材,这么大块头文章,作者本身不啻一位运筹帷幄的指挥员,要把所有的资源,所有的"棋子"都安排得当,用得很活,实非易事。窃以为,仅此工程,作者亦须花费很大一分心力。不只是要做到匀调有度,也要重点突出,不能平均使用力量。就拿"易地搬迁"一节来说,作者就写得很透,思路的出发点在于经验证明:在很多地方很多情况下,一方水土确实养活不了一方人,于是逼着人们要改变旧观念,开拓新的出路。无数事实证明,"易地搬迁"是彻底斩断穷根的有效举措。这种思路如搁在若干年前,谁若想出此招或可被讥为"旁门左道"、不走正道。因此,作者在此节点上写得较细,也剖析了许多问题,读之清晰豁然。如此各个章节、各个板块,粗细详略,相互协调,互为补充,环环相扣,平稳中亦间或有波浪起伏,可谓用心良苦。

典型的情节与动人的故事,毫无疑义是构成全书有机推进的保证,当然还要凭借真实生动的细节才能更加出彩。这些要义前辈们早有提示和告诫,问题是不同的作家在自己作品中如何体现,还要看各自拥有的资源和功力如何。厉彦林在写作前的大量采访和掌握的文字资料,使他拥有足够的"本钱"。他文字的艺术水准毋庸置疑，但本书内容、题材等方面，毕竟不同于他以往写农村生活的美文，篇幅所限也容不得他有过多的"闲笔"和抒情的成分。我在读此书稿时，也暗忖这之间是存在某种矛盾的，彦林同志能在二者之间合理地选择和兼顾，亦属难能可贵。在世界性难题的脱贫大题材的重负下，来完成同样是难写的大文章并交出如此优秀的答卷，实在可嘉！

多思的散文

我早就想为卢得志同志的散文写点评论文字，适逢他的散文作品结集出版，我自然非常乐意为他写序。

写序也者，不仅是对作者作品一般的评判，向读者做些介绍，同时应对作家或作品的"这一个"有较深的了解与思索，较准确的把握与提挈，但不一定要面面俱到，单摆浮搁。

古人提倡"多思"。凡写文章者，都有多思的必要，不精思很难写出好文章。即使是妙手天成，也是平时勤于观察思考、深厚积累而一朝迸发的结果。但散文之"多思"，既不同于论文论辩之思，也不同于小说通过情节发展和人物性格深化的掘进；它只能是寓新意和精义于散文的构思之中。一般说来，它多半应使深刻的旨义以美文的特点巧妙地表现出来。更确切地讲，它应使读者通过品味而接受。唯其篇幅比较短小，便要求它的含意和味道更加浓缩。如此，散文之多思就显得特别重要。

综观得志同志的散文，我觉得他是很能动脑筋的，而且动得巧，动得"格"，"格"而不怪，使人读了每有出新之感。因此，以其主要创作特征而言，可以说是"多思的散文"。

当然，他的这种创作思维的形成，也是有发展脉络可寻的。起初他也"思"（无思不可能形成文章），但还有些流于表面；渐次作者可能感到不满足，明显地向深层开掘；而后变得游刃自然，逐层推进，意向常常不落俗套，既有哲理性，又不乏诗意，颇富美感。

多思，贵在独辟蹊径，突出个性，思才能深；否则，思来思去，出手还是一般化，多思无益。读《春天的落叶》等篇，对得志同志文思击节赞赏，其原因正在于此。写落叶之散文，所见者何止百千，但大抵不出秋日萧索落叶飘零的伤情，积极的思想亦未跳出"化作春泥更护花"。而得志却敏于观察，避开人所能见者，将思维的光亮向人所鲜能注意的罅隙射去。他发现有的树叶虽经秋冬却不凋，待来春新芽拱出时始完成使命，悄然飘落，而一无索取。写来颇不平，步步推向极致，使侍弄过花木的"明公"也只能是"默然无语"，从而获得春天的落叶较之秋天的落叶其精神品质更难得可贵的感悟。水到而渠成，叶尽而意生。

可见，思路之新辟还是来源于生活，来源于对生活现象敏锐的观察，本质的发掘。不然，新奇必将流于险僻，流于怪诞。

多思，其结果只能诉诸形象，而成美好的篇章。一篇精美散文的形成，往往有一个诗意的聚光点。这个聚光点，便是多思之触媒，一旦燃烧照亮全篇。以得志同志《榴园听泉》为例，其思路的循径就是美的。万亩榴园本身就是罕见的景致，榴园中泉声尤为难得，可谓有声有色，声色不凡。"泉水涌动，不时发出咕咕的声响，像是吐泻不及，被咽了似的。"而且"偶有一两束阳光穿过树隙，照彻活动的泉水，随影而颤，楚楚动人。风吹树摇，有榴花落入水中，随波逐流，溪面上便有点点火苗跃动。"美到佳处，人们该以为是泉之极致，且慢，原来这只不过是人称的"争命泉"。争命者，争一二日短命而已。水盛而涌，后援不继，水枯则住，皆因源流太浅之故。而真正长盛不竭者，是它旁边的"恩赐泉"。"别看它不声不响，不起眼儿，可一年四季，天天这样不歇劲地流。浇这片园子，全靠它了。"思之凝结，作者叹曰："蓄深而流长"。整个思路，闪现出一种诗意美。其灿烂然的聚光点，概由"浅"与"深"二者碰撞而生花。

怪不得有的作家说过：文章不是写出来的，而是想出来的。倒也是，无思焉能成文，无精思不足以成美文。优美的辞章当然要借助平时的语言功力，但缺少必要的思想凝结，没有引发火花闪烁的灵感，硬去为文，纵有一定功力也难免滞涩，更谈不到流畅自然、韵味浓郁的美文了。

　　通阅全集，便不难看出，得志的散文，是写得非常用心的；而且，用心多而得宜者，质量就高；用心不够或用而不当者，就相形见绌。故如知己所长，便应自觉发挥，以进一步显现出"这一个"的优势。

　　作者秉性不喜外露，秀慧于中，与其散文风格正相谐和。"恩赐泉"，不仅是他一篇散文的思想聚光点，也是他的美学追求。

一九九〇年于北京金台路

质朴,却不断追求

——飞雪《草思集》序

植根于黄河入海处,与枣树一同生长,挥锄滴汗在盐碱瘠土上,感染着孙武故乡人民的传统风尚,能不质朴?能不豪爽?

飞雪的散文有如其人,质朴却不粗疏,舒朗而见细腻,每有诗的情韵浸透于字里行间,常能于草泽野趣中施展文笔之雅丽。不单调,有变化,固然有意驾驭,但能舒卷自如。此诚为飞雪散文之优长,非溢美之词、应景套语。

有文为证。

他的早期散文作品,多写枣林瓜铺,乡村即景,同是质朴无华,但已见出他自己的特色,不同于江南小景,亦不肖似白洋淀水云,而是那广袤原野上的晨牧,瘠苦井台边辘轳的暮声。这里的质朴,往往与心地的宽厚和对生活的承重联系着,而不是小巧、闲适和自得其乐的同义语。

但他渐渐不满足视野的局限和题材的相对单一(作为一个散文家,最可贵的正是这种"不满足"),而是将目光投向更广阔的世界,步履也尽量向能够到达的地方迈进。"马鸣黄河口"强烈地吸引着他,神农架的新奇与神秘诱使他产生了孩子般的痴迷,他甚至不远数千公里追寻黄河母亲走过来的踪迹,去实地体验中华民族的博大胸襟和深沉的历史厚度。这时他的作品又跃跨到一个新的台阶,使人明显地感到他站得更高,更有使命感,在作品的气魄和语言的力度上也都达到与他所反映的生活内容相称的水平。与之同时,在散文的领域中,"飞雪"这个名字也愈来愈引起人们的注意。可见,散文的发展,一个散文作家的成长,总是与突破狭隘封闭同步前进的。

但这绝不是说,飞雪已抛弃了他最熟悉的生活,只为猎取新奇;更不意味着他已与质朴的"本性"告别,去追求貌似时髦的东西,恰恰相反,他与生养他的那片土地有着挚爱至深的血缘关系,他对那些最值得眷恋的人们(包括他的亲人)从不吝惜多彩的笔墨。他写黄河堤上的草,他写黄河边上的"普通党员",甚至直写他的"老伴"。在这里,自然界一切可爱的东西与人都融为一体,字里行间充溢着一种相濡以沫的深情。而这一切的基础就在于一个"真"字,有了这个"真"字,便有了七分感人的力量。只要还未丧失对美好人情向往的人,读了这些散文都不会兴味索然的。

由此可见,对质朴的土地质朴的人的抒写,始终在飞雪散文作品中占有重要的分量,只是早期与近期有了不能忽视的进步。其发展的主要标志在于:近期的更加细腻,谋篇布局更加讲究,尤其是在语言表现力上,除了固有的质朴风格外,避免粗疏崇尚细腻已显现他努力的成效。

不断追求而从不囿于固有模式,是飞雪散文创作道路上的鲜明特征。他的谦虚也是聪明之处则在于从不过早地宣称自己已形成风格,而是"数年一贯制";坚持多方探索而不故作怪诞以哗众取宠,更不假借"功夫在诗外"以讨巧而不付出扎实的努力。

飞雪所走的道路是稳健的却又是有成效的,进取的却又始终保持自己的风格。他的有些散文可以说完全是属于他"自己"的,有着他的独特的艺术个性。

他的独特的艺术个性往往不是显现于加意刻琢的时候,而是在那些感受深刻合理结构却下笔自然的散文作品中。他似乎并不长于也不想大发海阔天空令人扑朔迷离的议论,但不时稍加点染的评论却深入浅出,在读者被感染之后由读者自己做出比较准确的判断。

要说飞雪散文的不足,我历来不愿做鉴定式的分解法。因为对于精神产品说来,过于机械地分解未必那么科学,对于作者来说也不见得有很大的补益。这一方面是因为每个较成熟的作家都有其习惯的思路、语言和表现方式，这种习惯往往就包含着他的所长及所短，评论者在对他的作品说长道短时，应该有一种科学的分析，细致地加以指出。不可因扬其长而片面溢美，也不能因剔其短而不问与所长之间有无联系——有时所长与所短往往不是两相割裂的。另一方面，也不能仅就作者一时一文粗率地论其短长，而应全面地发展地看。对于某一阶段的探索，尽管有不成功之处亦应持宽容态度，因为就散文创作来说，不墨守成规有探索的志趣总是非常可贵的。

飞雪今后散文的取向，在作品的思想深度上下功夫仍是必要的，不然纵然在生活面和艺术表现上拓展路数还是会有局限。这不只是一个抽象的希望，而且是一个非常具体的奋斗目标。从当代散文发展趋势上看，这也是一个不可回避的课题。

山情水韵，游记中的美文
——郑峰《山水飞鸿》序

  这些年来，就我读过的郑峰同志的散文集不下三四本，这次他嘱我为其新著《山水飞鸿》作序，我当然要仔细品读集中的每篇散文，不禁为之惊喜。喜之由来不仅是因为几乎每篇文章都使我感到明丽而有意蕴，而且还因为作者作为一位党政领导干部能有如此细腻敏感的艺术触角。其文毫无公文腔，笔触每能进入山水和胜迹之佳境；虽非每事必录，却情采盎然，殊为难得。如今人们不是常以"美文"惊世吗？郑峰笔下，我看无愧于真正的美文；只是大多精短而情浓，故未必列入那种特大架势的动辄万言乃至数万言的"大散文"。

  从总体上说，《山水飞鸿》可视为一本游记散文集，但与通常游记不同的是，它绝非那种介绍性文字可比，也不重在对某地景点的罗列，这类游记对一般读者尤其是游客而言，固然也有一定的导游作用，但距离艺术性游记散文却有质的不同。而郑峰此集中的绝大多数文章却已跳出一般游记的窠臼，达到意蕴浓郁、耐人品味的艺术性游记散文的层次。例如他笔下西藏林芝尼洋河畔云情雨象的奇谲与瑰丽；马德里"中国城"中唐先生和唐太太充满忧郁的孤寂；丽江玉龙雪山如诗如梦的感觉；中东"巴列夫防线"忽远忽近的战云气息……都达到了情境交融的高度，可与每个有心的读者进行无声的交流。虽然作者主观上未必篇篇刻意追求意境的构成，但因其笔下充满艺术的感觉，便自然注入文章以耐人品咂的情味。据我所知，郑峰同志公余对书法、绘画、音乐等艺术门类颇具爱好，从而受到很深的熏陶，如此触类旁通，行文时必不寡味，自然便进入一种不俗的境界。

与上述相联系的是郑峰散文的语言美。在这方面必须看到，郑峰和他过去的作品相比较有了明显的提升。所谓美文，构成的因素固然很多，但语言美是一个极其重要的因素。但这里所说的语言美，又绝不仅指表面上的词章华丽，更不是乏味的甚至是令人心烦的俗词堆砌。郑峰散文的语言是他的细致敏锐感觉的外显，因而自然、准确而又明丽。例如："人生何尝不是一片大海呢？每个国度都有着属于特定领域的潮起潮落……到了日本，刚刚走上街头，我还习惯于在国内的那般漫步和悠闲，而穿行左右的日本人却总是如临军情般匆匆擦肩而过，即使是在电动步行梯上，他们也很少站在那里等待电梯运行，而犹嫌电梯速度慢，急步跨向电梯前。细一观察，满街行人几乎都是一个节奏在匆匆行走，不论是大街上或是公共场所，不论有多少人群集结、疏散，他们总是静悄悄地、礼貌而急速，其脸部表情总是平滞而少有笑容。怪不得我们同行的宋先生叹云：日本人生活得真不容易！"《高智商王国的怪圈》叙事简括而明快，笔墨俭省却又能抓住典型特征，便令人如临其境地勾勒出"这一个"大海的壮观。又如："在这满是乡音的环境里，一种如回到祖国和家的感情油然升起。我禁不住站在宽大的窗前，轻轻地将那厚重的窗帘拉开。我看到柔和似絮、轻匀如绢的云团，簇拥着盈盈皓月从海面上冉冉升起，也许是因了海上的水汽的缘故，清辉把月亮周围映成一轮彩色的光晕，不像晚霞那么浓艳，也不像夕照那么灿烂，给你的是一点淡淡的喜悦和一点淡淡的哀愁。"《大阪的中国饭店》情与境结合得十分自然、真切，真可谓此处无声胜有声。郑峰显然尽量避免大段的"乏情"的叙述，更忌干枯而少见地的议论；纵然非议论不可，也多采取稍加点拨，让读者从文字中得到启悟："人生是一次真正的旅行，当听腻了车轮碾在铁轨上的单调声之后，从方寸之大的车窗望出去，正有一片翻涌蒸腾的白云萦绕于青山之巅，你可以从中感触到生命的跃动……"这段话可以视为全书的基调，代表了作家自己对生命的诠释，一种不断进取的人生态度。

　　与这种语言美相适应的，是郑峰散文的熔裁有度，显得相当精炼，却又疏密适宜。这一特点在当前散文呈现以"大"为贵、抻长为胜的风气下，郑峰的审美主见更为难得。其实，自古至今，从来就没有那样的衡量标准——以篇幅长短决定质量高下分量轻重的先例。长，可能有其所长，短，也未必不厚重。然而，如果像某些"大散文"那样在万言或数万言中多以引用现成资料和诗文填充之；或虽"大"而泛，长述而寡情、阔论而无味，恐难以算作真正的佳品，更不能妄称美文。而《山水飞鸿》中的主体篇章绝无此弊，无愧是精短之美文。我们虽不必以外国经典作家"简练是天才的姊妹"的名言以喻之，却有足够理由认定简约而厚重的篇什更需要一种底蕴，一种功夫。《东京——雨中夜色》《后乐宾馆会故友》《飞行在蓝天白云间》《马迪戈拉宾馆》《米开朗基罗和〈末日的审判〉》《将生命许与宁静》《雪落中原》《海上仙岛》等等，都是其中的佳品。其成功的原因不外是：注重典型事物的刻画，不作一般化的泛论；长于意境情味的渲染，尽少拉杂冗长的铺陈；不以居高临下的姿态以显唯我知之，而始终以平常心写自己目中所见心中所感。总之，可谓"有实事求是之心，无哗众取宠之意"。以全书度之，信焉。

壬午仲春于北京

不仅通晓　更在味道

我有幸读到了为刚先生新著《烟台味道》的文稿，感觉甚好，很乐意为这本有价值的书写篇我的由衷感受。我觉得读为刚的书，特别是有关烟台的文字是非常愉快的事。尽管我对他所写的对象——胶东半岛，或者说烟台附近这片土地的历史沿革、地理风貌、人文胜迹、民俗情事等并不完全陌生，但当我读了他的一部部散文著作，尤其是手上这本《烟台味道》之后，仍然觉得是一次温故知新的难得的学习机会。

为刚先生是一位观察细致、感觉敏锐，有责任心、有探求精神的作家。他热爱他生活和工作的这片土地，由于真正热爱而乐于投入；由于不惜心力地投入而反映精到。真的，他很会写，总的说来是愈写愈好。这一是因为他志在"取法乎上"，在题材和角度上都锐意出新；但又尽求实在，给广大读者多奉献一些实实在在的有价值的东西，不哗众取宠，不搞那些故弄玄虚的所谓"时尚"以取悦于俗浅。二是他在创作实践的磨砺中渐趋成熟，在表现力上更为精进。我们无须回避"技能"这个字眼，在语言文字的运用上无疑也是能够见出技法高下的。虽然它与一般技术活在内涵上不完全一样，还有别的一些因素在其中，但无论如何，我在十几年的时间中眼看为刚写作的进步，用一句最朴素的话评判他"越来越会写了"，其中有"技法"的因素在，不是事实吗？

这本《烟台味道》，从烟台地域的海味、菜蔬、风味小吃到相关民俗乡风，凡周详处绝不粗疏，凡细微处精到无遗。凡应出味时恍似味蕾尽享，凡须做交代时必是如数家珍。如加吉鱼，有红鳞加吉和黑鳞加吉之分；在名称上有嘉鲯、夹鲯、佳季、家吉、加级、加吉，等等；在吃法上的"一鱼两吃";在部位上首推富含胶质的"加吉头"。再加一个小插曲,以加吉鱼头骨拼接成一只小山羊(在我乡是做成一个"骨头孩儿")挂在孩童的胸前,作为珍爱饰物炫示于人。作者对加吉鱼这品珍贵鱼种细致有序的表述,开启了本书舒朗大气、详尽细致的风格。

不论是海洋生物还是其他,作者非常重视其由来,尤其是名称发端的掌故。在这方面,如果你稍加注意,便可发现它不仅是该物种的由来,扩延开去,还包含着相关的历史知识。如加吉鱼取名之由来,民间传说为唐太宗李世民东征经登州时在海上遇一红鳞鱼种闪光而至,众臣问之,世民答曰:良辰吉日,吉上加吉,赐名曰"加吉"。民间传说亦为传统文化的组成部分,何况正合民意。我幼时本乡凡有喜庆之日,纵是小户人家,也尽可能买上一对加吉鱼增浓气氛,一般都是成双成对地买,看来深有讲究。另如黄瓜,本是西汉时张骞自西域带来的种子,原名胡瓜,本书作者追根溯源,探胡瓜易名黄瓜之源头,乃十六国时后赵皇帝石勒忌避"胡"字,臣下投其所好而改之。此说颇近情理。石勒为"五胡"中的羯族人,当时居于今山西上党地区汉人村中,他起事后任用汉臣,实力渐大,曾一度统一了北方大部地区,定都今之河北邢台亦合史实。本书用史准确,无形中在阐述物种之同时又传播了历史知识,加大了一般知识类散文的内涵厚度。在物种由来上,本书在"地瓜"一项上交代欠详(此物种看似本土,实则"外番"而来)。

本书的另一个突出优长是,往往与大自然中的环保命题不期而合。以海产而论,非止一种今昔相较锐减,不能不说是与污染,与过度捕捞大有关系。而今好多品种多属人工饲养者。作者所举家门口的蛎子石上生的蛎子,早年多能生吃,后来严重污染而不敢下肚。且再生者寡,如今的"蛎子石"已成为空壳堆积,真正的蛎子肉不复存在矣。另,例如爬虾(我乡曰蝼蛄虾),早年渔民捕捞上来弃之不顾(我幼时即使在集市上有售也极"稀贱",几分钱可买一大堆),今日一跃而为身价不菲的席间珍品。似此物以稀为贵现象，足以向人们发出严峻的警示：如不采取有效措施，某些物种濒于灭绝并非危言耸听！本书并非着意写环保大计，只是在"摆事实，讲道理"，便自然引申出此效果。

还有，本集中有些篇章，只平白如话地追述当日乡间往事以及民俗种种，却足以勾起游子特别是正远徙外地者内心复杂的乡情：无论是怀念、感喟，也无论是甜润、惆怅（请原谅我未用"乡愁"）等，凡回眸一望故土者都是真儿女。如本书作者写的"哑甜儿"，他列举了高粱、玉米秸以及茅草根之类，都是最常见的解馋之物，在我乡有的人家还在田边地角种几行专门的甜高粱，那应是更高一级的享受。至于"箸笼""釜台"之类，仅是带乡音的称谓，亦有可能使易感型的怀乡者泪水盈眶矣。这真是："忆乡绝无寡情物，只怕触动有心人。"为刚先生不经意为之，却无疑引起了意外的共鸣。

至于为刚的语言文字风格，更是有必要着重说一说。应该说，他前后不同阶段总的来说是一脉相承的，但肯定又不完全一样。我的印象是：他一开始运笔就是清脆爽利、落地有声，不拖泥带水、臃肿黏糊；稍后又准确实在、内涵结实，能给读者真东西；再后来行文更加成熟，读其文断能见出其人面目。这时他的表述风格应是多数人喜爱的那种，可能都会评价他娓娓道来，疾徐有致吧。应该说，这是毫无问题的。但如果细思之尚不仅止于此。那么，还有什么？就我所感，那就是更自然、更简练、更能随心所欲了。在别人读起来，越来越舒适熨帖，不觉得他在刻意做文章（实质上是内涵更有讲究）。我为了节省篇幅，"度"着劲儿没有引用他的原文，这里"忍疼"引一小段，看他是如何交代一件事物的："海蛎子，学名'牡蛎'，南方人称之为'蚝'。在我国，北起鸭绿江，南到海南岛，沿海皆有牡蛎生长。明朝李时珍认为：蚌蛤之属，皆有胎生卵生，独此化生，纯雄无雌，故得'牡'名，曰'蛎'曰'蚝'，言其粗大也。"费墨不多，点拨到位，切中要领。此点的重要性还在于：有的以知识性为胜的散文写作者，片面地以为以奇物异事"勾人腮帮子"就足够了，有意无意地在文字表述上就不那么注意。为刚显然不是那样，他非常懂得写作绝不能"偷工减料"，时刻都要"丁是丁，卯是卯"。

最后，我还想总括地说一说对本书作者散文创作的看法——

为刚先生在散文创作上可谓独树一帜。我记忆中读到过的他的数本散文集，大都可以归结于"烟台系列"。他对烟台地域文化、风土人情、物产百味，乃至其共同点与细处差异，多能了如指掌。言至此，我不由得想起孔夫子所言者"多识于鸟兽草木之名"。为刚不仅识其名，且多知就里，足见他在欲知对象中不吝心力，必达透彻始止，令读者增识获益，实在是对当代地域文化风物探究的一大贡献。

记得早年有学者称道某某作家在生活体验上长于"掘一口深井"，以喻其探求生活底蕴之深，挖掘生活之扎实。挖掘既深，溢出的必是清冽之泉水。清，可作真纯之理解，而为刚的"掘一口深井"，奉献给我们的不唯清冽甘甜之水，而且是多种营养、丰富品位的文化意蕴。更为可贵的是，无论哪方面的知识，皆不离其文学品性，尤其是不失散文应有的美质。能将与烟台有关的风物掌故写得如此精到，其美质"味道"必然随海风波浪浸溢四外，海内共享，作为散文之鲜见品种，确乎特色突现。品读其文当自然印证上述乃"诚哉斯言"。

《凝望绿色》序

前些年,不断读到宋道敏同志构思不俗、意境清新、富于生活气息的诗歌,却不知他在散文创作上也颇具造诣,最近,集中地细读了他近几年散见于报刊的散文作品,觉得他的散文与其诗作在内质上虽有同样的气韵,但又有其独具的特色。一个突出而鲜明的感觉是:道敏同志为诗为文,从不甘于一般化、大路货,而看得出他总是志在追求,力图出新。不过,他的这种追求从不失诸自然,更不着意于怪诞,而是朴中见奇,表面平白而耐人咀嚼,无疑这是一条健康而富于创造性的为文之道。

他为文之朴植根于生命之源。由此不能不提到的是:他出生于鲁中山区的农家,山泉贻之以灵性,巉岩炼之以坚实,乡风浴之以淳厚,犁耕引之以奋进。既然生长于农家,必有深挚之亲情与悠长之乡恋。道敏的散文有相当一部分是写这方面内容的。本书第一辑即题为"故园梦依依"。其中一条小路也使他至今魂牵梦萦。少年的时光虽已远逝,但小路的浮土下面仍覆掩着儿时的足迹,故园的两棵树也常绿在他的心田,过往的辛酸与甘甜至今在叶露中留有余味;露珠映日而消,纯情浸入枝叶,游子虽离乡千里,挚情亦与悠思相连。正由于作者其情也真,故这类散文皆写得细腻感人,非浮光掠影所能达之。然而,道敏的乡情乡思不仅是一般的怀念而已,同时也有深层的思考。乡情无疑是美的,但时光的鳞爪中也有暗淡的投影;乡思的情味不只是甘甜与馨香,无可回避地也有苦辣与辛酸。如从《怀念一棵大树》中我们便可看到,在"左"的路线笼罩下的农村出现的令人啼笑皆非的种种;《哦,那一记耳光》如闻其声地记叙了"文革"那扭曲的年代在亲情中烫下烙印。这些,都使人在品味温情脉脉的乡情的同时受到了震撼。

  但无论是甘甜还是苦涩,都奠定了作者精神世界之根。童年和少年时代的经历是最难忘的,一般说,岁月的风雨无论使人发生了多少变化,也很难改变品性之本。

  变化肯定是有的,而且也很正常。道敏同志近些年来从事的是环保工作,于是自然地他投注的方面、思考的问题在很大程度上都与环境保护有关。随着经济的发展、人口的增加,尤其是高科技的推进,环境问题不是可以忽视了,恰恰更成为人类须臾也不能无视的严峻课题。道敏在他的本集散文中,以较大的比例对环境问题提出了许多思考。从许多篇章中可以看出:有时他并非有意为之,实在是由于职业的关注,触目所及便自然与环保"挂钩"。即使在他写乡情的作品中,也不时流露出对净化生存环境、洁美大自然的渴望。《依恋山泉》《怀念自然》便是他这种强烈愿望的折射。而《善待大树》则由小见大地揭示了保护植被与人类生存的关系,篇末则提到了《善待大树》即是善待生命的思想高度。《笔架山的美与遗憾》从另一个角度评骘了环保与建设的谐调关系及某种矛盾。即使在作者远赴新西兰和澳大利亚考察时,也处处感受到"生态的魅力",而这一切在很大程度上来自于"精心的呵护"。

  我以为,以散文的形式来反映环保问题是非常合适的。它可以有具象的描写、感叹、议论与抒情,较之纯议论文字更能打动人,较之报告文学又具精短之彩。道敏对此问题感受殊深,故本集中的此类散文有其独特之优长。环境问题已成为人类的共同课题,环保文学也应该而且完全可以有自己发展的空间。道敏同志在这方面做了有益的尝试。

  集中还有一部分是游记散文,大多是动情之作。作为一位诗人,他常能以诗人的敏感去发现难得的"第一次",如大海、如草原,都是。文中每每流露出一种童稚的激动与纯真,使去过或未去过彼地的读者都能受到深刻感染。

道敏散文的语言晓畅而不乏韵味，谋篇自然而不刻意修剪；可能与他多年写诗的锤炼功夫有关，他的篇章幅料大都比较精短，绝少拖沓冗长之作。在这点上，我也是很赞赏的。看来他无意趋从时尚，硬去制作"大散文"之类。此点不仅反映了他为文的实在，也体现出他的一种美学追求。事实也是如此，真正的艺术作品的价值从来就不单是以幅料长大论斤两的，其丰厚的思想艺术内涵也不取决于架势拉得大小。对此，道敏无疑是很清醒的。他的诗有的就很短小，但每能收以少胜多之功效。这一点，也是他的一种自觉追求。有如他的短诗《山路》："登山，不如逛马路舒服／然而，在这里／每前进一步／就上升一个高度。"

二〇〇二年中秋于京城妙悟居

文峰韵致,莱湾水声

——王韵散文集《尘埃里的花》序

近年来我惊异地发现:一些散居于全国各地的业余散文作者,其作品常常表现出不俗的实力;许多篇章都有令人瞩目的优点。而且,实事求是地说,有些作者的某篇作品,其基本方面绝不逊于名家大作;如果说尚有不足的话,只是在稳定性方面,尚须有更多的砺炼。但有鉴于此,已足以使人觉得十分可喜,深为散文创作具备充足的后续力量而充满希望。

此番有机会读山东莱州市散文新秀王韵的作品,再一次印证了我的上述感觉,同样使我为之称幸。这位青年女作者是我在浙江安吉的一次笔会上认识的,她言及将要出版第一本散文集,希望我这个当年的《散文》月刊老主编为之作序。我之所以欣然接受,在很大程度上是得知她和同时参加安吉笔会的几位文友都是我家乡之邻县掖县(今莱州市)人,而我是黄县(今龙口)人,所谓"蓬黄掖"是也。少时我在故乡读书与参加革命活动时,当地人习惯"蓬黄掖"并提。故乡人希望我为之写序,自当乐意为之。何况掖县之于我,还别有一种亲切:1946年秋,我作为少年儿童宣传队员,第一次去前线慰问,就是在掖县粉子山战斗的炮火声中,那情景至今仍历历在目。今日有机会为莱州作者写序,亦即为莱州著文,扩及开来,也是对昔日战火洗礼之情的一种回报。

那么,具体到王韵的散文,都有哪些优点和特点呢?在这方面,我毫不含糊地说是她语言文字的明显优势。一般情况下,语言特色应该放在最后谈的。因为,文学本来就是语言的艺术,而散文本来即应在语言文字上见其所长。但我在这里,却要将王韵的语言文字置于首要地位加以评述,就是因为她在这方面具有突出的表现力和特色。甚至还可以说,我在读她的散文过程中即自然想道:她的散文所具的韵致和耐读性,在很大程度上是由其语言文字的功力托举而成的。由此也使我联想到孟子所言:"工欲善其事,必先利其器。"王韵的散文,恰好印证了器之利也。

总体而言,她的散文语言练达、秀润、富有韵味。丰盈而不累赘、精约而不瘠瘦,正工而不板滞,活脱而不失厚重。她的叙事语言,从容温雅,娓娓道来;她描摹事物,细腻而有生趣,繁简舒敛有度;她的言情文字,感情真挚而内涵朴厚,重实却又不乏优美,女性、善良、美质等因素自然融合,而毫无小女人的矫揉做作之态;她写景更见得心应手,仿佛一进入景区就自成一番"天人合一"的境界,看得出作者的心境也是那样豁达通脱。这样的心境中涌动出来的文字必不会是一般人用滥了的现成话语,自然很多都是自心底流出来的灵性文字。说到王韵的语言文字,我当不会忘记所读过的她的一些优美篇章。诸如:《每逢佳节倍思亲》《竹海烟雨》《白云生处有人家》《尘埃里的花》《"丢丢"不丢》等不同类型不同内涵的篇章,都从不同侧面有力地说明了作者在散文语言方面的特色和魅力。

与此相联系的是,我从作者非止一篇文章中看出:她在语言文字上的天赋与功力一方面来自家传的"基因",另一方面又是由于超常的精读、勤于砺炼所致。作者的长辈中多有饱学之士和仕进功成者,这样的影响与浸润是不言而喻的。而她自幼年至今,一直酷爱读书,甚至达到一日不读即不啻饥饿难耐之感。如此,古谚中"功夫不负有心人"便愈显真切不谬。我在开头曾言其为"新秀",不是指的她动笔时间,而是说尽管她的笔墨功夫颇见其长,但尚未在更大的范围中为众人瞩目;另一个含意是:其文章有新角度,新发现,此亦为"新"。其实王韵女士写出相当成熟的散文随笔,迄今已有十余年矣!

此外,我读王韵散文感受到的还有一个鲜明特点就是:她在立意与写法上绝不甘于平和一般化，而是常常别出新意、另辟蹊径。以写亲情散文为例，当前散文领域中写亲情者可谓俯拾皆是。可以理解的是：亲情几乎人人有所感受，最能触动作者肝肠，且容易出效果。正因为如此，凡以亲情，尤其是以母爱为题的散文征文，应征者往往最为踊跃。这当然是一种积极的现象，但另一方面，如此过多过泛则又极易出现思路、写法上有意无意的"撞车"。正因如此，才更衬托出王韵亲情散文的非俗之处。就我所读到的，她在这方面切入角度常能出新，在写法上表面看似随意，实则非常能吸引人。我觉得除了写此类散文的作者必须出自真情，感受殊深，着笔到位等一般因素外，更为难得的是她多能将自己的感受与当时的社会环境、小情与大势、作者之主体与被怀念亲人的客体相互交融。如此便使人读之有站得高、切入深之感；因而也就加深了作品的广阔性和时代感。如她写她自己的母亲就是这样：母亲志趣很高，却境遇不遂；虽是普通人物，给人的感觉却有壮志未酬之痛。不仅如此，还有很重要的一点，即作家痛怀亲人之情固然是炽烈的，却又敛于内控在心底，着重使读者意会，文字上却并不尽情铺张，相反还不难看出其中可贵的理性成分，此点极为重要。这样的文章读起来，就不会让人觉得仅是一己狭小感情的宣泄，而是人世间具有本质意义的悲喜剧，具有更普遍的价值。什么叫"人性化"？我觉得王韵的亲情散文就是真正人性化的集中体现。

我还不能不提到作者的随笔性文字。其实广义地讲，随笔当然本也属散文之列。在这里只是因为这类文字稍微倾向于说明一种观点或诠释一种道理，有较多的夹叙夹议而已。尽管如此，它与我们所习惯的叙事、抒情、说理性散文并不存在十分严格的界线。这里之所以要着重提出此点，是因为王韵女士的随笔类文字同样具有明显的优势。它的优势在于作品清晰地反映出作家独特的思想，良好的悟性，辩证而合理的认知；还在于它在说理时，语言文字中也灌注以丰厚的意蕴，不是从理念到理念，而是与其他品类的散文表现为浑然一体的共通性。这方面的篇章有《随想》《淡淡妆》《当时只道是寻常》等。在这些篇章中,还自然地透示出作者读书方面的卓然成果,不然不会有如此丰厚的文化底蕴。按说,单拿作者读书一节,即可作一篇不错的文章。好在如读者能够通读此集,将不难从中得到"读书受益匪浅"的启发。这看似一个老问题,而践行起来才会真正体味到艰难长征之后的大愉悦。

当今散文领域,作者之多与作品之繁可谓空前。盛况固好,但要在如此浩繁的散文大世界中脱颖而出也非易事。这一方面有赖于有责任感的识者敏于发现,热诚推助,以引起读者应有的重视;另一方面,有特色、有才华的散文作者应以更奋进的姿态、更高水平的作品挺立于世。当然,这个过程还要受到各种因素的制约,亦绝非说一句话那么简单。但敢于突破、勇于上台阶应该是没有什么不对的。具体到本集作者而言,虽身居山东半岛之一隅,但要发展,要突破,在视野和步履上、思想与眼界上都要开阔更开阔。我在本文中谈到王韵散文有不少优点,但同时也深切感到:作者的题材面仍然不够广阔,视野肯定有再拓展之必要。仅这个方面,如果作者能更进一步,以她的才情是完全可以有更大发展的。既然散文作者队伍如此庞大,作品如此繁多更应有志于"高出一筹",不论这个目标是多不易达到,亦应知难而进;既然不甘于踟蹰于现状,不着意于"上台阶"便别无选择。

于京城"立秋"仍在酷热中

诗心华彩　真实人生
——序《诗梦年华》

这是商孟华的第二本散文集。

本书取名《诗梦年华》，我觉得很有韵味。难道仅仅是与作者的名字谐音吗？不，更因为本书的内蕴和风格；也可以说是与作者的气质与生活轨迹极其贴近。如诗如梦，这是人们用来形容一种人生状态与非俗况味时爱用的。诗，不必说是状其诗情画意，诗性的内心世界；而梦呢？也并非是虚幻的同义词。人们常常慨叹：人生如梦。好像完全被理解为悲观与虚无，其实不然。梦里有非常美好的东西，有时还寄寓着人们的向往与憧憬；而且，梦有时在似乎错乱的组接中，也能在相当程度上反映着精神世界中的某种真实。不少思维细敏、文学气质突出的人往往都有这样的体会：在梦境中或在似梦非梦的状态下，每能"蹦"出在常态中所不能有的美妙语句。这说明，美好的梦，是通向灵智佳境的金色甬道。

总之，诗与梦都充满着想象，而文学作品的成功不可能与想象绝缘。那么可以说，本书作者商孟华是极富想象力的。我读罢本集书稿，丰富的想象力是我获得的主要印象之一。此点，较之作者的第一本书要突出和强烈得多。这种想象力，不是硬性地冥思苦想可得，而是才情的充分展现。

完全可以这样说，商孟华笔下的文字，不论是叙事还是写景，更不必说是直抒胸臆，都称得起是典型的"情文"。即使当她登山临水，那种感受都是自然地以情的金线编织起来的。真如王国维所云："一切景语皆情语"也。我以为，她极善写情，当然叙事、议论的文字也不错，但最动人的文字还是抒情部分。这里还有一个突出的优点，即：当她叙事或议论时，那种自然而然的浓浓融融的情致便贯注其中了。有的地方达到了无从分解、天衣无缝的程度。此说，并非虚誉。我读书稿时一直在想：某些情文部分，就其流畅，就其绚丽，就其韵致，就其圆熟的程度，纵使成熟的名家高手又待如何？

既是真正的情文，理所当然就是美文之寓。这里的美，很明显来自作者的禀赋，来自她的才情和勤学，来自她对文学的真挚的热爱。她在校时虽然学的是数学专业，当教师时教的也是数学，但我总觉得在她的内心深处一直萌生着文学的种子，只待适当的时机出芽、生长、开花、结果。她的散文的情韵美与语言美，决不诉诸雕琢，因而没有生涩之感。在她的笔下，这种充满美质的文字可谓比比皆是，举不胜举："在我的感觉里，长冬是自然界的苦难，朔风冻雨，凛霜严冰，无不在摧残挫折着生机。当斯时也，路人裹上棉装，花卉进了暖房，惟树木无可逃避，也只有不躲不闪，直面严寒。绿叶飘零，能无伤吗？细枝甚至干枝断损，能不痛吗？冬天的树木光秃秃地立于地面，常显得凋敝与凄惶，显得无奈与无助，然战栗终也无用，索性就给它个硬挺。在任何季节，树都是大自然中的一道风景，一个精灵。惟独在冬天，或能升华为一种精神，一种抗争恶劣生存环境的精神象征。"如此壮美，完全没有某种小女人的矫情小气，是为真美。即使充满理性的文字也很美："宁静，更能淡漠人生。一个人的一生，充其量只是那么几十或百来个叠加的年轮。既然注定我们只是历史长河中的一个匆匆过客，那么我们就应该好好地把握好这短暂的生命，那老是让时光在打牌的指间溜走，在说长道短的嘴边流去，在人情世故的周旋中消逝的生活，是多么无聊，又多么单调乏味？因而何不从纷争的名利场，从尔虞我诈中拔腿而撤？何不在人为地添加'心累'的路上适时小憩？求澹淡而不谋名利，求高远而不务琐屑。"虽有论理成分，但读起来颇有质感，同样亦内含诗意。

作者的语言美还表现在她有时似已不满足于现成的平俗的语汇，毫无疑问,那样的词汇往往缺少些深意或力度,而她常常能依情景的需要,灵感式地"组装"出一些非常新颖、非常贴切的词语来。如形容雪,则说它"美得朴野";说抗寒的生机,则用"那么劲节地坚守着";而形容氤氲中的一根根嫩竹,宛如"绿色的雨丝"……等等,具象感和表现力自是非常。我觉得,这些并非随意为之,有如神来之笔,一是取决于语言上的"功夫",二是来自灵感的触发。非如此,则势将弄巧成拙。商孟华的好处在于:点到为止而不滥用。

最后,不能不谈到本书的文体。我认为,它并不是一本典型的自传,虽然文中很大部分涉及作者的经历和亲情、友情与爱情生活,确切地说,它是散文体的作家心灵的轨迹。它读来非常真实,既不为制造惊人效果而故暴隐私,又绝不醉心自我宣扬而一味溢美。它很质朴,却有"华",因而读起来很值得品味。与其说它是作者近期一气呵成,不如说是久已蓄蕴,一旦灵感不宣而至,便不能自已,厚积而成喷发之势!对作家的心灵世界而言,可以说是一次有为的释放。

如上所述,作者是有才气的,愿她不断充实、磨砺自己,不断开阔视野,适当拓宽题材。如此,更壮丽的前途当可期也。

甲申年初夏于京

独特的发见与升华

——读赵统斌《曹州风物图咏》有感

统斌先生素以散文和杂文的不俗业绩为有识者所称道,但最近我有幸读了他以古体诗词撰写的多达百余首的《曹州风物图咏》,顿觉十分喜爱。我一直有一不成熟的看法:今人喜欢以旧体诗词抒情写景吟风咏物者不知凡几,但能出新意,真正得唐宋佳句神韵(更不敢苛求出其右)者实在罕见,其中不少篇章多注重形式乃至尽合格律而内韵却缺少深度。其实,以古体诗词写作合于格律固然曰"像",然意境与神髓更属诗之根本。此点,无论旧诗与新诗均为重中之重。

统斌的《曹州风物图咏》好就好在这方面是下了功夫的,不然读之怎能为之一喜?看得出来,他绝不满足于只求表面整齐或看图"注"诗,而是从难入手,尽量写出新意,强化语感,"泅"出韵味,创出意境。使我不能不生出一点惊诧:以作者仅属不惑之年,却有此深厚的古诗词功底,是非常难得的。再思之,恐不只是因读得多,熏得久,所谓"熟读唐诗三百首,不会作诗亦能吟",根本之处在于:他具有广博的艺术素质,且不乏"功夫在诗外"的养成。这里有较丰厚的诗文熏陶,较练达的人生体验,较成功的写作经验,较熟练的表达功力,等等,也就是说,有技艺上的因素,却又不仅是技术层面上的问题,是诸多因素合力的结果,是长期积累于一朝的迸发,是有意与无意间"碰"到了一个新的突破口。

"槐舞青龙知雨意,梅飞香吻探云情。三毫挥就华南虎,一树独尊江北松。"(《古今园》)写实,却注重意境,出语洒脱,却又不乏韵味。

"景玉染霞因夜雨,银红竞艳借东风。蜂蝶喜绕香蕊舞,浪子总追姑嫂行"。今人写旧体诗，常有一不易谐调的矛盾，即：欲脱俗常而陷入生涩，务求流畅而稍嫌平直。本书作者在这方面解决得较为得宜：自然而多谐趣，活泼而不失庄雅，"借东风"，毫无生硬攀扯之感。"总追"极富动感，且符合生活实况，颇似信手拈来之笔。

  胸怀开阔的诗人，决不会一味就事论事，其思路往往向更宽广的空间伸展开去，造成一种更为高远的思想和艺术境界。"白云紫雾月中会，洛城曹州两不闲。""叶抖千姿心似海，岂能孤守半怀芳。"如此佳句，皆非局促狭小的意象可比。

  写旧体诗，尤其是吟咏地域风物的作品，作者的必备知识积累是不可或缺的。如《桂陵之战遗址》中句："救赵布围齐歼魏，运筹尚须将劳兵。军师挥扇气神定，闲笑庞涓啮齿声。"这里，不是掉书袋，以僵硬的掌故充塞既定的框架，而是将史实以情激活，总的说来，使诗篇画面化，而且有声有色："月黑自显刀光暗，风骤才知马蹄轻。"这固然有赖于知识，更得力于灵性。

  凡为好诗，不可缺少不俗的意象，但其骨子里还是得具有闪亮的思想，本书这方面的例子随处可见："春秋一册皆可表，造化人生浑自成"（《凝香园》）。"世事白云苍狗戏；沉浮万变各生忧"（《青邱堌堆》）"美色自诩邀宠易，权术安知斗智难。风流一夜随冢去，荒草萋萋几残砖"。（《戚姬寺》），有的是道尽人世沧桑，使人感受到几许悲悯与苍凉；有的是世事兴衰规律的提炼，品之不乏警策的意义；有的品古鉴今，从某种意义上说，任何的历史都不会随时光完全逸去，总有余光与现实的风云对接。

  总之，这部《曹州风物图咏》不是机械的解图之作，确是很有独创的价值。这些诗作，由曹州地区风物引发，从一个方面而言，它属于曹州，而扩大开来又不仅限于曹州。这种形式，也许不是首创，但作为一种地域文化的诗的生发，无疑具有比一般风物认知更富感染力和品味价值。

当然,如以更严格的挑剔眼光审视,这百余首诗的分量也并非那么一致(事实上也不大可能)。客观说来,七律部分均较"拿手",而五言和七绝相对来说似非所长。另外,个别诗作韵脚尚未做到十分严格,该押平声字而押了仄声。在格律上,今人写古体诗大可不必苛求,但韵脚总还是务求整齐为好。

　　此小疵也,我更看重本书的总体质量。